シブヤで目覚めて

アンナ・ツィマ

阿部賢一 須藤輝彦 訳

河出書房新社

Probudím se na Šibuji

Anna Cima

Přeložili
Kenichi Abe a Teruhiko Sudo.
Vydalo nakladatelství
Kawade Shobo Shinsha.

Realization of this book was supported
by the Ministry of Culture of the Czech Republic.

MINISTERSTVO
KULTURY

シブヤで目覚めて

イゴル、父さん、アデラに捧げる

第一部　プラハ

1

女子と話すのは楽しくない。彼女たちが話す内容にはうんざりだ。飼い犬が何をしようと私には関係ないし、かれが優しいとか、彫りの深い目をしているかどうかもどうでもいい。ドラッグストアで、丸いケースに入ったアメリカ製のリップクリームの販売が始まったことにも関心はない。

　彼女たちはいつも同じことばかり話している。ギムナジウムでもそうだし、大学でも同じ。たえず驚かしあって、自分が相手より優れているのを、自分のほうが魅力的なのをつねに証明しようとしてる。人生そのものが大きなコンテストであるかのようだ。美人コンテスト、知性コンテスト、今日着ているセーターのコンテスト、男子の視線をいちばん集めるのは誰コンテスト、いちばんユーモアセンスがあると男子から思われるのは誰コンテスト、男子がいちばん一緒にいたいと思う女子は誰コンテスト。

　クリスティーナはそういう女子といろんな点で共通している。でも、ギムナジウム時代から知っているということもあって、一緒にいても心が許せる数少ない友だちだ。髪はピンク、暇な時間は何をしているかというと、ポールダンスこそ高貴なスポーツだと証明すべくエクササイズをしている。あと、癌《がん》治療薬の開発にたずさわっている。一日のほとんどをラボで過ごし、誰にも告げることのできない秘密の実験をしている。夜にもポールを頭に載せてるけど、それは驚くようなことじゃない。

クリスティーナは常軌を逸している。好意を抱いてくる男子はいる。けれどもしまいにはクリスティーナの激しさと知性にめげてしまう。ピンク髪の彼女が、夜、映画を一緒に観るかわりに、化学反応式を優先するとは誰も思わないだろう。クリスティーナにちゃんとした相手がいないのはなかなか信じられない。たぶん、どういう人が理想のパートナーか、自分でもよくわかっていないのかもしれない。理由の一つは、クリスティーナが十五歳の時、スリランカに逃亡した父親にあると思う。そう、思春期のあいだ、クリスティーナには、模範となる男性が近くにいなかったのだ。

　クリスティーナの父さんはスリランカで僧侶になったが、理想の男性像とは程遠い人物だ。父さんと何か話したくなったり、誕生日になると、クリスティーナの夢に父親が出てくるらしい。でも、携帯は繋がらない。もちろん、クリスティーナは自分の父親に激怒している。ただ、離婚後に自殺をするよりかはまだマシだったかも、ともクリスティーナは言っている。とはいえ、怒っているのは事実だ。奨学金の申請書類を書く時や役所で「父親の職業欄」に「僧侶」と書くのはそうとうしんどいに違いない。

2

　自称〈ハレー・クリシュナ〉の連中がプラハの街を歩いていようものなら、クリスティーナはうんざりだという表情を浮かべて反対側の歩道に渡る。共和国広場やＩ・Ｐ・パヴロフ広場で、黄色い服を身にまとった僧と名乗る人物が、カルマや徳があるといわれるくだらない本を売りつけてこようものなら、クリスティーナは反対側を向く。

「お嬢さん」男は声をかけてくる。「あなたの心は乱れています……」

　男はクリスティーナのピンクの髪に惹きつけられたのだろう。クリスティーナは立ち止まると、憎くてたまらないという視線を男に投げる。自分たちの技能を確信してやまない男はひるまない。

クリスティーナに本を買ってもらおうと、さらに気を引こうとする。

「涅槃《ニルヴァーナ》のことは、ご存じですか？」男は尋ねる。

「うん、うちの父さんがよく聴いてた」クリスティーナはそっけなく答え、その場を去ろうとする。

だが男は一歩前に出る。

「あなたの人生がわかるんです。今の人生だけではなく、過去や未来の人生も。きっと興味を持っていただけるかと。そういうことがこの本に書いてあります……」

「興味ない、そういうの、よく知ってるから」

「人生についての本なんですよ」

ブチ切れたクリスティーナは、男をにらみつける。

「いい、マジで興味ないの！」

「いえ、あるはずです！」男は引き下がらない。すると、クリスティーナに火がついた。

「おい……このフェイク野郎！　うちの父さんは、スリランカ南部のコッガラにあるウェデュワ僧院の僧侶なの。もちろん、知っているでしょ。カルマのことが知りたくなったら、父さんに訊くから結構！」

男は体をこわばらせる。さすがにこれは予想してなかったようだ。

「でも、この本には……」

「あんたたちの本に興味はないの。もし読んで欲しかったら、スリランカのうちの父さんのところに送ってみて、きっと赤字で直してくれるから！」

男は黙っている。

「でも、時間のムダかもね。だって、父さんはいつも瞑想しているから！　あなたも僧侶なら、瞑想してないとだめなんじゃないの。それから、袈裟にぶらぶら垂れてるiPhoneのイヤフォン、外したら？」

男は視線を下ろす。言葉もない。恥ずかしくなったのか、本を後ろに隠す。

「じゃあね、仏さまによろしく！」クリスティーナはそう言って歩き出す。

男はKFCの前にぼうっと立っている。その姿はしつこい虫のように見えた。もしかしたら、それがかれの前世だったのかもしれない。

3

クリスティーナの父さんが荷物をまとめて家族の許《もと》からいなくなった理由は、私にはわからない。ほんとうの自分を探しに出かけたらしいけれど、自分の身に降りかかった責任から逃げたというのが事実だろう。危機に直面して経営する会社が倒産したからだ。

　クリスティーナがまだ小さかったころ、彼女の家族生活は順調だった。プラハ郊外の住まいをリフォームし、庭には温水プールがあった。クリスティーナの父さんは、子どもたちに、大型犬、プラズマテレビを買い与え、ゼロが何桁もある金額を支払っていた。それから危機が訪れ、クリスティーナの父さんの会社は倒産した。生活が厳しくなったうえに、妻との喧嘩、借金、それにクリスティーナの面倒な（それなりの価値は十分にあった）思春期が加わった。クリスティーナの父さんはそういった問題に向き合うことなく、ある日の朝、荷物をまとめてスリランカに飛び立った。妻には借金を残し、当の本人は、俗世の雑事から解放され、僧院で安穏と瞑想しているのだ。

　クリスティーナの母さんは離婚が成立すると、ある秘教に没頭し始めた。とはいえ、育ち盛りの二人の子どもを置いて僧院に行くことはさすがにできなかった。そこで、夫の書斎から夫を思い出させるすべてのものを処分すると、のちにクリスティーナが〈占い部屋〉と呼ぶことになる秘教スペースを作り上げたのだ。棚には、気が込められた治療用の石、ロウソクを置き、ドアの上にはドリームキャッチャーを吊るし、在室時はつねに線香を点けていた。〈ヴィーナス〉という秘教集団をつくり、近隣の人を誘っては、カードを読み、どういう人生を営んだらよいかと助言していた。時間があると、クリスティーナの母さんは未来予想をして楽しんでいる。数多くの占星図を並べ、気を操る訓練をするのだ。母さんはそうやって遠く離れたスリランカで父さんが安穏と瞑想しているのを邪魔しようとしてるんじゃない、とクリスティーナは勘繰っていた。

「秘教のショップやら、ティールームやら、ぜんぶ閉じて、流通している宗教関係の本をぜんぶ撤去し、印刷も禁止して、焼いてやりたい」こういうことが話題になるたびに、クリスティーナは想いを吐き出す。

「ああいうのは人間をバカにするだけ。木を抱きしめれば具合はよくなりますよとか、仏陀の話を読めば人生の過ごし方がわかりますとか、どれも同じ簡単な解決方法を提示しているだけで、何の役にも立たない。事態を余計悪化させるだけの杖でしかない。私も十七のころ、母さんの影響を受けて、〈レイキ〉のコースに行ったことがある。知ってる？」

「日本の、治癒力のあるエネルギーでしょ？」

「そう。ある巡礼者が聖なる山に登ったら三つの奇蹟を体験して云々かんぬん。そこで宇宙の治癒力、〈レイキ〉を発見した。私が参加したコースを取り仕切っていたのはパンクラーツ（プラハの地区）に住むノヴァーコヴァーっていう女性で、団地の一室でやってた。マジ神秘的な体験だった。まず、そこで絶望的な参加者と会う。会社が倒産した実業家、四人の子どもがいる主婦、キオスクの売店スタッフ、それに母さんと私。皆、通過儀礼を経たら奇蹟が起きるのではと期待していた。ほかの人たちよりも、真実をより見極められるのじゃないかって。

ノヴァーコヴァーは、通過儀礼用の部屋を一室、用意してた。そう、母さんの占い部屋にどこか似ていた。一方の壁面にはキリストの絵が、反対側の壁には仏陀、そしてもう一方にはアフリカかどこかの神さまが飾ってある。私たちはそれぞれ、心がいちばん近いと思う壁の前に坐る。私たちが目を閉じると、ノヴァーコヴァーは四十五分くらい部屋の隅で何かぶつぶつ唱えるの。そこから私たちに気を送ってたらしいけど」

「で、真実が見極められるようになった？」

「わかったのは、こういうのはムダにすぎなくて、人間を愚かにするだけだって」

「まあ、そういう悟りを開いたんじゃない、ね？」

4

うちの両親はずっと一緒にいる。私は、たぶん、この界隈で両親が離婚していない唯一の子どもだと思う。離婚の第一波が私たちの世代を襲ったのは二年生の時だった。そのころ幼稚園に通っていた妹が、週末にダイニングテーブルで絵を描いていると、ふと父さんに尋ねた。

「パパ、いつ、ママとりこんするの？」

晩ご飯を料理していた父さんは、状況を呑み込めず、フライ返しを手に持ったまま、キッチンの真ん中で立ちつくしていた。

「どうした？　どうして、父さんたちが離婚するんだい？」

「だって、お友だちの両親は、みんな、りこんしているのに、うちだけそうじゃないから。だから、うちも、いつそうなるのかなって思って」と妹は落ち着き払って絵を描き続けた。離婚は当たり前なものだと思っていて、ほかの家とは異なって、両親が一緒にいるのでどこか引け目を感じていたのだろう。相手を罵倒することもなければ、口論もせず、ずっと一緒にいたからだ。アネトカやマイダやカルリークの両親はみんな、そういうことをしているのに、どうしてうちの両親だけはしないのだろうと妹は不思議に思っていたのだ。

両親が離婚しなかったのはひとえに母さんのおかげだった。前世紀に、日本の主婦たちが守っていた主義、つまり耐え忍ぶことを貫いていたからだ。私は、妻がすべてを耐えるべきだとは思わない。けれども、母さんの忍耐力こそが父さんとの関係を支えていたのはたしかで、だからこそ、二人は離婚しなかったのだ。

うちの父さんは、スリランカの僧侶ではないけれども、最近、ずっと自室に閉じこもって夕食の時だけ出てくるという、僧侶のような生活をしている。周囲の人間がすることに関心がないようだ。たとえば、私が何を書いているのかということも、どうでもいいらしい。二、三年前であれば、私を呼び止めては、何を読んでるとか、何が気になってるとか、今書いているのを読ましてもらえないかと声をかけてくれた。でも、最近は、何も尋ねてこない。母さんの仕事のこととか、妹の学校のことにはまったく興味なし。ずっと仕事をして何か読んでいるけれども、私たちに割くエネルギーはないようだ。父さんの姿を見てると悲しくなる。でも、スリランカにいるのに比べたら、はるかにマシだって自分に言い聞かせている。

私が文章を書くことを、母さんは応援してくれている。でも、私に言うのはいつもこういう話。「おばあちゃんのことを書いた文章がいちばん好き。どうして、またおばあちゃんのことを書かないの？」でも、作家はつねに前に進んでいかなければいけない、と私は思っている。おばあさんについて書かれた文章は数多くあるので、チェコ文学に〈おばあさん〉（ボジェナ・ニェムツォヴァーの小説。一九世紀チェコ文学の古典）は、これ以上必要ないだろう。

5

私のもう一人の友人は、横浜出身の川上《かわかみ》雅《ま》知《ち》子《こ》。

「なまえは、マチコ。好きな食べ物は、ヘビです」

「え？」理解に困る。

「海のヘビ。海にいるヘビ」マチコは説明する。

私は目を細めて、考えてみる。

「もしかして、エビのこと？」

「そう、エビのこと。やだ、まちがえた」マチコはまたやったと手でそぶりを見せる。

クリスティーナとは異なって、一見したかぎりでは、それほど目立たず、大声を出すこともないし、風が吹けば飛ばされてしまいそうな感じがする。でも、ビアホールで隣に坐ると、マチコは、典型的な日本人女性とはまったく異なるタイプに豹変する。日本人女性の多くは、ビアホールなのにココアを注文し、小声で話し、笑う時には口を隠すけど、彼女は違う。

マチコは、高校時代の大半を地下で過ごした。ロックバンドの練習をしていたのだ。日本の高校では落第はあまりないので、マチコはいつもどうにかかくぐり抜けていた。というのも、通っていたのがキリスト教系の学校だったので、しまいにはすべて放免されたのだった。ある同級生は学校の図書室に火を放ったけれども、それでも許されたという。私だったら、図書室の放火なんて誰であっても許さない。

マチコは美形なので、韓国人女性が皆そろってその彫りの深さに嫉妬し、その目はどこでやってもらったのとか、いくらだったのと訊いてくるほどだ。アジア系の女性の多くがヨーロッパ系の目を欲しがる一方、不思議なことに、私は細く切れ上がった目に憧れていた。

マチコは音楽アカデミーでコントラバスを学んでいて、チェコでの生活を望んでいるので、チェコ語も勉強している。ある時、ドヴォジャークを耳にし、ロックからクラシックに鞍替えしたのだった。そしてチェコで交響楽団を結成することを決意する。大きなコントラバスと小柄な恋人も同伴して、プラハに来たのは二年前だった。一か月も経たないうちに二人は別れ、かれは日本に帰り、マチコのかたわらにはコントラバスだけが残った。チェコ語の勉強を手伝ってくれる日本学専攻の人がいないかと哲学部の廊下を歩いている時に、私と偶然知り合ったのだ。それからすぐに私たちは仲良くなった。


「〈チェコ人が私の国をどう思っているか〉というテーマで作文したの。見て、直してくれない？」

マチコはそう言うと、カバンからノートを取り出した。

　彼女の文字がとても好き。私も小さかったころに同じような書き方をしていた。どこかぎこちない文字だ。日本人は学校で英語を学ぶけれども、あまりできない。あとでわかったのは、日本人は学校で文法のテストに多くの時間を費やし、正解に丸をつけるだけだということ。ライティングはあまりしない。だからマチコもローマ字が苦手なのだろう。

　ノートを前に置いて、作文を読んでみる。


私の作文。チェコ人が日本人をどう見ているか。

ヨーロッパには、日本に変なイメージを持っている人がある。

その四つを見たくないですか？

1．そのいち
「ありがとう」とか「こんにちは」という時
私にがまの姿勢をする人が多くいる。
でも、それはほんとうではない！
がまの姿勢をする日本人を私は見たことがない。

日本人はダライ・ラマではない。

2．そのに
「毎日、スシ食べてますか?」と尋ねられる。
答えは、「食べません」。
毎日寿司は食べません、高価だから。
チェコの寿司は美味しくない、質も悪い。
チェコの寿司は食べなくてよい。

3．そのさん
「忍者はどこにいますか?」と尋ねられる。
答えは、「どこにもいない」。
昔はいたかもしれないが、今はいない。
しかし、忍者屋敷は存在する。あなたが日本に来たら、
それを見ることができる。

4．そのよん
「タコは好きですか?」と尋ねられる。
答えは、「わからない」。
タコを使うアダルトビデオもある。
そのため、好きな人がいるかもしれない。

笑いをどうにかこらえるのに、私は必死だった。というのも、私の日本語もそんなに完璧じゃないから。

「マチコ」彼女の作文から目を上げる。「〈がま〉ってどういう意味？」

マチコは祈るように、体の前で両手を合わせ、前屈みになる。

「ああ、〈かまえ〉の姿勢ね！」

「そう、〈かまえ〉の姿勢！」マチコも頷く。「まちがえちゃった」

6

うちの両親は、幼いころから、私を芸術がそばにある環境で育ててくれた。文学、映画、それに美術。妹にも同じように接したけれど、妹のほうは一筋縄ではいかなかった。小さいころから異様に活発で、絵本を読ませるだけでも、それはもう一大事だった。本の前で身をよじり、足を頭にかけ、逆立ちをする。私はベッドの横木越しに読み聞かせをする父さんをぼんやりとした目で見ていたけれど、妹は横木のあいだを通り抜けようと必死になっていた。向こうに行けば、父さんの話よりもはるかに面白い、ほんとうの世界があると思っていたのだろう。

父さんの書棚はいつも本で溢れていた。私が九歳の時、父さんは『オリバー・ツイスト』を私に手渡し、これこそこの世で最高の本だ、まだ読んだことがない人がいたら、ほんとうの芸術を知らない哀れな人だ、と言った。私はフォグラル（チェコの冒険小説の作家）の本を読むのをやめ、がむしゃらに『オリバー・ツイスト』に食らいついた。でも、面白くなかった。でも、自分は哀れな人ではないことを示そうとして、とにかく読み進め、どうにか最後まで読み終わった。父さんは喜ぶと、今度はエーコの『薔薇の名前』を渡してくれた。十三歳でドストエフスキーの『罪と罰』を読み、十四歳でクンデラの『冗談』を読んだ。でもぜんぜん理解できなかった。読み終えると、父さんのところに行って、トロツキーとは誰か、アリストテレスとは誰かおさらいしなければならなかった。自分の知識を確認し、学校で同級生をマウンティングできるようになるためだ（『冗談』読んでないの？冗談でしょう？）。

同級生は私のことを毛嫌いしていた。私も、同級生を教養のないバカな人たちと思って接していた。初めは無意識でやっていた。ギムナジウムの入学試験を受ける前、父さんは、ギムナジウムに行けば、頭のいい子たちしかいないとか、読書に関心のある女子が大勢いるはずとか、ぜったいいい仲間ができるにちがいないと話して、私の気分を高めてくれた。でも、じっさいには、同級生はみんな、ヒップホップかリアーナを聴いていて、せいぜい読むのはテリー・プラチェット（英国のファンタジー作家）程度。プーシキンの名前を何度か口にしただけで、お高い人とレッテルを貼られ、誰も私と口を利かなくなった。私は、表向きには無関心を装っていたけれども、夜になるとベッドで涙を流し、どうして私を、同世代の仲間とわかり合えないインテリに育てたのと父さんを罵倒した。そして、私は決心した。誰かに生意気な奴だと言われたら、その通りになってやろう、と。それで、狂ったように本を読み漁った。

クリスティーナもほかの連中とうまくいっていなかった。ちょうどヘヴィ・メタルのブームが彼女に到来していて、年上のかれと付き合い、もっぱら学校外の人たちとつるんでいた。教室では寝てるか、滅入るような絵をノートに描いていた。ほかに近づいてくる人はいなかったので、私たちは隣あって坐るようになった。しばらくはたがいに声もかけなかった。でも、何かのきっかけでパール・ジャムか何かの話題になり、ＣＤの貸し借りが始まった。そうして、クリスティーナは、絶望という海の中で、唯一、私が息のつける島となった。

7

そのころ、私は村上を発見した。『アフターダーク』の表紙に惹かれ、すぐに買いに走ったのだ。そして、すっかり虜になった。それ以前、詩のようなものを書いていたけれども、そのころにはもう短篇をいくつか書いていた。読んでコメントをして、と父さんにお願いした。村上の物語同様、私の登場人物も、猫と言葉を交わしたり、謎めいた失踪をしたり、夢の中に現れたり、街をぶらついたり、「彼女はどこにでもいるようなタイプで、どうして僕は彼女に恋したのかわからないし、どうしてこういう話を君にしているのかもわからない、でもじっさいのところ、それはたいしたことではない」といった文章を書いたりしていた。

今すぐにでも本を出したい、有名になって、クラスのバカな連中に、自分がいちばんだと見返してやりたかった。当時書いていたものの大半は学校の雑誌に発表した。それは私が始めた雑誌で、寄稿しているのは私だけだった。自分の作品で学校全体が幸せな気分になっていると勝手に思っていたけれど、唯一、そのことを言葉にしてくれたのが、低学年のある女子だった。トイレでうつむきがちに私に声をかけ、「青い髪の裸足の少年が家で鏡を割って、破片をそのまま床に七年間放置していたという話を読んで、私の人生は一変したんです」と言ってくれた。

8

文学的な野心は、子どものころからあった。十歳の時、母さんはある本を買ってくれた。表紙には「九歳の天才的な少女作家によるベストセラー」とあった。自分はまだ一ページも書き上げていないというのに、同世代の少女が小説を発表しているってどういうこと？　それから二週間、私はすっかりめげた。でも、その本はそれほどよくなかった（いや、ひどかった）ので気を取り直した。とはいえ、何もしていない自分を悩ましく思った。同じようなコピーが表紙を飾る自分の小説を思い浮かべてみたけれど、パソコンの前に坐ると、少しだけ目立つ、いかしたタイトルを生み出すだけで精一杯で、それから先は進まない。この先どうやって書いたらいいかなと考えながらタイトルの周りにテンキーで星の形を作っておしまい。

　自分はタイトルで行き詰まっているのに、ほかの女の子は作品を発表しているという事実を受け入れられずにいると、父さんは私を膝の上に乗せ、なだめてくれた。お前が読んだ本は九歳の女の子が書いたものじゃない、あんな小さな子どもがこんな長い小説を書けっこない、父親か祖父か、誰かが手を貸したはず。こういうのは単なる広告の文句だから、信じちゃいけない、と。父さんは、当時物を書くことを教えていたから、信頼できるはずと自分を落ち着かせた。それなら、私が、父親や祖父の手を借りずに初めて小説を書いた十一歳の女の子になってみると決意し、『鍵のかかったガーデンの考え物』（題名に「か」が五つあったので面白いと思ったのだ）というタイトルのとても複雑な大作に取り組み始めた。主人公は、デリオネラ・シュトラーフォヴァー（どうやってこの名前を思いついたのかは覚えていない。父さんは、いい名前だから、自分が児童文学を書く時までメモしておくと言ってくれた）。どうにか段落を一つだけ書き上げたものの、その先どうしたらいいか悩んだ挙句、ページの真ん中に大文字でこう書いた。

十年後

そして話を続けようとした。すると、父さんは言った。これではだめ、お前が飛ばした十年のあいだにあった出来事が興味を引くんじゃないかと。私はしゅんとした。

　十三歳の時、父さんに知られないように、『鞍の娘たち』（アメリカの作家ボニー・ブライアントの連作小説）を読んで、馬にまつわる五十ページほどのパッチワークのような文章を書いた。そのなかで、父さんはたった一行だけ褒めてくれた。これは作家が書いたみたいだ、と。文字通り、誇らしくなって胸が張り裂けそうになった。もう作家のような文章を書いているんだ！　作家が書いたみたいな一文は、記憶から消えることはなかった。それはこういうものだった。

　娘たちが鞍置き場に入ると、革の鞍と、汗だらけの仔馬の匂いがした。

　この一文のどこがよかったの、と父さんに尋ねてみた。読者が知らない場所の匂いを書いているので、読者はその場所をはっきりと思い浮かべることができるからだって答えてくれた。それに勝るものは書けなかった。ギムナジウムの雑誌に寄稿した短篇について、父さんは眉をひそめて「興味深い」とコメントを残すだけ。もちろん、その言葉を文字通りに受け止めることはできなかった。

9

　村上と衝撃的な出会いをしたのち、私は日本に強い関心を抱き始めた。アニメを発見し（すぐに青い髪の少年のことを書き）、マンガを発見し（コミックスを描き始め）、日本語はとても難しい言語だけれども、勉強しなきゃいけないと悟った。近くに日本語ができる人はいなかったので、同級生たちを黙らせることができると思ったのだ。

　日本語を勉強すると家で宣言し（父さんは恐る恐る同意してくれた）、教科書を手に入れると、学校でわざとカタカナの練習をして、みんなが気づくようにした（職員室に戻った先生が私を話題にするのを想像してみた。「ねえ、あのクプコヴァーが日本語の勉強始めたみたい。なんてインテリな子なのかしらね……」）。

　そのころ仲良くなったクリスティーナに一気に話したことがあった。日本は素敵な国で、日本人はみんな素晴らしい人たちなのに、ギムナジウムにヴェトナム人一人しかいないのは残念でならないし、しかもその子には彼女がいる、と。かたやクリスティーナは化学に方向転換していて、酸素やカリウムについて延々と話したり、化学反応式を読み上げたりして、私を面食らわせていた。半年ごとの数学の定期試験の最中に「っちぇ、足す」とか、「足さない、っちぇ」とか小声で私に言ってくれてなければ、私は数学で落第してたはず。

私の雑誌は全ページにわたって日本を特集するようになっていった。一八五四年の鎖国の終焉や日本の伝統的な暖房、江戸時代の衣服、新幹線、日本映画、なかでも日本文学を取り上げて読んでもらえるようにしていた。

10

自分が惹かれるのはアジア系だとわかった。いちばんアプローチしやすいのはヴェトナム人〈ただ、日本語はできなかった〉。だけど「ねえ、あなたの細い目、かっこいいから、私と付き合わない？」と声をかけるのは、あまりにも軽薄に思えた。毎日、街中で多くのヴェトナム人男子を見かけていたけれど、唯一言葉を交わしたことがあるのは、保育園以来の知り合いのロンだった。

それは五歳の時だった。ロンの顔にあるのは目の代わりに細い線だけ、顔はボールのように丸い。私たちとはどこか違うんだなと思った。

私は、同級生を全員、紙に描いて、クレヨンで顔の色を塗ったことがあった。クレヨンには〈肌色〉があった。私たちよりも肌が浅黒かったので、その色はロンには合わなかった。そこで私はオレンジ色で塗った。すると、先生に怒られた。ロンは私たちと同じなんだから、違う色で塗っちゃだめだ、と。でもロンは少し異なっていたのでどうしようもなかった。午後、迎えにきた母さんに先生は私の絵を見せた。

「見てください、ヤニチカがこれを描いたんですよ！」

お母さんに叱られる、と私はやきもきした。何か悪いことをしたかもしれないという感覚はあったが、何が悪いのかはわからなかった。

「同級生を描いたのね。何か問題でも？」

「ええ、ここを見てください」先生はロンのオレンジ色の顔を指差した。「ロンをこういう風に描いたんです」

「はい」母さんは目を細めた。「で、何か？」

「ほかの色を使ったんですよ」

母さんは事態を呑み込めず、教師をじっと見つめた。

「目に見えたまま、同級生を描いたことの何が悪いんです？」

「こういうことは、早いうちから気をつけないといけないんです」

「じゃあ、黒人の子がクラスにいたら、その子もピンク色で塗らないとだめなの？」

これには先生も返す言葉がなかった。母さんは、帰り道のあいだずっと首を傾げていた。

「私たちには同じ権利がある、おたがいに尊重している、でも、だからと言って、みんなが同じなわけないでしょ！」帰宅すると父さんに言った。「ヴェトナム人がいたら、目に見えるがままに描けばいいじゃない！　目を斜めにして！　当たり前のことでしょ！」

「まあ、その先生は少し大げさだな。ほかの子たちがその子をからかうようになるのを心配してるんだ。子どもたちの性格が悪いのはわかるだろ」

「言葉を荒らげればその分だけ、余計、違いを際立たせることになるの！」

その時、私は理解した。ロンはヴェトナム人なんだ、と。

もう一つ、ロンにまつわる出来事があった。砂場で遊んでいると、誰だかわからないけれど、ショベルを放り投げ、目尻を耳のほうへ引っ張って、叫び始めた。「中国人、日本人、バカなやつ！　中国人、日本人、バカなやつ！」おじさんがそう言っていたらしい。すると、みんなが真似し始め、庭を駆け回った。ロンも目尻を耳のほうに引っ張っていた。「中国人、日本人、バカなやつ！　中国人、日本人、バカなやつ！」みんな、叫んでいた。その時、先生が駆けてきて、私たちを追い払おうとした。

「みんな、やめて！　今すぐ！　いい？　こういうことはやっちゃだめ、いい？」

そのあと、先生はロンのほうを向いた。「あなたも、こういうことは、やっちゃだめでしょ」

どうして、ロンの顔は私たちと同じ肌色で描かなくちゃいけないのに、私たちと一緒に庭を駆け回って「中国人、日本人、バカなやつ！」と言うのはだめなのか、私にはわからなかった。

家に帰ると、父さんが説明してくれた。中国人と日本人をバカなやつと一緒にしたら、中国や日本の人は気分を害するよね。あと、ロンの両親はヴェトナム出身だから、ロンの父さんはチェコ語があまり上手じゃない。話し方や外見のことで外国の人を笑ってはぜったいだめ。父さんがヴェトナムに行って、金髪でヴェトナム語が話せないからといって、ヴェトナムの人に笑われたら嫌な気持ちになるよね、と。

その時、世界は、自分が思っているよりもはるかに大きいのだと思った。プラハだけではなく、ヴェトナムもあり、中国人、日本人、ヴェトナム人、チェコ人が一緒に暮らしていて、おたがいに尊重し合っているところもあるのだ、と。それは、素晴らしいことに思えた。ヴェトナム出身のロンのことにより関心を寄せるようになった。でも、目が斜めだったほかに私は興味を抱かなかった。

11

アジア系の男性にどうして惹かれるのか、自分でもわからない。たぶん、生まれつきだろう。ヨーロッパ系の男性が嫌だというわけではない。それに、アジア系の男性であれば誰でもいいというわけでもない。そう単純な話でもない。日本語、韓国語、あるいは中国語を専攻しようとする女子の九割は、おそらく私と同じだと思う。日本人男性に関心がない日本学専攻のチェコ人女子はいないと思う。日本人って最悪、と思っている日本学専攻の女子はたぶんいない。

とはいえ、アジア系に惹かれる女子の中でも、私は突出してる。この特定の集団に対して、とても変わった嗜好を持っている。同級生たちが狙う日本人はというと、氷砂糖のようなスッキリしたタイプばかりだというのに、私が惹かれるのは、ヒゲをたくわえ、泥にまみれた侍だったり、図書館にいる少し汚い男子学生だったり、ギターを抱えたストリートミュージシャン。このことを初めて意識したのは十七の時だった。

そのころよく覚えているのは、スターリン像があった場所（プラハのレトナーの丘）でクリスティーナと一緒に坐ってウォッカ入りのジュースを飲みながら、ああ、穏やかでいられるのも今年が最後になるんだろうなと思ったこと。ありとあらゆるものが事前に準備され、どこにいくべきか、お金はいくら持っていけばいいか指示を受け、歴史のテストでは何が出るか、そういうことばかり言われる時代はもうおしまいだって。

その日の太陽はあまりにも強く照りつけ、逆に不快になるほどだった。思い出してみると、そのころはすべてが黄色く見えていたように思える。プラハの街並みを眺めながら、いつか何かやってやると心の中で思った。ギムナジウムを卒業するまでにやるべきことを思い描いてみた。傑出した長篇小説を書き上げる。日本語を習得する。バンドを結成する。コミックスを描く。

財布から三船敏郎の写真を取り出し、目の前にある小さな壁に立てかけた。煙草に火をつけ、目の前の着物姿の侍をうっとり眺めた。

「そのパジャマ着てるの、誰？」クリスティーナは横になったまま少し体を起こし、ウォッカ入りジュースをちびりと飲んだ。

「これは」私は誇らしげに答えた。「三船敏郎」

クリスティーナは写真のほうへ体を曲げた。

「また日本人？　でも、あんたには、ちょっとおじいちゃんじゃない？」と言った。

「もう亡くなっている人」私は答える。

「じゃ、なんで財布に入れてるの？」クリスティーナが尋ねる。

「好きだから」

「イカれてる」クリスティーナは首を振った。「目の細い人のどこがいいのか、わかんない」

目の前に広がるプラハは、一枚の皿の上にあるかのようで、手を伸ばしさえすれば何でも届く感じがした。思いっきり煙草を吸い込み、今一度、三船を見た。そのころ、ほかの女子は『ハリー・ポッター』のダニエル・ラドクリフや『トワイライト』のヴァンパイア役のロバート・パティンソンを追いかけていたが、私はこういう可笑《おか》しい連中にまったく惹かれなかった。その代わり、侍の衣服をまとい、額から汗を流す三船こそ最高のアイドルだった。


妹も、私を見習って三船に恋をした。ソファに坐って、黒澤明の『酔いどれ天使』を一緒に何度か観た。若い三船はヤクザを演じ、白いスーツ姿で街中を平然と歩き、次から次へと煙草を吸う。

当時、妹は十三、私は十七だった。私はリモコンを手にし、テレビの下のＤＶＤプレイヤーに向ける。

「もうすぐ！」妹は画面に近寄る。私はリモコンを持った手を上にあげる。

「今、今！　止めて！」

敏郎がシャツを脱ぐシーンがある。私は〈一時停止〉を押し、ポマードのついた髪に半裸姿の三船が服を脱ぐところでストップする。そして二人で裸体をうっとりと眺めるのだ。もちろん、この聖なる儀式が行なわれるのは、両親が不在の時のみ。

「ったく、かっこいい」

敏郎は非難するような眼差しを私たちに投げかける。

「父さんと違って、胸に毛がない」

「日本人は毛深くないんだ」

一瞬、三船の顔が赤くなったように思えた。でも、それはありえない話だった。白黒の映画だったから。

「私が好きなのは」妹は考え込む。「顔をしかめると鼻がくしゃくしゃになるところ。それに」テレビに近寄る。「目がきれい」

「そう」私も賛同する。「こういう日本人がチェコにいないのは残念」

「抱かれたい？」

「敏郎に？　もちろん」

できるだけ私たちは近寄って、顔を赤らめた敏郎を覗き込んだ。すると、敏郎はポケットに手を入れ、リモコンを取り出す。私たちに向けて〈再生〉ボタンを押す。私たちが恥じらいもなくじっと見つめて、大声でコメントしているのが耐え難かったんだろう。画像はふたたび動き出した。私と妹は不満げに見つめ合う。

「観せて」妹は私の手からリモコンを奪うと、先ほどのシーンをもう一度巻き戻す。「今度は、私が止める番」

12

求人欄に最初で最後の広告を出したのは十六の時だった。男性でも女性でも、とにかく日本人の友人が欲しかったからだ。とても無邪気だった。日本語はまだ話せなかったが、英語はある程度理解できた。私に連絡してきたのは、サトルという男性だった。プルゼン在住で、私よりもずっと年上だった。

初対面の時から、どこか変だった。でも、こういう機会をみすみす逃すわけにはいかなかった。ズリチーンのショッピングモールで会うことにした。人が大勢いるので、何かあっても、大声を出せば誰か来てくれると思ったのだ。待ち合わせの場所に行くと、サトルがいた。一見したかぎりでは、ふつうの印象。少しほっとした。

「ねえ」会ったそばから、私は言った。「私が探しているのは、ただの友人、わかってる？」

「ああ」相手は頷く。私たちはコーヒーを頼んだ。

「何歳？」私に質問してきた。

「十六。あなたは？」

「三十」

友人になるかもしれない人が自分よりも十四も年上であると知り、少しあせる。目の前のコーヒーをじっと見る。いったい何を話したらいいのだろう？　三十歳の男の人は何を話題にするのだろう？　私が適当な質問をする前に、サトルは先に尋ねてきた。

「君のこと、触っていい？」

「え？」私は目を見開いた。単刀直入な奴だ。「だめ」私はすぐに首を振った。「私は、ふつうの友だちを探しているだけ」

テーブルの下から私のコーヒーへ、手が伸びてくるのが見えた。

「ほんとうだから」私は相手に言った。「やめて、じゃないと、もう帰るから！」

サトルは蹴られた犬みたいな表情を浮かべる。すると、手を自分のカップのほうに戻した。ようやく会話を始めるタイミングとなった。

「仕事は何しているの？」とりあえず私は質問した。

「日本企業に勤めてるよ、テレビをつくってる会社。君は？」

「ギムナジウムの二年」

また手がテーブルの下で伸びている。

「ほんとに手を握っちゃだめ？　握ってみたいんだ」

「だめ！」

「ぼく、とっても孤独なんだ……」

こんな奴といても意味はない。会計を頼んで、家に帰ろうとした。けれども、サトルは私の手首をつかみ、ショッピングモールの私が向かう方向とは反対側に連れていこうとした。

「放して！」

「大丈夫、見せたいものがあるんだ！」私の手を引っ張りながら、廊下を進む。

「私は見たいものなんてない」

「大丈夫だから、来て」

何を見せるというの？　助けを求めて大声を張り上げようとした瞬間、ようやくサトルは手を放した。電化製品店の前にいた。私は何事か理解できずにいた。

「こっち！」そう言うと、テレビのほうに進んでいく。私は体をこわばらせながら、あとを追った。掃除機、髭剃り、ラジオのコーナーを通り過ぎていった。着いたのは、プラズマテレビの前だった。

「で、何？」私は思わず口にした。でも、サトルはテレビを見せようとしたわけではなかった。ラックの後ろ側に行くようにと促すので、テレビの裏から出ているコードやボタンだらけの箇所を覗き込んだ。訳もわからず、私はただ見ていた。何でこんなことをしているのか理解できずに。すると、サトルはいちばん近いテレビのところで体を曲げ、アウトプットに差してあるいちばん太いコードに貼られたバーコードを指差した。

少し前に身を乗り出して見ると、小さいシールにはこう書いてあった。〈検品　サトル・タナカ〉。「これ、ぼくが検品したんだ」サトルはそう言うと、誇らしげに胸を張った。そして、私にキスをした。拒む間もなかった。こんがらがったコードの中、不快な気分になって私は立ちつくした。どこの誰だかわからない日本人にキスされたのだ。ショッピングモールには〈ラヴ・イズ・イン・ジ・エア〉が流れていた。

大学一年になって、この出来事を同級生に話したことがある。その子はまばたきもせずに携帯を取り出してタップした。そして、私に画面を見せてくれた。

「こいつでしょ？」そっけない声で訊いてきた。

テレビの前でサトルに驚かされる経験をしたのは、私一人ではなかったのだ。

13

ギムナジウムの二年になると、父さんと母さんは、私が箸でヨーグルトを食べているのを目にした。もう自分たちでは手に負えないと理解したのか（父さんは持っている日本映画を全部貸してくれたが、貸すのがなくなり途方に暮れていた）、そこで、ある高齢の日本研究者に私の面倒を見るよう依頼してくれた。

その先生は、文字通り本に囲まれた小さな職場をプラハの中心部に構えていた。髪の毛は白髪で、目はきらりとしたブルーの瞳だった。子どものころに思い描いたイエスさまのようだった。若かったころは、さぞ美男子だったのだろう。今でもとても素敵なのだから。先生は、デスクの近くにあるぎいぎいと軋む木の椅子に私を坐らせた。デスクは、書きかけのメモ、辞書、本で溢れかえっていた。

　私は部屋を見回してみた。使い古されたソファには、もとは何色だったかわからないほど色褪せたクッションがある。テーブル奥の壁面には、先生自身が書いた巨大な書が吊るされている。〈スモリーク家〉（ハンガリーのアニメ番組）のテーマ曲がかすかに聞こえる。朝、アニメ番組を観るのが先生の日課だった。部屋はまだ薄暗くソファの向かいにある小さな窓から、日光が差し込んでいた。光は、私の坐っている椅子の隣の床に白い四角形を描いていた。細かい埃が宙に舞っていた。白い四角形の上に浮かぶ埃は金粉のようにちかちかと煌めいていた。

　自分がいるのは、女性が一度も足を踏み入れたことのない世界のような気がした。私は気分が高まり、いてもたってもいられない気持ちになった。

「クプコヴァーさん」私の腹黒い心を見透かしたように、先生は目を閉じると、テーブルのボトルからワインを注いだ。「日本語が上手になりたいということですが、その熱意の背後に日本人がいるということはないですね？」

　私は頭を振った。

「なら、結構」先生はテーブルにボトルを置いた。「どんなことがあっても、日本人とは結婚しないこと。獣ですから」

　先生は、うっとりとした様子でワインを味わった。

14

　先生は書道家でもあった。よく使い込んだ小さい辞書を持っていて、そこには時代ごとの様式、いくつかの筆記体が記され、一つの文字につき、十種類ほどの書き方が記載されていた。辞書のページは使い古され、灰になる直前の古新聞のように、ところどころ剝がれかかっていた。その辞書にとても惹かれたが、さすがに貸してくださいとは言えなかった。手にしたら、紙がバラバラになるんじゃないかと思ったからだ。

　先生は、文字のことなら何時間でも話すことができた。この字体を編み出したのは誰か、この時代の日本語はどのように記録されていたか。こういうことを調べることそのものが人生の楽しみにほかならないかのようだった。話を始めるたびに、不思議な光が頭上に差しているように思えた。ソファの向かいの窓越しに入る光以上の何かが、急に部屋に差し込んでいるようだった。私は、先生の話にすっかり魅了された。感謝の気持ちを、それにこの胸の高鳴りをどうにか伝えられないかと思い悩んだ。

「私も、漢字を一つだけ、書けます」ある時、私は言った。先生は、一枚の紙と鉛筆をテーブル越しに渡してくれた。

「さあ、書いてごらん」

　これまでいちばんきれいに書こうとしたので、集中のあまり息もできなかった。どうにか書き上げたのは、教科書で見た通りの文字だった。〈根本〉や〈書籍〉を意味する「本」という字だ。私が初めて習った漢字でもある。頭を上げると、先生は笑みを浮かべながら肩を動かしていた。

「クプコヴァーさん、よくできている」先生の目がきらりと光った。「あとは、残り、二千五百字を学ぶだけです」

　すっかり途方に暮れて、私は目の前の「本」という文字を見つめた。

　漢字に書き順があることを知ったのは、それからだいぶ経ってからのことだった。その時の先生は、私の書きっぷりを悦に入って見ていたにちがいない。

15

ある時、先生に頼まれてワインの買い出しに行ったことがある。部屋に戻ると、先生は何か紙に書いていた。殴り書きした紙がいたるところに散乱していた。テーブルの上、本や棚の上、そればかりか、本の下、本と本のあいだにもあった。

「クプコヴァーさん」私が腰かけると、先生は話し出した。「日本人と選挙の話はしましたかね？」

私は頭を振った。

「じゃあ、お話ししよう」少し含みのあるウインクをした。「でも、ちょっと卑猥なんだが、かまわないかね？」

私は頷いた。けれども、どういう意味なのかわからなかった。先生は一息つくと、仰々しく話し出した。

「アメリカの大使が日本大使にこう尋ねる。ハウ・オッフン・ドゥ・ユー・ハヴ・エレクションズ・イン・ジャパン？

日本大使は少し考えてから、返事をする——ユージュアリー・エヴリ・モールニング」

私は理解できず、先生をじっと見ていた。先生は一人で笑って、テーブルの下にある紙を吹き飛ばすほどだった。

「クプコヴァーさん」ぽかんとしている私を見て、先生は説明してくれた。「日本人は、しょっちゅうlとrを間違えるんですよ」

それから半年ほど先生の部屋を訪れたが、日本語はさほど上達しなかった。代わりに役立つ事柄をいろいろと教わった。たとえば、私がこれから足を踏み出そうとしているものはどういうものなのか。

「同級生がいてね」先生は話し出す。「クラスでいちばんの才女。日本語もいちばんできた。優秀な翻訳家であり、長年にわたって通訳としても活躍し、そのあと、誰もが認める文学者となった」

先生はワインを少し飲み、話を続ける。

「その彼女が、数年前、急に何を思ったのか、日本語はいつになっても習得できないと言って、専門を化学に変えたんだ」

そう言うと、先生は笑みを浮かべながら、引き出しから薄い本を取り出した。

「本を読むのは好きかね？」先生が私に尋ねた。

私は頷いた。

「では、これを読んでごらん。とても美しいから」テーブル越しに本を渡してくれた。『行く水に数かく』と題された『古今集』のアンソロジーの翻訳だった。

「返すのはまた今度で結構」先生は立ち上がり、私を玄関まで見送ってくれた。廊下に出ると、私はお礼のお辞儀をした。手を振り、ドアを閉めようとすると、先生はドアから白髪の頭をひょっこり出した。

「クプコヴァーさん。日本語はとんでもない代物だ。でも、踏ん張りなさい。それだけの価値はあるから」

私はにこりとした。

「ありがとうございます」返事をした。「では、また」

先生の姿を見たのはそれが最後だった。それから数日後に亡くなられたのだ。病気を患っていたことに、私はまったく気がついていなかった。

16

私も、お別れの会に呼ばれた。場所は、プラハ中心部のレストラン。入口前のロウソクには火が灯り、室内は弔問客で溢れていた。知っている人は一人もいなかった。先生の友人や家族はワインを飲み、食事の置かれたテーブルを囲んでいた。私よりも長いあいだ先生を知っている人ばかりだった。受付の記帳では、美しいメッセージがいくつもあった。先生にはいつか、私が立派になる姿を見てもらいたいと思った。けっして途中で諦めず、歳をとっても化学に転向したりしない。私は、ただ悲しかった。

帰宅してから、『行く水に数かく』を開いた。ヴラスタ・ヒルスカーの翻訳をもとにマテジウスが翻案した本は一九五六年に刊行されていた。本は薄かったが、先生の辞書のようによく読み込まれた跡が残っていた。先生は、何度、この本を手にしたのだろう?

詩のことは、それまでよくわからなかった。けれども、お別れの会が終わり、私の中の何かが目を覚ましたのだった。その晩、『行く水に数かく』は私を慰めてくれた。もっとも心を動かされたのが、凡河内躬恒《おおしこうちのみつね》の「雪」の歌。これを読んで初めて、文学や詩は何百年も離れた人々の感情を結びつけることができるのだと意識した。まるでこの詩を通して、先生が私に話しかけているようだった。

人なき道に
雪降りて
足跡を消す
我は道、悲哀は雪
我が足跡を辿る者いずこに

「雪ふりて人もかよはぬ道なれやあとはかもなく思ひ消ゆらむ」

それは、ほかの人にはけっして理解できない、静かな対話だった。
私たちは、夜遅くまで言葉を交わした。

17

『行く水に数かく』を発泡カバーのついた黄色い封筒に入れると、私は大きな文字で「本、お返しします」と書いた。そして、先生の部屋の郵便受けに投函した。いつ、誰がそれを受け取るかわからない。けれども、この本を私の家に置いたままにはできないと思ったのだ。

今でも、先生のことはよく思い出す。会っていたのはわずかのあいだだというのに、信じられないほどの影響を受けた。先生のほうも、これほどの影響を与えたとは思っていなかったはず。最後に会ってから十年近くが経とうとしているが、私が今なお日本語を学んでいるとは、先生も予期していなかっただろう。

先生の思い出は数えるほどしかないので、望むにせよ望まないにせよ、いずれ遠のいてゆくだろう。時代は変わり、ネットの辞典も現れ、学生の勉強の仕方も様変わりし、かつては少なかった日本学の学生数も今では増えている。先生が今生きていたら、何と言うかとても気になる。また何年か後、どこかで姿を見かけたら尋ねてみたいと思う。

18

先生が亡くなったあと、私はギムナジウムを卒業し、日本学専攻のある大学に進学した。受験をしたのは一校だけだ。ほかの専攻で試験を受けるのは意味のないことだった。受験者は二百三十名、合格者は二十名。入試が行なわれたのは、パラフ広場にある三百人の学生を収容できる大講義室。廊下に溢れかえっている人の波を見て、私は体が固まった。歴史のノートを見ている人もいれば、最後まで平仮名を練習している人もいる。試験の直前まで、こんなに懸命に復習できるのは心底羨ましい。

テスト会場で隣に坐った女子は、カタカナのヤ行を必死に覚えようとしていた。ヤ行は三つしかない。ヤ、ユ、ヨ。その娘は教科書をじっと見ながら、声を出して繰り返していた。「ヤ、ユ、ヨ。ヤ、ユ、ヨ。ヤ、ユ、ヨ」

どこか変だった。でも、変なのは、その娘だけじゃなかった。

部屋を見回してみた。受験生の半分は、精神科から逃げてきたような人たちばかりで、大学受験を仮面舞踏会と勘違いしているようだった。ピカチュウの服を着て受験するなんて、私は夢にも思ったことはない。けれど、私の将来のクラスメイトにしてみれば、そんなのへっちゃらみたいだった。一列目には忍者がいて、その後ろにはポケボールの武器一式をベンチに並べている男子がいた。いちばん後ろのベンチには頭に小さな帽子をのせ、ロリータ風の裾をめくったスカートをはいた女子が五人もいた。まるで巨大なウェディングケーキが五つ並んでいるかのようだ。私は不思議の国のアリスの世界に迷い込んでしまったようだった。

「ヤ、ユ、ヨ」隣の娘はずっと言い続けていた。「ヤ、ユ、ヨ」

ブルーの髪の男が部屋に入ってきて、私の隣に坐った。

「なあ」挨拶がわりにこう声をかけてきた。「ペリーが日本来たのは何年？　忘れちまった。五二、それとも、五三年だっけ？」

「五四」

「ヨ、ヨ」隣に坐っていた娘が声を出した。私に頷いたのか、それともヤ行の三つあるカタカナの一つを口にしたのかはわからなかった。

19

どうにか入試を終えると、私は十月から大学一年生になった。教室のドアを開けると、黒板前の窓際にアニメ〈犬夜叉〉の恰好をした男が坐っていた。大きな赤い一枚の服を着ていて、頭には犬の耳がついた白髪のかつらをつけ、手の指は爪の先まで尖っている。腿の上には刀を置いていた。私はぼっと見とれたものの、すぐにドアを閉め、廊下に出て一息ついた。こんな環境でほんとうに勉強ができるの？

長いスカートをはいた娘も入学していた。その娘は授業のあいだずっと隅にいて、一言も言葉を発しなかった。廊下でお母さんと電話してるのを見かけたので、言葉が話せないわけじゃない。ある時、カドレッツ准教授が懇願する様子で言ったことがある。「ミラダ、お願いだから、何か話してくれないか？」

ミラダは目を丸めて、顔を赤くするばかりだった。ただどうにか答えようとしているのは伝わってきた。一、二度、口を開こうとしたものの、また呑み込んでしまう。でも、ミラダは何かを言おうとしている！　勇気を振り絞って、何か言おうとしている！　私たちは応援した。ミラダ、がんばれ！

「ミラダ、ぼくたちのことをこわがらなくてもいいんだよ！」教師は優しく励ました。

すると、こちらが心配するぐらい、ミラダの顔はよけい赤くなった。

「さあ、何か言ってくれるかい？」

ミラダは拳をぎゅっと握った。

「ううん、言わない」恥じらいとの葛藤のあと、ようやくミラダの言葉が出た。

一言話してくれて、みんな嬉しくなった。ただカドレッツ先生だけは、人文系の学問の行く末はこれでよいのかと心の中で悩んでいるようだった。

20

私が日本学を勉強しているのを知ると、たいていの人はいい反応をする。でも、こういう勉強がどういう役に立つのか、よくわかっていない。経済とか法律を勉強していると言えば、日常生活でも実用的で応用できると思われているので理解してくれる。でも、日本学は何をして、何のためになるのか、納得していない。そういう人たちから見れば、日本語と日本文化の研究は実用的なものからかけ離れたものに思えるのだ。「で、何の役に立つの？」とたいてい尋ねてくる。日本研究者がいったい何をしているのか、説明を乞い求めてくるのだ。

　翻訳をしたいと思っています、と返事をすると、相手は肩をすくめ、「それじゃ、この娘は喰ってけないね」と心の中で思う。大使館で通訳をしますとでも言うと、将来性のある分野を選んだね、とすぐに考えを改める。「文化大使」、「外交」あるいは「チェコセンター東京」といったフレーズは魅力的に響くのだ。こういう状況を、高橋源一郎はポストモダン小説『さようなら、ギャングたち』で見事に描いている。主人公の「わたし」は詩の学校で詩を教えている。何をしているのかと尋ねられ、私と同じく、くだらない質問を受ける（「小説も教えるんですか？」いえ、「わたしは詩の学校では詩を教えている」）。

　一見、実用的でないように思われる専攻を、人々は完全に無駄だと思う傾向にある。日本研究者や中国研究者はいったい何の役に立つのか？　あいつらはいつも何か翻訳ばかりして、研究室に閉じこもって、そこで埃をかぶってるだけじゃないかと。でも、どの専攻も何らかの理由があって生まれたことを人々は意識していない。その理由はたいてい、世界が危機に瀕した時に表に現れるのだ。

人文系の学問はもっと支援されてしかるべきだと思う。支援に対する見返りとして、これらの学問によって、社会はレベルを保つことができ、没落しないでいられる。大学に進学する人で、すばやく学べるものばかりを求め、大学評議会の選挙にもできるだけ関わろうとしない人を見るのはとても残念だ。研究という義務の枠を超えた何かを考えたり、行なったりする必要があると私は思う。

二年生になって、私は図書室で仕事を始めた。

21

うちの学部にある日本学の図書室は小さいが、本がいっぱい詰め込まれていて、全然書棚に収まっていない。図書の一部は教員の研究室にあり、残りは廊下にある。時々、日本から寄贈図書の箱が届くが、ほんとうにどこへ置いたらいいのかわからない。たえず分類と除籍を繰り返しているが、本を捨てるのはほんとうに難しい。誰も読まないとか、あるいは、図書館でよく借りられるマンガの箱ばかり入れているからといって、そうやすやすと捨てることはできない。というわけで、本を詰め込む時にはできるだけ多くの本を入れるために息を止めなければならず、棚に入ってからは、本が呻《うめ》いたり、角が痛くて泣いていたりする。大きな部屋が必要だ。

仕事は、新着図書を目録に登録すること。その目録は、一九四七年に専攻が設立された時の様子を記録している。ページは剝がれ、何百回も補修され、線が引かれている。新刊図書を登録するのはそれほど大変な仕事ではない。ただ、そのためには日本語ができないといけない。日本語ができないと、著者の名前と書籍名をそのたびに辞書で調べることになる。それは時間がかかる作業だ。東京時間に設定された時計のチクタクいう音に耳を傾けながら、息苦しい部屋で何時間も坐って本を分類する。作業している目録からは、私の前に作業した人たちのことが読み取れる。該当の行に自分の名前を書き込む時、この学校の日本研究の歴史に名前を刻んでいるような気がする。まるで何かの儀式を執り行なっているように思えるのだ。

22

図書室でアルバイトしている時、〈川下清丸《かわしたきよまる》〉という日本の作家を発見した。一九二〇年代に「分裂」という短篇を書き、翻訳がチェコの雑誌『東方』にも掲載されていた。まだ登録されていない古い雑誌の山をめくっている時に出くわしたのだ。

　短篇の主人公は、新しい小説のために素材を求めている日本人作家だ。かれは、一九〇九年、四国で起きた殺人事件に関心を寄せる。警察が逮捕した村の女性は無実なのではないかと推測し、真の殺人犯は誰かと調査を始める。そして現場を訪れ、地元の人たちに事件の詳細について尋ねる。だが殺人があったのはだいぶ前のことで、誰もその事件を覚えていない。そこで作家はこの事件を諦め、まったく別の物語に取りかかる。ただ、その調査に取り憑かれた作家の想いだけは生き続け、ある形をとって、四国を永遠に彷徨《さまよ》い続ける。

　この短篇は一九五八年にチェコで発表された。公表できたのは、苦悩する農民というモティーフがあったからだろう。日本文学者ヴラスタ・ヒルスカーは短篇の前書きで物語のもっとも重要なテーマとしてそのことに触れているが、「分裂」を読めばすぐにわかるように、労働者の苦悩はまったく重要じゃない。

　魂が離れていく作家を描いた物語に、私は惹きつけられた。似たようなことが自分にもあったからだ。あることに没頭し、でもそれがうまくいかない時、こういった分裂は誰の身にも起こるはずだ。たとえば、もう何年も日本に行きたいと思っている私の心はながいことプラハと東京のあいだを彷徨っている。

日本には、一度だけ行ったことがある。数年前、ある友人と一緒にだ。でもそれ以来その娘とは会っていない。名前はバーラ、語学学校で出会った娘だった。私はその時十七歳で、バーラは一歳年上だ。彼氏と別れたばかりだったバーラは、日本で過去の鎖を断とうとしていた。バーラは、クラブで踊ったり、バーで黒人とキスしたり、富士山に登ることを夢見ていた。

バーラの父さんにヨゼフ・チトヴェラーチェクという知り合いがいて、このヨゼフ・チトヴェラーチェク――私とバーラは〈ペパ〉とあだ名をつけた――のおかげで、三週間、かれのところに滞在できた。うちの親には少し貯金があったらしく、航空券を買ってくれた。

あの時、渋谷のハチ公前でバーラと何時間も坐って、周りにいる、名前も知らない人たちの顔を観察した。髪を脱色したカラフルな女の子、小学生女子に自分の電話番号を渡している男、交差点の風景、抹茶のアイスを売っている人、車を誘導する警備員。もしかしたら、当時、地下のライブハウスでバンドの演奏をしにいくマチコがそこを通りかかったかもしれない。

今の私には、大きな亀裂が走っているような気がする。日本のことを知れば知るほど、日本に行きたいという想いが募れば募るほど、その亀裂はどんどん大きくなり、二人の異なる自分がいるように感じてしまう。

23

「分裂」という短篇に魅了され、私は川下のほかの作品を調べ始めた。ただ驚いたことに、この作家のことをネットで調べても何も出てこなかった。ウィキペディアには項目すらなかった。一瞬、頭をよぎったのは、この人物はある有名な作家で、「分裂」を発表する際、偽名を使ったのではないかということ。そこで、講談社の二〇〇三年版『作家事典』を取り出してみた。これは図書室にある本の中でもっとも詳しい、そしてもっとも重い事典だった。索引を開き探すと、川下の名前はすぐに見つかった。十数ページも費やしている作家がいるというのに、川下の記述はわずか数行だけだった。

川下清丸　一九〇二年八月一六日生まれ、一九三八年三月一八日没。日本の作家、随筆家。川越生まれ。代表作に、雑誌『文藝時代』に発表された「恋人」（一九二四）、随筆「揺れる想い出」（同誌、一九三四）などがある。

ほかの事典では、川下の項目すらなかった。不思議だ。集団的記憶からこぼれ落ちてしまったのか。でも、どうにか、川下の一九二四年の短篇「恋人」をネットで注文することができた。雑誌『文藝時代』の短篇集に、横光利一、川端康成、中河与一とともに掲載されていた。

短篇「恋人」を開くとすぐにこれを読むのは生半可なことじゃないのがわかった。現在使われていない漢字がぎっしり詰まっていて、読むのはとても疲れる。放り投げて、読むのはやめよう、と何度思ったことだろう。けれども、すぐにまたこの短篇を開いてしまう。しつこい性格の人でなければ日本研究者になれないと先生が言っていたけど、それは理にかなっている。私は、そうやって少しずつ川下の文章に食らいつき、メモ用紙に単語や複雑な言い回しを書き写していると、テーブルの上に紙がどんどん溜まっていった。

助けが必要だった。でも、私を助けてくれる人は近くにいなかった。マチコの話すチェコ語は、私の話す日本語よりもひどかったので彼女は論外だった。上級生に声をかけるのも気が進まなかった。どうせ、自分がよくわかっていないものに足を突っ込むなと嘲笑されるのはわかっていた（じっさい、その通りだった）。そこで、一人で川下と格闘するしかなかった。でも、それでよかった。

我慢強くいられたから。私は何かしようと決めたら、何か月でもそのことに打ち込むことができる。文章を一文訳すたびに、少しずつ川下に近づいた気がした。まるで、かれの心そのものを噛み砕いていくかのようだった。

第二部　渋谷

1

土曜日の夜。はっきりわかるのは、今が二〇一〇年で私は東京にいるということだけ。日本へはひと月前に友だちのバーラとやってきた。十四歳から私の心を捉えてきた国のことを、現地で知るためだ。

　バーやレストランが建ち並ぶ細い道を抜けて渋谷を歩いていると変な感じがする。あらゆる場所から理解できない日本語が聞こえてくる。いくつかの単語を知ってるだけの私には、まわりで話されている言葉はまだわからない。無数のコマーシャルソングが空中を吹きぬけ、あらゆるバー、あらゆるレストランがそれぞれの音楽を流している。路上には楽しそうな男と二メートルのヒールを履いた女が群れをなして坐っている。笑い声が聞こえる。どこを見ても、露になった肌が輝いている。ミニスカートの女の脚、露出した肩、お腹、腰。転がっているビールの空き缶。香水、海塩、醤油の匂いと空気が混ざり合っている。縁石にしゃがみこむ。向かい側には女の子が二人坐っている。一人は吐いていて、自分がどこにいるかもわかっていない様子だ。もう一人は脚を見せびらかそうとしながら誰かに電話をかけている。彼女たちを助ける気はない。こっちだって大変なんだ。まったく何も思い出せないんだから。

　ポケットから携帯を出してバーラに電話しようとする。少しのあいだ呼び出し音が鳴り、その後プー、プーという音が聞こえ、接続が切れる。最後に会ったのがいつか考えてみる。別れたのはどこ？　そもそも、どうして離ればなれになったのだろう？　これまでずっと一緒にいたのに。滞在しているペパの部屋の鍵だって二人でひとつしか持ってない。どこかのバーで飲みすぎてしまったのだろうか？　ありえない。酔った勢いで日本人の男と浮気しないように、プラハにいるかれが日本での飲酒を禁止したというのに。滞在期間を通して私はビールひと缶しか飲んでいないが、そのことを知ったかれはスカイプ越しにとんでもない醜態を晒した。

　もう一度、バーラに電話をかけてみる。けれど、携帯はまたプープーと鳴って切れる。どうやって私はここに来たんだろう？　私たちは今日いったいどこにいたんだろう？　こめかみに手をあてて考える。醤油の匂いが胃まで突き抜ける。でも空腹じゃない。喉すら渇いてない。今日私がいたのはどこ？　何か食べたのだろうか？

　ハチ公像のそばのベンチからそう遠くないところで、午後、バーラと坐ってたのをぼんやりと思い出す。行き交う人たちを論評しては、変わったアイメイクをした男を見て笑いながらオニギリを食べていたんだった。家に帰りたくないと思った。ここに残って、何かもっと経験できればいいのにと。そのあとから、記憶が何もない。真っ暗だ。もしかしたらバーラは私を必死に探しているかもしれない。それとも部屋に戻って、私が帰ってくるのを待ってる。私が姿を見せたら、どこをほっつき歩いてたのとガミガミ言われるだろう。立ち上がってお尻をはたく。地下鉄はこの時間、もう動いてない。歩かないと。幸運にもペパの家への帰り道は覚えている。かれが住んでいる駒場はそう遠くない。歩いて帰れる距離だ。

2

駒場へ向けて歩き出したはずが、気づけば渋谷に戻ってきている。たぶん、途中で道を間違えたのだろう。それとも酔っ払っていただけ？　奇妙なことに、脚はまったくフラついてない。たっぷり寝て目を覚ました時みたいに、頭もすっきりしてる。理解できずに目の前にあるハチ公像をじっと見つめる。少し離れたところではスーツを着たサラリーマンの一団が酔っ払っている。男たちは笑ったり煙草を吸ったりしながら、酩酊状態の同僚をスーツケース用のロッカーに押し込もうとしている。

　あたりを見回してみる。日中ここでは何百もの人が行き交っているが、夜のスクランブル交差点には人っ子一人いない。もう一度、駒場を目指す。でも、また忠犬ハチ公像の前に出る。午後にバーラと別れた場所だ。クソっ、家に帰る道もわからないほどバカだなんて！　少なくとも十五回は通った道だっていうのに。もう一度バーラに電話をかけてみるが、今度もうまくいかない。私のことなんて心配してないのだろう。日本は安全な国だ。バーラがもう眠ってて、余計な心配をしてなければいいのだけど。

　縁石に坐って煙草の箱を探すが、見あたらない。途中で落としたのだろう。お金はまったく持っていない。パスポートはデニムのジャケットの内ポケットにしまってる。ページをめくり、一ページ目にある自分の写真を眺める。ヤナ・クプコヴァー、十七歳。ひどい顔だ。写真を撮ったやつは完全にイカれていて、四六時中私の胸ばかり見てた。そいつに向かって眉をひそめていたのだけど、そのせいで人殺しみたいな顔で写っているというわけ。ハチ公像の向かいのベンチに腰をおろす。今日は暑かったからベンチの座面も温かい。東京の空は黄色、星は見えない。見えたとしても、プラハの星とは違って見えるだろう。

　私はここが好きだ。何年だってここにいたい。チェコに帰りたいとは思わない。帰ったら彼氏と別れるのははっきりしてる。束縛がひどい。ここでも干渉してくるのだから。毎日電話をかけてきて、怪しいところがないかチェックする。まるでこちらは子どもで、ぜんぜん信頼されていない。

そんな奴とはもう付き合いたくない。

向かいにある犬の像を見つめる。それほど可愛くはない。秋田犬という種のわんこの銅像。かつて飼い主が亡くなってからも毎日ここを訪れ、主人を忠実に待ちつづけた犬の物語に心を動かされた日本人が像を建てたのだ。私たちがプラハで、ヴァーツラフ広場の馬の像の下で待ち合わせをするように、日本の若者はここで待ち合わせをする。期待に満ちた場所だ。

目の前のサラリーマンを少し観察してから、もう一度家に帰ろうとする。夜も遅いのに、まったく疲れてない。足を前に進める。店の明かりがチカチカする。よし、この道なら知ってる。ラーメン屋、二十四時間営業のコンビニ、（抹茶やあずきのアイスを売っている）アイスクリーム屋を通り過ぎ、閉店したいくつかのブティックの前を歩く。まもなく公園に着き、公園前を通り過ぎると、駒場のほうへ続く歩道橋はすぐそこだ。

なのに、またハチ公像の前に出てしまう。

3

何が起きているのかわからない。ハイになってるのだろうか？　いや、ちがう。日本ではマリファナにすら厳しい罰則が科せられる。ドラッグに手を出すわけがない。自分からはぜったいやらない。お酒を飲んでもいないから、誰かが飲み物に何かを混ぜることだってできない。じゃあ、これまで何をしてきた？　どうやってここに着いた？　再度、たぶん五回目だろうけど、バーラに電話をかける。携帯からはプー、プーという音だけが聞こえる。もう一度、家を目指す。またも忠犬ハチ公の前で立ち止まる。ベンチに坐る。パニックになりそう。

手をつねってみる。痛くない。皮膚が青くなるまでつねる。痛くない。お腹は空いてない、喉も渇いてない、疲れてもいない。私、生きてる？　死んでない？　幽霊じゃない？　まったく、なんてバカげたことを考えてるんだろう。

また立ち上がって家に向かう。鍵もなければ、お金もないし、携帯は使えない。いったいどうしろっていうんだ。別の道を通ってみる。メインストリートを抜け、お土産屋をいくつも通り過ぎる。大型書店が見え、前を通って、左手の道に入って、歩く、歩く、歩く。お好み焼き屋、寿司屋が二軒、巨大なモードショップを通過する。左に曲がって数歩進むと、公園に出て、すぐに神社が見えてくる。右に曲がる。またハチ公の前だ。

私は、ここに囚われている。

像の前の歩道に坐り込み、頭を抱える。何が起きてる？ 夢？ そうだ！ 夢に決まってる。悪い夢だ！ ヤナ、落ち着いて。頭を冷やして。深呼吸して。冷静に。すぐに目が覚める。もうすぐベッドにいるのに気づくはずだ。ただの夢なんだから。

ハチ公がぶっきらぼうに私を見ている。土曜日の夜。はっきりわかるのは、今が二〇一〇年だということだけ。だけど、ここがほんとうに日本なのかどうか、もう確信がもてない。

4

わかった。時間のループ、それか時空間のループに入り込んでしまったんだ。こういう物理のことは理解できない。自然科学の科目はお手上げだった。一年生の時、先生が悲しげな表情を浮かべながら、あなたは〈算数障害〉かもしれないわねと言った。私は大泣きした。だって〈算数障害〉は、ひいおばあちゃんの命を奪った癌《がん》みたいな病気だと思ったからだ。家に帰ると母さんは、ただ少しおバカなだけだから、心配する必要はないよと教えてくれた。クリスティーナは私をなだめようとして、今度もまた一息に、誰にでも苦手なことはあるから、と言う。彼女はたとえばチェコ語が苦手だ。たしかに、クリスティーナには、主語と述語の一致がどうがんばってもできない。

横道を入ったところにある文房具屋に入り、ノートと鉛筆を盗んだ。それまで一度も万引きしたことはない。このノートと鉛筆が初めてだ。ガムやクッキーも、小学校のクラスメイトにけしかけられたけど、やらなかった。これが最初。お金がなく、何も買えないから。それから、日本人は私に気づかないのもわかった。まるで私のことが視界に入ってないみたい。不思議だ。たとえば私にばんとぶつかって、誰にぶつかったんだと連れが訊いても、相手がヨーロッパ人であるのに気づかない。ここではかなり目立ってるはずなのに、誰も私を見ようとしない。もう数日ここにいるのに、一度も話しかけられない。警察官や交通機関の職員に声をかけ、駒場のペパのアパートにはどうやって行けばいいのか尋ねても、私のことを無視するか、私のわからない日本語で返事をするばかり。いまだに何も食べてない。ただお腹が減ってない。喉も渇いてないし、驚くことにトイレに行く必要すらない。美味しそうなうどんを食べる人たちを見てると、私も欲しくなる。でも、食べられない。どうしてもできない。女の子が食べたラーメンの残りをたいらげようとしたけど、箸が口に届かない。私が不器用だからじゃない。幸運にも箸の扱いはマスターしてる。家で豆の缶詰をつかってトレーニングしたのだ。でもここではなぜかうまくいかない。飲み物も同じ。グラスを口につけても、水はグラスの内側にくっついているかのようで、私の喉を流れない。

誰とも連絡がとれない。渋谷駅にあるすべての公衆電話からかけてみたが、プー、プーと鳴るばかりで、どこにも繋がらない。寝ようとしたけど、それもできない。だから盗んだノートと鉛筆で、今の状況を書き出すしかない。頭の中を整理しよう。

5

無視されてるのはすごく変な感じがするけど、これまで考えもしなかったことや、単純に不可能だったことをやってみる機会にもなる。最寄りの寿司屋に行って、客にいたずらして楽しんでる。

客が美味しそうな寿司を一貫手にとり、小皿の醬油に浸そうとした瞬間、私はテーブルの醬油皿を数センチ動かす。すると、客は手を遠くに伸ばさないといけない。また少し。小皿をずらすと、客は何が起きたのかわからずに宙で寿司を回す羽目になり、醬油皿をにらみつける。それから、寿司屋にケチャップを少し持ち込んで、テーブルにかけて板前と給仕の反応を待つ。今度は、動物園からライオンでも逃げ出したかのような騒動になる。店内での粗相を収めようとして、給仕は客の頭上を通り越して、頭が地面につくんじゃないかって思うくらい、深くお辞儀をして陳謝する。最後には、申し訳ない気持ちになった。板前の前掛けには、魚の血で笑っている人の顔を描いたりした。お米を水に浸けたり、海苔を火で炙ったりする様子、さらには朝方、市場から魚が運ばれてくる様子を、私はじっくり見ていた。すぐ横で坐ったり立ったりしているのに、日本の人が私にぜんぜん気づかないのは最高の気分だ。

渋谷には巨大な書店がある。そこにレモンを持ち込み、本の上に爆弾みたいに仕掛ける。近くの交番の警官の引き出しからもってきたポルノ雑誌をホラー系の本のあいだに挟む。音楽コーナーに行って、そこのCDを聴き始めると、チェコにいるような気がする。棚の前の床に坐って、次から次に曲をかける。顔ではなく覆面を着けているかのように、店員の笑顔はぎこちない。通路のソファで寝転がろうが、靴を脱ごうが、天井を眺めようが、かれらはぜんぜん気にしていない。私は、単に相手にされてないだけだ。

音楽にはかなりうるさいほうだ。父さんに鍛えられたから。今、歌ってるのがジョンか、ポールか、あるいは、クレイジー・ホースと演奏してる時のニール・ヤングか、ソロのニール・ヤングかの区別ができないと、父さんはがっかりする。そこで、父さんに喜んでもらうべく、詩でも暗唱するかのように、バンド名とメンバーの名前を必死に暗記した。でも、私が長居した渋谷のショップには、私の知らない音楽が大量にあった。ぜんぶ聴くのに十年はかかる。中には、聴くに堪えないものもかなりある。たとえば、いわゆるヴィジュアル系の音楽だ。

　ヴィジュアル系とは、日本のことをググっていた時にすでにプラハで出会っている。ヴィジュアル系という用語は、九〇年代の日本で起きたバンドのムーヴメントの一つ。ヴィジュアル系バンドは常軌を逸したコスチュームに身を包み、挑発的なメイクをし、髪を派手な色に染めている。メンバーが男か女か区別できないこともしばしばある。メイクをし、顔を変えた日本人のバンドは音楽をやっているつもりで楽器を壊し、ボーカルは病的な声で私のわからない日本語で何か歌っている。こういう音楽と、それに関係するありとあらゆるものにハマる人もいる。ただ、私は惹かれない。

6

　こちら渋谷、こちら渋谷。プラハ、聞こえますか？　応答ナシ。永久に鳴り続けるビジートーンが神経に障る。

　ここから出たければ、日本語の勉強を始めないといけない。まわりの人が話してることを理解し、そこから何か推測できるようにしなければ。教科書コーナーに行き、初級者向けの日本語の本を覗いてみた。今は単語を猛勉強中。ほかにすることもないし。いつか眠れる日がやってくるといいんだけど。

7

　最初の数課をなんとか読みきった。眠気はなく、音楽を聴きながら日本語を勉強する。ここではまったく独りきり。勉強もはかどる。時間はあり余るほどあって、邪魔は入らない。身近なところから、日本語が目からも耳からも入ってくるので、頭に定着するのも早い。日本に語学留学したいとずっと願っていたけれど、こんなかたちの語学留学になるとは想像してなかった。教科書を持って書店のソファで横になる。耳にはイヤフォンを着け、一課また一課と何度も復習する。声に出して読んでも、誰も私に気がつかない。

日本語には二つアルファベットがあって、それに漢字もある。アルファベット、つまり平仮名と片仮名はもう覚えた。でももっといろいろなものを読むには、漢字を頭に詰め込まないといけない。それから単語もだ。

日本語の単語はぜんぶ同じに聞こえる。そのせいでひどく混乱する。音節を入れ替えるとまったく別の単語になってしまうのだから。「ショウブン」、「ブンショウ」、「シュウカン」、「カンショウ」、「ガッコウ」、「コウカイ」。すべて同じに聞こえるが、意味はまったく違う。最悪なのは「ショウ」と「カン」。この二つはたいていの単語に入ってて、しかも繰り返し出てくる。「カンショウ」みたいな単語はたぶん腐るほど意味があるだろう。「カンショウ」って言う時、日本人はどの「カンショウ」の意味なのかどうやってわかるんだろう？　文脈を判断する感覚が並外れて発達しているに違いない。

8

私の計算が間違ってなければ、今日は十八日。つまり、バーラはすでに出国したはず。私を置いて出国したことを、どうやって説明するんだろう？　両親は私のことを酷く心配してるはず。全世界で捜索を呼びかけてるかもしれない。だけどここにいる私はぜったい特定されない気がする。今、私ががんばっている場所は、一か月前にやってきた日本と同じじゃないのははっきりしてる。確実に、どこか別の次元に舞い込んでる。誰かに殺されたのだろうか、これが俗にいう天国なのかとよく考えてみる。人は死んだら、生前行きたかったところに行けるとか？　だけどその場所に独りきりなのは不思議だ。東京に憧れている人はたくさんいる。もし天国なら、私みたいに足留めを食って死に物狂いになっている連中に出会っているだろうから。

9

「私の名前はヤナ・クプコヴァーです。チェコ共和国から来ました。迷子になりました。大使館に電話していただけますか？　どうやったら帰れるか教えてくれませんか？」

警官は何か答えるが、私にはよくわからない。いつも少しの単語しか聴きとれない。

「……食事……思う……寿司。たぶん……、ちゃんと……あなたにはね……てゆうか……
……金髪……カラーの。きっと……サムライ……驚き……ないね」

ぜんぜん歯が立たない。少なくとも初級の教科書の最後まではいかないと。

日本人が手にしていたマクドナルドの容器からフライドポテトが一本落ちたので、食べてみようとしたけれど、口に入れることはできない。だからポテトは捨てた。お腹が空かない、だから何。プラハにいた時にあれだけ恋い焦がれていたご馳走を楽しめないのはいらつく。

10

もう漢字は二百個覚えたし、書店にあるジャズはぜんぶ聴いた。頭が爆発しそうになると、隣のブティックに行って、いい服を試着してみる。鏡の前でポーズをとると、食べるのやめて、もっと痩せなきゃと思う。でも何も食べてないのに気づく。プラハでももっと痩せる計画を立てていたけれど、私の体は当時の哀れなデブ期のままだ。

歩きながら、単語を暗記する。建物やショップの看板は読めるようになり、子ども向けの本も挑戦している。会話の断片を聞いて、何の話題かわかることもある。ショッピングとか仕事のこととか残業のこととか。私も永遠に続く残業をしてるみたい。ここにどのくらいいるのかもわからないし、何より一睡もできてない。携帯の電源は切れ、誰も私に電話できない。そう、それにパスポートもなくした。どこで落としたのかはわからない。今や私は何者でもない。誰のでもないどっちつかずの土地で、私は何者でもない。文法第二十八課。

11

もう一度、交差点の警官に尋ねてみる。

「私はヤナ・クプコヴァー、プラハの出身です。どうやったら家に帰れるでしょうか？」

「その金髪、染めてんでしょう」警官は答える。相手の言うことがちゃんとわかって、とてもうれしい。一文まるごと、初めて理解できた！　きつい猛勉強も報われた。でも、わかった情報はクソだった。

12

ひどい考えが頭に浮かぶ。チェコのみんなが、私がいなくてもまったく寂しがっていないとしたら？　バカみたいに聞こえるだろうけど、家に帰っていながら、ここに残っているという可能性もある？　別人のヤナ・クプコヴァーが無事にチェコへ帰国して、もう一人の私が渋谷で立ち往生してる？　私を探す人は誰もいないかもしれない。誰も私を必要としていないかもしれない。そんなことを考えると、寂しくなる。

日本語をマスターして、ここから脱出して家に帰ってやる、今まではそう自分に言い聞かせてきた。でも、今すぐにでも荷物をまとめたほうがいいんじゃないかって思う。自動車に飛び込みでもすれば、安らかになるかもしれない。でも、そんな勇気はない。幸いにも、二つのことが問題になるはず。まず、自殺するのはあまり褒められたものではない、だって、まだ死にたくないから。次に、たぶん目が覚めてもまたハチ公の隣にいるだろうし、そうしたら、自分の死のひどい思い出が増える以外に何も変わらないだろうから。

踏ん張って耐えるしかない。日本語をちゃんとマスターしたら、渋谷にいる警官という警官、交番という交番、タクシー運転手というタクシー運転手に近寄って、何かしゃべってもらおう。

13

ノートをもう一冊盗み、小説を書き始める。どうにかして時間をつぶさないと。そうでもしないと、頭がおかしくなる。化け物に恋する女子の話。ここにいると、みんな、化け物に見える。そのことに着想を得ているのだ。本になったら、ヒット間違いなし。少し『トワイライト』っぽいけど、はるかに面白い。

長い小説は書かなくていい、と父さんはいつも言っていた。というのも、登場人物全員に気を配り、すべてのエピソードの筋を上手くまとめるのは生半可なことじゃないからだ。父さんはクリエイティヴ・ライティングを教えているので、そういうことをよく知っている。でも、私は短い話が好きじゃない。『ハリー・ポッター』や『指輪物語』も、五ページで話は終わらない。読む時はじっくり読みたい。三十分だけじゃなく。何日もかけて読みたい。

私にはまだ長い物語が書けない、と父さんは当然のように確信している。ある意味で、その通り。二回失敗したことがある。でもプラハに戻ったら、できあがった大作を父さんに見せてやる。そのための時間は、ここならたっぷりある。書き始める前に、じっくり考えたい。ほかの誰も書いたことのないものを書いてみる。父さんは驚いて、私を誇らしく思い、今まで過小評価してたと認めてくれるはずだ。

14

周囲を散策していると、マンガショップの向かいで、地下からギターを運び出す化粧をした男たちの一団に遭遇した。最初は女の子かと思ったけど、胸がないのと、女子にしては背が高い。一人は髪を真っ赤に、もう一人はパープルに染め、残りの二人は髪を大きなスパイク型に固めていた。バックル付きのタイトなレザージャケットにスカート、ニーハイのソックス姿。ゴシック系の服にコスチュームチェンジしようとしたものの、途中で自分たちにはイカツ過ぎるのに気づき、姉貴の衣装をつなぎあわせて着たみたい。パンツにはピンが十字に刺してあって、首にはチェーンが巻かれ、口にはピアスをしていた。磁石を手にして近くを歩いたら、何から何まで引き寄せそう。ヴィジュアル系バンドの連中だ。

　こういうド派手に着飾った連中は渋谷ではよく歩いているが、本物のヴィジュアル系バンドを目にしたのは初めてだった。かれらはしょっちゅうライヴをしてるから、たぶん今日もそうだったのだろう。杉並方面のバス停まであとを追いかけていくが、またハチ公のところに戻ってしまう。この犬はマジでムカつく。

　興味深いのは、こんなにもやぼったい連中が、日中、通りを歩いているというのに、誰も足を止めないこと。みんな、視線を歩道に向けて歩いている。何も、誰も、視界に入ってない。着物姿の婦人、スーツ姿のサラリーマン、制服姿の子どもたち、プリーツスカートをはいた女の子、B系、ヴィジュアル系が、巨大なティーカップの中でミックスしている。そのあいだを、迷子のチェコ人、透明人間ヤナ・クプコヴァーが通り抜ける。あの人たちは私を見てないんじゃない。他人のことを誰も見ていないのかもしれない。

15

もう一度、警官に尋ねてみる。

「すいません、ここはどこですか？　ここは日本ですか？　どうして、ここを離れられないんですか？」

「ルールとマナーさえ守ってれば、警察の厄介になることはないですよ」

私が質問しても、どの警官も、答えは四パターンしかない。

1. ルールとマナーさえ守ってれば、警察の厄介になることはないですよ。
2. 君たちが日本食を評価するのは無理。寿司しか頭にないんだから。
3. その金髪、染めてるんでしょう。
4. サムライを探しに来たんでしょ。ほんとうはいないと知ってびっくりしたでしょ。

どうして、警官たちが同じ文句ばかり繰り返すのかわからない。外国人女性を目にしてすぐに思い浮かぶことなんだろう。せめて、その言葉の中に、私がここにいるというなんらかの証があればいいんだけど。

16

犬があからさまに憎くなってきた。ハチ公を見るのもしんどい。この犬は主人を九年も待っていたそうだ。私は帰宅までそんな長いあいだ待ちたくない。もしかしたら、死んだあとも像になって待たされているので、私に復讐しているのかもしれない。像のまわりの空間は呪われている。ハチ公と私は釘付けになっていて、ここから離れられない。できるものなら、ハチ公を連れてどこかに行きたい。とても遠いところへ。ただ、二つ問題がある。まず、この像はめちゃくちゃ重い。次に、ハチ公を連れていこうとしても、また同じ場所に舞い戻ってしまうかもしれない。

　漢字の問題集をもう二冊も仕上げた。書店の床に本を散らかしても、店員の女性が棚に戻してくれる。母さんに見つかったら、きっと殺される。母さんは私を整頓好きな子に育てようとしたけれども、逆に究極の片づけ下手になった。私が散らかした場所を誰かが片づけてくれるたびに、これを見たら母さんに何言われるだろうと思い、恥ずかしくなるのだ。もしこれがドッキリで全世界に中継されてたら、母さんは恥ずかしさのあまり卒倒するにちがいない。

17

　メイクをしてギターを担いでいる連中にまた出くわした。こないだよりだいぶまともに見える。さっき楽器を運び出した地下へと降りていったかと思うと、三時間、そこから上がってこなかった。地下にスタジオがあるのだろう。そのうちの一人は、けっこうタイプだ。前はじっさいどんな見た目かわからなかったが、今メイクをとると、全体としてキマってる。ちょっと仲代達矢みたい。

　仲代達矢は三船に次いで好きな俳優。もちろん、三船は神のような存在、でも仲代も悪くない。映画『切腹』の仲代は、『七人の侍』の敏郎よりも強い武士かもしれない。

18

　連中は月曜と木曜にやってくる。スタジオの真向かいにあるマンガショップの窓から観察してみた。メンバーは四人で、いちばん恰好いいのは仲代。未来の小説の背表紙にそいつを描いてみた。でも上手く描けなかったので消した。

　ノートへの落書きは子どもの時からしている。描くのは、先生とクラスメイト、読んだばかりの本のシーンとか。クリスティーナはまったく絵の素養がないから、私を羨んでいる。ある時、彼女のノートを覗き見したことがある。ちょうど、授業で軟骨魚類の話をしていた。私が見たのはこういう感じのもの。

それ何、って訊くと、サメとの答え。そのあと、私は教室からつまみ出された。けらけら笑い始め、いつまでも笑いを止められなかったから。

日本人は、こういう病的なサメをカワイイと思うかもしれない。かれらはある意味ひどく幼稚だ。どこに目をやっても、ありとあらゆる怪獣がいたるところでウインクしている。〈ハローキティ〉、〈ピカチュウ〉、マンガやテレビアニメのキャラクター。現実と向き合うことが日本人にはとても難しいようだ。現実の世界はほんとうにつらいところだけれど、日本人はそれを少しだけカワイイものにしようとしている。たがいに気を紛らわしているだけ。ショップ、レストラン、企業、どこを見ても、マスコットとロゴがある。幽霊に妖怪、動物がいたるところをうろついている。しかも、声を出す。〈ピカピカ〉、〈パコパコ〉、〈ゲコゲコ〉。こういうフィギュアを、鍵や携帯、カバンやジャケットのジッパーにぶら下げていない人はほとんどいない。まるで体の中身は子どものままのようだ。まるで、日本人は大人になれないのか、それとも、大人になるのを怖がっているかのようだ。

19

明日からは、中級者向けの教科書に取りかかる。書店からマンガショップへ移動する。そこからだと、例の四人組がいるスタジオがよく見える。どういう音楽を演奏しているか気になる。来週の月曜にでも聴きにいこうか。それまで待たないと。待つことだけは誰にも負けないくらい得意になってる感じがする。

そう、私は何の理由もなく、ここにいるんじゃない。際限なく待つことにも、何か意味があるはず。我慢すれば、その意味がわかると思う。とりあえずは、自分の小説を書くことにする。

第三部　プラハ

1

ツェレトナー通りにある哲学部は迷宮のようだ。ヤン・パラフ広場にあるメイン・ビルディングから切り離されて、気分を害したように、威厳を保とうとしているが、建物はどこも埃だらけで古びている。廊下は古い棚で溢れ、自習室もなければ、坐るところもなく、学生たちは壊れかけの備品に坐ったり、カビの生えた使い古しの肘掛け椅子にどっぷり腰を下ろしている。本は室内には入りきらずに窓や煙突の下に置かれ、棚ははち切れんばかりだ。ここでは、居場所がわからず困惑しながら二二八号室を探している外国人留学生によく遭遇する。その教室があるのは二階ではなく四階。私も曲がる場所を間違えて、ぜんぜん知らない場所に出て、厚化粧をした秘書が学部長室にコーヒーを飲みに行こうとしているのに出くわすことがある。あるいは、いつもより先まで廊下を進むと、見慣れたはずの場所なのに、通り抜けできるのを初めて知る。この近道のおかげで、次回は事務棟を通らないでいけると知っていい気分になる。でも今度来る時に、この近道を見つけられるか確信はもてない。廊下にある棚が動いて、二階の心理学者を訪れて、診断を受けているかもしれないから。そう、建物は自分の命を営んでいる。

建物内部には魔法がかけられていて、そこにある化け物が蠢《うごめ》いている。

2

化け物の名前はヴィクトル・クリーマ、日本学専攻の博士課程の院生。その姿は、目に見えない物体の影のようだ。ビアホールの匂いを漂わせながら廊下をのろのろ歩き、折を見つけては次に吸う煙草を巻いている。メガネが落ちないように四苦八苦し、靴も合ってない。大正、昭和期の作家、川下《かわした》についての情報を乞うと、クリーマに会ってみたらとアドバイスしてくれたのが、古典文学を教えているマレク・トルンカだった。

　トルンカは『伊勢物語』にすっかりはまっているが、川下の名前は聞いたことがない様子だった。ヴィクトル・クリーマは大正期の文学を専門としているので、川下のことを知っているかもしれないという。とはいえ、クリーマに声をかけなきゃいけないのかと思うと、ややげんなりした。というのも、一回だけ、話したことがあったからだ。今でも、そのことを思い出すと、気分は複雑になる。

　十一月初め、学内で日本の文学者松下太郎氏が講演を行なった。専攻の大半の学生が出席し、もちろん、ヴィクトル・クリーマもいた。講演会場の教室に行くと、そいつは後ろのベンチでうつらうつらしていた。松下が話し始めると、クリーマは目を覚まして、ノートにメモを取り始めた。ほかの学生たちが静かに耳を傾けているなか、ノートを何度も消し、紙を破く音が聞こえた。すると、クリーマの鉛筆が一本、床に落ち、ほかの学生たちの足のあいだを転がり始めた。靴にぶつかりながらも鉛筆をつかもうとした。それはまるで、結晶の頑丈な格子から解き放たれ、ブラウン運動の存在を確証した粒子のようだった。ピェンカヴァ准教授の席の近くで寝ころぶと、ちゃんと座るようにとぼそぼそ声で指摘された。しまいに、私の席の下にもぐって、カバンを持ち上げようとした。その時、がたがたと音がし、松下先生が、後ろのほうは大丈夫ですか、と声を上げた。四十組の瞳がこちらを向く。こういう時、トマトみたいに真っ赤になってしまう、ありがたくない癖が私にはあった。
「すいません。鉛筆が床に落ちまして、お騒がせしてすいません。すぐに拾います」そう言うと、私はテーブルの下のクリーマの近くで探すのを手伝った。私は独りごちた。まったく、バカだな、隣の人からペン借りればいいじゃない。ある女子の足のところで鉛筆が見つかると、クリーマは自席に戻った。こんなバカがどうしたら大学に入れるの、と私は思った。

松下先生が講演を終え、何か質問かコメントはありませんか、と尋ねると、不思議なことが起きた。たいていそうなのだが、講演中、学生たちは関心がある風を装ってメモをとったり、頷いたりしている。だが、講演が終わった途端、聴いていたはずのことについて意見が言えなくなるのだ。頑なに沈黙し、先生が脅迫めいた白目を剝《む》くとようやく、誰かが手を挙げ、ほんとにくだらない質問をする。この時もまた、そういう展開になるのかなと思った。でも、そうはならなかった。

クリーマが椅子から立ち上がり、ノートから破った紙にぎっしり書き込んだメモから目を上げ、お話についていくつかコメントがあります、と大きな声で講演者に告げた。私を含む、四十一組の瞳が見開かれ、事態を吞み込めずにそちらを見た。散々、講義の邪魔をしていた奴が、いったいどんなコメントをするというのだろう？　見ものだ。
「私がちゃんと理解したかぎりでは、今日、お話しされた文学作品はすべて、一般的なレベルから、最小のミクロのレベルにいたるまで、コントラストにもとづいている、とのことでした」

松下は頷く。
「これは私見なのですが」とクリーマは続ける。「今日言及された作品にはもう一つ別の側面があると思います。それは、コントラストにより大きな意味を与えるもので、本日、触れられなかったこと、つまり、破壊行為という側面です」

松下は興味を示しつつ頷き、日本文学を教えているマレク・トルンカは腕を組んだ。

「破壊行為は」とクリーマは続ける。「今日言及された作品において、ある種遡及的な、かつ未来への展望としても機能していると思います。それは、総括する行為であると同時に準備を行なう行為であると。それは、特に、ほかの場所を侵犯することで、空白を満たす補完行為です。破壊行為は、これらの事例においては、憧憬、狂乱、欲望の擬人化でしょう。個々の出来事は寺院で展開しますが、破壊行為は、寺院の壁の向こう側にある外的世界の一片です。寺院がその内部で維持し、育て、養育し、敬うものの正反対をなしています。ですから」とさらに続ける。「今、私が述べたような破壊行為には、永遠の価値はなく、精神的な高みと結びつくこともなく、また何も作り出しません。空虚な型、絶望的な振る舞いに過ぎず、多くの事例において、ある種の理想を唯一表明するものです。ただその理想もまた、寺院という美学的、精神的権威に苦しめられ、その壁によって孤立している」

その瞬間、うたた寝をしている人も、床をぼうっと眺めている人もいなかった。そこにいた誰もが、ヴィクトル・クリーマを見つめていた。

「今日お話しされた作品内の破壊行為は絶望的な営為だと思います。なぜなら、そのようにして境界を破壊するのは、別の境界と出会うためだからです。自己目的という点において、痛ましいほどに雄弁なのです。そしてまたありとあらゆる輪郭を唯一与えることができるのは寺院にほかならない、というのも、それが逆に、ほかの場所ではもたらすことのできない意味をもたらすからです。どうでしょうか？」

3

この出来事は私に強烈な印象を刻んだのだろう。講演後、気がつくと、クリーマのところに駆けてゆき、カフェに行かない、と尋ねていた。中庭にいたクリーマはちょうど煙草に火をつけようとしていた。

「え？」呑み込めていない表情を浮かべた。そこで、私は口に手をあて、ポットからお茶を淹れる動作をしてみせた。クリーマは返事をしない。その代わりに、シュヴィハル博士のことを観察し始めた。休憩時間になると、この博士は、何かぶつぶつ言いながら、灰皿から門番に近い灰皿へ、さらにもう一つの灰皿へと中庭で規則的な三角形を描きながら歩いているのだ。

「専攻は？」とクリーマ。私がカフェに誘ったことは聞き流していた。

「日本学。修士の二年」と私。「さっき、松下先生の講演に一緒に出てた。落ちたペンを渡したでしょ」

クリーマは煙草を口から離す。

「修論のテーマは？」

「日本のミステリー小説」と私。「推理小説、それにミステリー要素のある作品」

「で、方法論は？　語りの分析？」

もう、警察の取り調べを受けてるよう。

「方法論？　まだわからない。始めたばかりで、提出は夏だから。まだ九か月ある」

「そうか、じゃあ、ごめん」クリーマは吸い殻を灰皿に入れ、その場を去った。

歩き回っているシュヴィハル博士と向き合ったまま、私は立ちつくした。ヴィクトル・クリーマがごめんと言ったのは、日本のミステリーを読むことになのか、論文のことになのか、それとも私とカフェに行くことになのか、まったくわからなかった。いずれにしても、私は苛立った。

十一月の段階ですでに、クリーマが大正時代の作家を専門としているのを知っていたら、すぐに川下のことを訊いていただろう。どう先に進めばいいか、ヒントがもらえたかもしれない。どうだろう。でも、今、私はためらっている。知識を求める私の欲望は、すぐにクリーマとコンタクトを取るべきだと命令するが、あの態度のでかい化け物とは話したくないという気持ちも強い。クリーマの反応は常軌を逸しているとは言わないが、贔屓目《ひいきめ》に見ても自然なものではなく、博士課程で純文学を専門としているあいつは、ほかの連中を見下しているのがはっきりと伝わってきた。

4

「何？」クリスティーナは目を丸める。「化け物？　大学の図書室で？」

私たちがいるのはウーイェストのカフェ〈第七の天国〉。クリスティーナはストローでカクテルをかき回し、ピンクの頭は思いを巡らせながら頷く。私たちはそうとう飲んでいる。

「そう、すくなくともそう見えるの。一回、見てほしい。口は曲がってて、髪はボサボサ、片目はもう一方の目より上にある。しかもタバコくさい」

「片目がもう一方の目より上にある？」クリスティーナは関心を寄せる。「だからメガネも斜めなんじゃないの？」

「そうかも。どっちみち、ひどい恰好だよ」

「まあ、外見は研究に関係ないでしょ？　川下の件で手助けしてくれれば十分なんでしょ」

「そう」私は頷く。「でも、普通の人だったら、もっと簡単に話ができるのに」

クリスティーナは顔をしかめ、頷く。

「それだと化け物じゃないよ」と評価する。「大学の図書室で心を失った男子学生の幽霊だよ、ほんとう。うちの研究所でも、そういう幽霊が何人もいるから」

そう、うちには幽霊が一人いる、あなたのところならそうとういそうね、と思う。

「ぜったい言葉を交わしちゃだめ」、クリスティーナは続ける。「あいつらは試験管のあいだをふらついて、何かぶつぶつ言うか、化合物を盗むだけ。怒って容器を壊すこともあるけどね。初めのうち、こいつらなんでいるのってずっと思っていた。でも、そのあと仲間と一緒に納得したの。あいつらは化学反応式を解きながら命を落として絶望にくれている学生たちの霊なんだって。今でも落ち着かないから、実験室をうろちょろして、容器を壊したり、生きている仲間の成果にちょっかいを出してるの。あなたのそいつも、きっと同じ」

「でも、ヴィクトル・クリーマは何も壊してない。逆に、学術雑誌に積極的に投稿している」

「ふうん」クリスティーナは首を傾げる。「それは変ね」


「どうしてほかの作家にしないの？　情報を入手しやすくて、面白い作家はいっぱいいるでしょ」

「じゃあ聞くけど、何で癌《がん》の薬じゃないとだめなの？　より簡単に治療できる病気もあるでしょ？」と私は反論する。クリスティーナはため息をつく。

「わかった」間を置いて答える。「でも、私だったら、そのクリーマってやつには気をつけるな。少し待って、母さんのところで、何かあるか調べてみるから」

　クリスティーナの母さんは未来の占いをしていて、化け物と遭遇した時にどうしたらいいか相談するには適任だ。でも、私は博士課程ですぐに川下のことを勉強したい。クリスティーナの母さんが占いの水晶の前に坐って、クリーマの本質を明かしてくれるのを待つ時間は私にはない。

　最終的に勝つのは、学問だ。どうにか自分の気持ちを抑えて、クリーマにメールを書いてみる。大正時代の日本作家についてアドバイスしてほしいので、一緒にビールでもどう、と打診する。それで返事がなかったら、どうしようもない。普通の意思疎通はクリーマの得意分野ではないと理解したので、何のことかわかるようにビールジョッキの絵を念のためメールに添付する。これで仕掛けは十分なはずだ。店もこちら側から提案し、お金もそんなに持っていないだろうから、こちらがおごると伝える。

　でも、クリーマから返事は来ない。

5

わかった。クリーマに手助けする気がないなら、一人でやる。川下についての情報はどこにもないので、かれが書いた文章に集中し、「恋人」をチェコ語に訳すことにする。どっちにしろ、博論の計画書で引用することになるだろうし、翻訳を紙に書いても誰の迷惑にもならない。問題は、生半可な文章でなかったことだ。

　どうして簡単な作家を選ばなかったか、自分でもわからない。翻訳を避けていたら、先には進めない、現存するもっとも難しい課題を手にする。これよりもたちの悪いのは、井原西鶴しかない。マレク・トルンカのゼミの時間に井原西鶴を翻訳したことがある。私の訳文からは人物が消え、代わりに物語に全然関係ない人物が出てきたので、トルンカに笑われてしまった。マレク・トルンカはけっこういいやつで、その上、ちゃんとした学者でもある。だから、そういう人物に笑われると、自分が床に置かれた雑巾のように思えてしまう（トルンカのせいで、女子学生が戻したことは一度や二度じゃない。みんな、かれのことが好きで、トルンカの前で何かバカなことを言ってしまわないかと緊張するあまり戻してしまうのだ）。

　今のところ、「恋人」で訳せたのは初めの二ページだけ。言葉の結びつきの意図が正確にわかりかねる箇所がいくつもある。専用のノートを一冊作り、川下に関連するものはすべて貼ったり、書き込んだりする。翻訳も同じ。不安な箇所の端に、メモを書いた紙を貼る。

私が十五の時の事である。如何《どう》いう訣《わけ》だか、父の書斎の戸が開いていた。恐らく母は換気しようとして閉めるのを失念したのだろう。若《も》し其処《そこ》が閉じた儘《まま》であったのであれば、書斎に鍵が掛かっていない事に気附くことはなく、取手《とって》を動かして戸を開けようとも思わなかっただろう。然《しか》し、開かれた障子の隙間から、壁に綺麗に並べられた本の列、其れに書物机の角が目に入るやいなや、私は其処に足を踏み入れ、近くで凡《すべ》てを見てみたいと云う気持ちが抑えられなくなった。

父が大正四年に鬼籍に入った時、私は十三で、兄は十五だった。其れ以来、一度も、私達は父の書斎に足を踏み入れた事はなかった。母は家の中で尤《もっと》も遠い、尤も奥まった場所で父と云う存在を恰《あたか》も記念碑とするかの如く書斎に鍵を掛け、父の書斎など存在しないかの如く振る舞っていた。父の書斎は私と兄にしてみれば漢字の練習をする時間其の物でもあった為、父がいなくなってからも本能的に其処を避けていた。

若し父が生きていれば、週に何度か私達を呼び寄せ、書斎に来るよう命じただろう。其処で教科書を朗読し、際限ない数の漢字を毎度書写しなければならなかった。教養人に育て上げようとする父の試みを、私達は毛嫌いしていた。父自身は教養豊かな知識人で地元の学校にも積極的に顔を出し、夜には地元の商人の子息に書道の手解《ほど》きをし、父兄と夜中迄話し合っている事が幾度となくあった。就中《とりわけ》、煙草卸商の小山文造は父の許《もと》を頻繁に訪れていたので、兄と私は、其の人は拙宅《うち》に住み込んでいるのではないかと思う程だった。

私が十一の歳になる迄、父とは同じ家に暮らしていたが、父の姿は殆《ほとん》ど記憶にない。父に面した折は、顔を上げる事が殆どなかった為である。覚えているのは、父の懐中時計、螺鈿《らでん》の軸のついた筆、そして力強い髭だけだ。

これ以上先に進めないとわかると、本棚の整理に移る。週末までに暗記しないといけない漢字や単語が何十もあるが、たまには忘れるのもいい。図書室では、誰にも邪魔されない。私だけの世界だ。司書の女性が時折通路を通って、すべきことを指示し、私は時折コピー機の音や隣の教室から聞こえる笑い声に耳を傾ける。それさえなければ、私は一人。書棚から本を取り出し、番号があっているか、傷がないか、盗まれていないか確認する。

多くの書籍は、亡くなった日本研究者の親戚の人が寄贈してくれたものだ。一冊ずつ本を開く。どの本も、よく使われ、傷んでいる。先生の本が使い込まれていたのと同じだ。こういう本がいちばん好き。梯子の上でバランスを取りながら、棚から安部公房の『砂の女』の擦り切れた版を取り出す。整理番号の確認のために、蔵書印が押されている一ページ目をめくらなければいけない。手に取ったことのないチェコ人のように、本を裏返してみる。日本の本は「後ろから」読む。蔵書印を探すうちに、別のものに目が留まった。一ページ目にあったのは、著者本人の手で記された献辞だった。

助教授の回復をお祈りして、
安部公房、一九六八年五月一七日

数えてみる。あの先生が亡くなったのはいつだったろう？　この一か月後だ。そう思うと、心が揺さぶられる。

6

部屋の時計がチクタク音を出している。東京時間に合わせてある。東京は今どうなってるだろう？　プラハはもう暗く、窓の向こうでは雪が降っている。学内は寒いか、我慢できないほど暑いかのどちらか。図書室に坐っている私は、セーターを着て、コートを羽織り、頭には帽子、喉にはマフラーを巻いている。そうやって、「恋人」を読み解く。

　父の訃報が母の許に届いた日、父方の叔母は私を膝の上で抱えながら、父上はもう帰って来ません、と私に伝えた。其の後転寝《うたたね》していると、廊下から女中の話し声が聞こえた。聡《さとし》はまだ子供、何云っても判らないわ、と話していた。

　金輪際、父の姿は見られないのだと諒解した。だが然程《さほど》悲しくはなかった。父は二年前から外国に渡っており、十一歳の頃から其の姿を見ていなかった。其の為、父の顔すら能《よ》く覚えていない。父の死は私にとっては何も意味しなかった。生活は、何時《いつ》もと変わらず続いていたからである。

　兄は父の死に接し、悲嘆に暮れていた。二歳年上だった為、父の記憶が私よりも鮮明だったからである。大分年月が経てから私に打ち明けてくれたが、父が亡くなって、或る日の事を想い出したと云う。私が二歳になるかならぬかの頃、四歳の兄は夜中に父に叩き起こされ、家の前に連れ出された。寝惚《ねぼ》けている兄は事態が呑み込めず、泣き出してしまった。然し直ぐに驚きの余り言葉を失う。夜遅く真っ暗で、月が空に輝いているだけだと云うのに、家の前に太陽が煌々《こうこう》と輝いていたからである。其の時初めて、兄は電燈を目にしたのだった。私達の街に設置されたのは私が生まれた二年後の明治三七年だった。兄の思い出の中で父は魔術師であり、闇の中で輝く人だと云う。だが私の記憶の中に父は存在せず、書物机の奥の影だけだった。

後ろに体を倒し、背筋を伸ばす。背中がぽきぽきと鳴る。

母は、父の死を知らせる手紙を手にした儘、自室に閉じ籠り、凡《およ》そ一週間、出てこなかった。母の不在は私の心に父の死よりも大きな影を落とした。叔母に、母は病気なのかと尋ねると、叔母は「そうだ」と答えた。「あとどの位で病気は治るのか」と尋ねると、「心の痛みが何時収まるかは誰にも判らない」と云った。その後「心ッて何」と私は尋ねたが、其の問いに叔母は答えなかった。

突然、室内は耐えられないほど暑くなった。上の服を脱ぎ、窓に近寄る。氷のような空気と雪を部屋に入れ、窓枠に降った雪はあっという間に溶ける。中庭越しの向かい側の窓も開いている。教室にいる教師、廊下に立っている学生の姿が見える。

空気を入れ替え、また本を読もうとする。でも今回も集中できない。何かがブーと言っている。戸棚の裏側で寝ていたハエが暑さで目を覚ましたようだ。とても大きくて、気持ち悪いハエは、ヘリコプターのようにブーと音を出している。私の頭の周りを飛ぶと、いつも、今読み始めたばかりだと思い出させてくれる。

「もう！」私は立ち上がって、手で追い払おうとする。どうしたらいい？　そうだ！　廊下のドアを開け、部屋の電気を消すと、ハエは外に飛んでいった。もう一度、始める。また椅子に坐り、暗がりの中で待つ。誰かにこの姿を見られたら、完全におかしい奴と思うはず。ブーという音は収まった。廊下のドアを閉めて、電気を点ける。けれども一分と経たないうちに、またブーという音がする。

「ったく！」悪態をつき、電気を消すトリックをもう一度繰り返す。けれどもハエは出ていかない。もちろん、ブチ切れる寸前なのは自分でもわかってる。

「もう、十二月だっていうのに！　十二月のハエなんて、見たことない！」

いい方向に行かない時は、もちろん、悪い方向に行くしかない。叩くものは何もないので、真っ先に目に入る雑誌『古代美学』を手に取って、飛んでいるハエを叩こうとする。いや、せめて廊下に出そうとする。でも簡単にはいかない。ハエは棚から棚へと飛んで、螺旋を描いては、私の頭の近くでブーと言っている。部屋の中をあっちこっち走り回る羽目になる。ハエは、何度も私にぶつかってきて、何度も私はバランスを失い、あわや床に転びそうになる。でも、カーペットにぶつかる前に、どうにか元になり、雑誌を今一度手にして、ハエとの生死をかけた戦いに挑む。きっとハエはおかしくなったのだろう、というのも狂ったように円を描きながら飛び回っているからだ。

「クプコヴァーさん？」

私は、テーブルの上で、『古代美学』を手にしたまま、ヒステリックに右から左へ動いていた。その時、ドアのところにピェンカヴァ准教授がやってきた。

「ハエです」と私は宙を指差す。

ピェンカヴァ准教授は、よくわかっているという温和な笑みを浮かべる。すると、また救済を訴えるブーという音が響く。黒い大きな点が教師を目指していく。私はテーブルを横切って、先生を自分の体で防ごうと突進する（まったく無私無欲で、いや、日本文化の単位のことを考えていたのかもしれない）。でも間に合わない。

「ああ、ほんとうに、ハエだ。十二月だというのに。不思議だ」ピェンカヴァ准教授はそう言って、優雅な跳躍をしてハエのためにドアを開ける。ハエがその場からいなくなっても、私は丸めた『古代美学』を手にしていた。

「やれ打つな、蝿が手をすり、足をする、かな？」先生は朗誦する。

「小林一茶」試験のように、私は答える。

「読んだほうがいいよ、きれいな句だから」

「ええ、ありがとうございます」

「怪我をする前に、テーブルから降りて」

「あ、すいません」私はテーブルから降り、読みかけの本を置いてある座席に坐る。

また二分と経たないうちに、あのうるさいブーという音が部屋で鳴り始めた。『古代美学』へ手を伸ばす、けれども私は立ち上がって、書棚に向かうと、手垢のついた一茶の句集を取り出す。テーブルに坐って、読み始める。天井ではハエが陽気にブーと音を出している。

数匹のハエと私。

7

マチコの母は小学校で音楽の先生をしていて、父は電球を製造する会社の北海道工場に勤務している。

「子どものころ、兄さんと私は父さんの姿を見ることがほとんどなかった。母さんはほとんど一人で、父さんはお金を送るだけで、たまに姿を見せるだけ。日本ではこういうのよくあるの。ほかの都市への転勤を命じられると、従うしかない。家族がいるかどうかなんて誰も考慮しない。単にどこかに転勤させるだけ。よくあることなの」

「それって、両親が離婚したけど、じつは離婚してないって感じじゃない」

「その通り。でも、そのことは私と兄さんに深い傷跡を残したの。あのころ、私は学校に通ってたけど、母さんは私のせいで散々な思いをした。夜は家に帰んなかったり、逆に午前一時に家を出て、練習スタジオで寝たり、ほかのバンドの男たちと飲んでたり。学校はぜんぜん楽しくなかった。その上、カトリックの学校だったの。ありとあらゆることに何千もの規則があって、従順な召使いにでもするのかと思った。女子校だけど、通っているのは、普通の女の子じゃなくて、ロボットじゃないかって。日本の学校で制服は当たり前なんだけど、うちの学校のは想像できるなかでいちばん最悪なやつだった。ブラウングレーの宇宙服に膝丈のプリーツスカート、ベージュのセーター。スカートを短くしようものなら、放校処分。イヤリングも大違反とみなされていたのでNG。誰に対する、何の違反なのかわからないけど。ポニーテールをしたくても、認められているのは普通の黒のゴムだけ、カラフルなゴムはだめ。化粧も、髪を染めるのも論外。フツーに地獄。卒業すると、速攻で耳に穴を空け、髪を金髪にした。父さんが北海道へ転勤になった時、私は十五、兄さんは一つ上。ちょっと待って」マチコは携帯を取り出す。「そのころ、どんなだったか見せてあげる」

　画面をトントンと叩いてから、私が見えるように向きを変えてくれた。写真の男は、人間には到底思えなかった。長髪の髪は先端まで固めてあって、目の周りは青いペンでしっかり塗ってあり、眉毛は抜かれて細い線だけ、着ているのはピンクと黒のストライプのTシャツ。

「兄さんは、三人の仲間とヴィジュアル系のバンドをやっててね。一度だけ、ライヴに行ったことがあるけど、恥ずかしくて帰りたくなった。聴くに堪えなくてね」

　携帯画面のクリーチャーのような写真を見ているうちに、どこかで見たことがあるような気がした。でも、どこかはわからない。似たような写真はネットに溢れているし。

「もちろん、私と兄さんがこんなバカをしてたことは、父さんは知らなかった。二か月に一回、帰宅する時には、母さんが手料理をいっぱい用意して、私たちは学校でどんだけ真面目に勉強しているか、父さんがいないあいだに学校であったことを話すの。私たちがじっさいやっていることをしゃべったら、父さんは余計な心配するだろうし、そうなっても何の役にも立たないだろうからって母さんが言ってた」

　マチコは一口飲む。

「兄さんは、ミュージシャンになるのは無理だって悟ると、大学には行かずに、仕事を転々とした。いっつも上司と喧嘩しては退職の繰り返し。で、けっきょく落ち着いたのは、窓の清掃を専門にする会社。夜勤は多く、一日中ゴンドラに吊るされてることもあって、高層ビルをきれいにしてる。危険な仕事だけど、それなりの手当が出るから満足してるみたい。仕事のない時は、写真を撮っている」

「写真？　何撮っているの？」

　マチコはため息をつく。

「ほとんど窓ばっかり、たまにドアも撮るけど。とにかく、窓拭きに没頭してる。オフィスにいる人たちとか、ショーウインドーの向こう側や喫煙スペースのガラスの向こう側にいる人たちを撮ってる」

「おもしろいね」私は頷く。「で、その写真はどうしてるの？　個展でも開いてるの？」

「まさか」マチコは手を振る。「ぜんぜん。大学に行きたいの。写真の専攻で。昨年受験したけど、二次試験で落ちてね、知識が足りないって。窓の写真は悪くなかったみたいだけど、才能だけじゃだめだからね。それで、今は写真に加えて、勉強もしている」

「すてき」

　マチコは笑みを浮かべる。

「あなたは、いつも変な人が気になるのね」

「そんなことない。大学にいる退屈な変人をどれだけスルーしてるか知ったら、びっくりするから。たとえば、ヴィクトル・クリーマとかいう奴。いつも何か考えてるふりしながら、学内を歩いているの。学問に専念してます、みたいな表情を浮かべて。でも専門のことで質問すると、臆病に尻尾を巻いて、どっかに行っちゃうの。知らないことがばれるのがいやなんじゃない。そうとうな偽善者」

マチコはじっと見てる。

「でも、気になって仕方ないように見えるけど。こんなに洗練された意見を披露できるんだから」

「やな奴を観察しているだけ」

マチコはにやりとする。

「きっと兄さんのこと気に入るはず。モデルみたいに美形ってわけじゃないけど、いい奴よ」

ヴィクトル・クリーマはモデルでもないし、それに、いい奴でもない。

8

クリスティーナはポケットから紐のついているペンを取り出す。

「これ、母さんが、あなたにって。上向きのエネルギーに満ちていて、悪い霊を追い払い、ポジティヴな霊気を引きつけてくれる。昨日、占い部屋に二時間こもって、これに気を入れてたから」

疑わしげにペンを手にする。どこの文房具店でも手に入りそうなものだ。ピンクのペンには、〈ヤナ——頼りがいのある＋愉快な〉と書いてある。こういうのは今、どこでもやってる。いろいろなものに、持ち主の名前と、性格を二つ、刻印する。販売しているのをいちばん見かけるのが、クリスマス前。買うのは、親しい人へのプレゼントのアイデアが浮かばない人。とくに、マグカップは飛ぶように売れる。

プレゼントをもらう人の名前と性格を刻印するスタッフに会ってみたい。〈アンナ——親切な＋ぶれない〉、〈アネタ——愛嬌のある＋頼りがいのある〉、〈アダム——自主性のある＋聡明な〉。もし、人間の性格が二つしかなかったら、どうだろう？　この世は、はるかにわかりやすいものになっているはず。でも、そうなったら、パートナーも生年で選ぶようになるかもしれない。それはあまり愉快じゃないけど。求人欄にこう書けばいい。「女性のパートナーを求む、マルチン、三十五歳」。そうすれば、女性のパートナーを求めているのは〈感じのいい＋愉快な〉人だとすぐにわかる。マグカップやペンにこういうポジティヴな情報を印字する会社で働いているのが、じつはパンクロッカーなのかもしれないと想像してみるのはとても愉快だ。厳しい現実を商品に刻むかもしれない。でも、みんな、ほんとうのことなどあまり知りたくはないのかもしれない。じつは、マチルダは鼻の穴をほじってる退屈な人物だとか、アレクサンドルは間抜けで、あそこが小さいことか。〈ヤナ――頼りがいのある＋愉快な〉を手に持ってみた。こんなバカげたものに上向きの気が詰まってるの？

「とりあえず、もらっといて、家に持って帰ろうものなら、母さんに罵倒されるから。どっかで捨ててもいいから。私は持っていたくないの」

私は、ポケットにペンを差す。

「悪い霊を追い払ってくれるって……」クリスティーナは肩をすくめる。

「むしろ、いい霊を引きつけてくれるといいけど」ため息をつく。

「また変なノウザークを呼び寄せないといいけど」

9

ルボシュ・ノウザークは三十歳を過ぎている。初めて会ったのは、私が廊下の床に坐って、紀要『モヌメンタ・ヤポニカ』を年次ごとに整理していた時のことだ。研究室のドアは少し開いていて、なかではカドレッツ准教授が女子から卒業論文の相談を受けている。廊下の棚で『モヌメンタ』を一号ずつ取り出して整理していると、隅のほうで顔をしかめている男がいるのに私は気づいた。男は、ドアの前で立ち止まると廊下から動こうとしない。

「おやおや、ここに坐ってるのはシンデレラじゃないか！」と私に声をかけてきた。「整理中？」

おそらく違う。ただここに坐って、ひまな時に古い雑誌の埃を払っているだけ。

「まあ、そうとも言えるけど」

「専攻は日本学？」

「そう」

「教員？」

「学生」

男はうんうんと頷くと何か考え始める。パッと近づいてきたので、私は怯んだ。奴は運がいい。『モヌメンタ』で一発喰らわなくてすんだのだから。

「ごめん、名前言ってなかった！　ルボシュ・ノウザーク」

気は進まなかったけど、育ちがいい私は立ち上がって、自己紹介をした。ルボシュ・ノウザークは、それから私を質問攻めにした。

「ここでよく整理してるの？」

「ほぼ毎日」

「でも、今まで一回も会ったことないよ！」ルボシュ・ノウザークは驚いた表情を見せたが、その瞬間、秘書がドアを思いっきりバンと開けたので、ノックアウトされた。

秘書は怒った眼差しを投げかけた。ノウザークは呆気にとられ、あっという間に顔から血の気が引き、すごすごとその場を去っていった。別れの挨拶も交わさずに。

私は立ち上がって、研究室内のパソコンで作業を続けようとした。中に入ると、カドレッツ准教授は学生と話すのをやめ、唖然とした様子で私を見ている。

「おい、ヤナ！」カドレッツが首を振った。「あの永遠のナンパ師は誰？」

「中国の研究しているみたいです」と私は答える。

「能猿《のうざる》でもあるまいし」

「いえ、ノウザークです」

10

研究室にある十一番の戸棚の真向かいにある椅子に坐っている。室内では、細かい埃が舞っている。パッと見ただけでは、ごく普通の戸棚にしか見えない。ほかの戸棚と戸棚のあいだに挟まれてはいるものの、特別に大きいわけでもない。ほかの戸棚もダークな色の木製で、鍵を使って開ける。ほかの戸棚の鍵はすべて壁に吊るされているのに、十一番の鍵は、誰かが盗んだのか、あるいは、どこかに置き忘れたのか、ここにはない。鍵がないのに、どうやって雑誌の確認をすればいいんだろう？

「恋人」を取り出し、翻訳に取りかかる。けれども視線はふと向かい側の棚に注がれる。何か大事なものが中に入っているんじゃないかって思いが頭から離れない。でも鍵がないことには、どうしようもない。ため息が出る。その鍵を盗んだのは私じゃないかって、司書の人に勘違いされないといいけど。窓の下に積まれている新刊本の山を片づけたら、きっと見つかるだろう。


父の訃報が届いてから二か月後、私は叔母と街に繰り出した。其の頃には疾《と》うに母は自室から出るようになっていた。家の中をふら附きながら歩いている姿を何度か見かけた。体が一回り小さくなったように見受けられた。

兄は一緒に出掛けなかった。其の頃の兄は悲嘆に暮れて塞ぎがちで、言葉数も少なく、私と遊ぼうともしなかった。父が物故する前に欧州から送ってくれた本を読んで、私は日々を過ごしていた。本の挿絵に惹かれたものの、中身は理解できずにいた。

そんな折、街へ出掛けて、何か甘いものでも買いましょう、と叔母が提案してくれたのだ。叔母との散歩は私が望んでいた冒険ではなかったものの、終《しま》いには賛同した。何《いず》れにしても、新しい筆を買わなければならなかった。学校からの帰り道、相撲遊びをしていた時に古い筆を無くしたからだ。其れに、甘い小豆大福にも惹きつけられた。

カバンからミネラルウォーターのペットボトルを取り出し、一口飲む。私も小豆大福を食べてみたい。でも、そんなお金はないし、学校の食堂はほんとうにひどいものしかない。そう、家の夕食まで我慢しないと。よく知られた学食のメニューに、ぐちゃぐちゃにマッシュされた大豆でできた、ツンとしたにおいがするソイミートスライスのサラダがある。この料理の名を耳にするだけで顔から血の気が引き、今どこにいようとも、プラハの方角を横目で見る。私は、代わりにチューインガムを口に入れる。

初春の晴天の日だった。地面は今猶《いまなお》冷んやりとしていたが、空気は暖かかった。目抜通り沿いの店は私の記憶よりも大きく、圧倒された。幅広の窓は外に開け放たれ、初春の光が上の階の奥にまで差し込んでいる。頑丈そうな屋根の端に置かれた鬼瓦は眼下の客を見下ろしていた。

「如何して、こんな怖い顔しているか、判る？」叔母が私に尋ねた。「色々な災害から家を守るためよ。」

「火事とか？」

叔母は頷くと、一筋の悲しい影が頬を走った。莫迦《ばか》な事を尋ねてしまったと直ちに後悔した。というのも、私が生まれる十年程前、私達の街は炎に包まれ、叔母の兄、竹助伯父さんも命を落としていたからである。叔母もまた家族の営む店の火を消そうとした際に負った火傷の跡が首元と手にあった。其の時、叔母は二十歳だった。未だに独り身だったので、時折「傷のある嫁は誰も貰ってくれませんから」と悄々《しおしお》と話していた。

「僕たちがお嫁さんにしてあげる、なア、聡？」兄は度々云った。だが私は黙していた。叔母とは結婚出来ない。叔母の傷は好きにはなれなかった。近くで見ると、人間の肉を喰らう炎の事が頭に浮かんだ。私は火事こそ経験しなかったものの、色々な人の話から能く知っていた。目抜通りが炎に包まれる様子をまざまざと思い描くことが出来た。其の光景《ありさま》に私は驚愕した。女中から火事の事を初めて聞いて以来、頻繁に夢見るようになった。幾度となく悪夢に悩まされたが、其の一方で何処か惹かれてもいた。火事が何度も思い出され、そう遠くない地区にある寺院が炎に呑み込まれる様子を考えてみたりした。火消しが炎を手なずけようとするが上手く行かず、炎が建物の床下に迄入り込み、畳や書棚、色彩かな着物を仕舞ってある簞笥を呑み込んでいった。

深呼吸をする。疲れた。それに、ほんとうにお腹が空いた。何度も線を引いたり消したりした五ページほどの翻訳を見てみる。まだ、そんなにできていない。単語を丁寧に書き出し、夜に調べることにする。これまで見たことのない新しい表現がたえず出てくる。終わりのない戦いだ。翻訳のノートを閉じようとした時、私の頭の横にもう一つの頭が現れた。耳の近くを動いているその頭はヴィクトル・クリーマだった。

11

「何を読んでる？」クリーマはそう尋ねてくると、私が何も言わないうちに「恋人」を閉じ、表紙の題名と著者名を確認しようとした。表紙には『文藝時代』という題名が煌いていて、その下に小さな文字で「一九二三‐一九二五　短篇集」とあった。

「〈新感覚派〉に興味があるのか？」

『文藝時代』は〈新感覚派〉の雑誌だ。クリーマは、おそらく私のことをメインストリームのことにしか関心がない奴として話す相手から除外してたのだろう。でも今度は、どうして戦前の純文学を読んでるのかと理解できない様子だった。

私は返事をしない。挨拶しなかったばかりか、断りもせずに私のものに触れ、読みかけのページを閉じるからだ。私は椅子から立ち上がろうとする。

「待って」クリーマが隣に坐る。手にしていた『モデル読者』を隣の椅子にそっと置く。

「ミステリーをやってると思っていた」そう言って、本を自分に近づける。ページをめくって、紙面に視線を走らせる。

「この作家が気になっているの」クリーマがページをめくるのを終えると、「恋人」の下にある川下の名前を指差す。

「川下清丸」クリーマは声に出して読むと、本文を読み始める。額に皺を徐々に寄せる。

「ったく」息をつく。「結構大変な読み物だな。昼下がりに推理小説で食傷気味になったから、これを読んでるのか？」

私は返事をしない。クリーマも返事を期待していないはず。

「メールを書いたけど」私が尋ねる。「届いてる？」

クリーマは頭を上げる。

「あれ、お前だったのか？」

私は頷く。

「返事せず、すまん。最近忙しくて。先週、ブラチスラヴァで学会があって、ぜんぜん時間が取れなかったんだ」

「大正時代のことしているんでしょ。大学で川下のことを知っている奴がいるとしたら、それはあなただって、トルンカが言っていた」

クリーマは指でテーブルをトントンと叩くと、顔をしかめて、壁に並んでいる作家事典のほうへ視線を投げる。

「川下のことは知らないな。あれに載ってなかった？」

「ほぼゼロ」

クリーマは信じられないといったそぶりで首を傾げ、棚に近寄って、二〇〇三年版の講談社の事典を取り出す。

「たしかに。ほんとに、ほとんどないな。川越生まれ、『恋人』、それから『揺れる想い出』を書いたことだけ」

クリーマは事典を開いたままテーブルに置いた。

「この事典は詳しいと思っていたんだが」顔をしかめ、頭を掻く。

「名前は載っているの。ここにあるほかの事典だと川下清丸はぜんぜん載っていない」

「うむ、妙だな。ウィキペディアにはなかった？」

私は首を振る。クリーマは何か考え込んでいる。

「『文藝時代』に寄稿していたなら、〈新感覚派〉と関係があるはず、その連中を調べれば何か見つかるかもしれない」

「ネットには何も載ってない。図書室に所蔵されている評伝にも言及はなし。この雑誌に寄稿したのはほんの数回だけかも。それほど作品を残さなかったのかもね」

「あるいは、それほど知られていない人たちと会っていたのかも。いったいどこでそいつを見つけたんだい？」

「五〇年代にチェコ語で発表されたものを一篇読んだだけ」

「『揺れる想い出』？」

「ちがう、それはまだ入手できていない。普通の書店では売ってないし、ネットにもない。私が読んだのは『分裂』」

私は、古い雑誌に混ざって、雑誌『東方』のめくれた号がある棚に行き、それをクリーマの前、開いてある作家事典の隣に置く。クリーマは『東方』のページをめくる。

「川下で博論書きたいんだ」と私。「もちろん、博士課程にいけたらだけど。でも情報がこれだけじゃあ、それも無理。日本の大学に友人でもいれば、助けてもらえるのに、あいにくそういう人もいない」

「知り合いが早稲田にいる。フラバル（ボフミル・フラバル。二〇世紀のチェコ作家）を研究しているんだ。本や図書館でスキャンしたのをたまに送ってあげてる。川下に関連するものが何かないか、そいつに訊いてみるよ」

「え、すごい！　それは助かる！」

クリーマは頷く。

「あと、川下が生まれた川越は？」私に尋ねる。「何か、調べた？」

私はハッとする。川越市のウェブサイトがきっとあるはず。そういうサイトには、その町で生まれた人たちのリストがよくある。どうして、今まで思いつかなかったんだろう？

クリーマは私をじろりと見る。〈そういうことは早くやっておくべきなんだよ〉と視線が物語ってる。

「いちばんいいのは、その町に関する印刷物を手に入れることだよ」ブツブツ言う。そのあと腕時計を見る。

「もう行かないと。このあと、教えるんだ」上着と『モデル読者』を手にする。「これはここに置いといて」と「分裂」を指でトントンと叩く。「時間ができたら、読んでみる」

「わかった。ありがとう」

「何か見つけたら、連絡する」

研究室のドアのところで立ち止まる。

「ところで、さっきここで踊ってただろ」

「え？」

「ここで跳んでるみたいだった。反対側の廊下から、中庭越しに見てたんだ」

恥ずかしくなる。

「ダンスじゃない。部屋からハエを追い出そうとしていただけ」

「踊ってると思った」

「まさか」

クリーマは顔をしかめ、そのあと首を傾げる。

「残念。うまいと思ったのに」

12

家でパソコンの電源を入れ、川下の故郷をググってみる。クリーマの言っていた通りだ。早くやっておけばよかった。

川越市の公式ホームページには写真がいっぱいあって、観光客向けの英語の記事もある。でも川下への言及はなし。日本中からここに人がやってくるのは、伝統的な建築を鑑賞するためだ。図像を見ていると、黒澤明のサムライ映画に舞い降りたような気がした。写真の家々は、グレーの漆喰に、細かく装飾された屋根瓦、そして大きな鎧戸。観光客のための基本情報だけでなくもっと面白いものを知りたい。キーボードを日本語に変え、「川越　歴史」とグーグルの検索ウインドウに入れてみる。一つ目に出てきたものをクリック。

現在でも川越に残る蔵造り商家。最盛期には百軒以上の蔵造りの建物が街中にひしめき、特別な町並みを形成していました。なぜ、川越に蔵造りの建物が建てられたのでしょうか？　川越に蔵造りの町並みが形成される契機となったのは、明治二六年の大火です。

辞書に手を伸ばす。

つまり、一八九三年、川越で大火事があったということ？　「恋人」にも火事のモティーフがある。ようするに、あの話は川越が舞台というわけ？　川越が大火事のあとで行なった火消し対策のリストで頭がいっぱいになる。根気がいる。記事の最後にたどり着き、注意深く読んでみる。

蔵造りの展示に当たっては、裕福な煙草卸商小山文造氏と親友上田《うえだ》保剛《やすたけ》氏にご協力いただきました。

小山の名前はどこかで聞いたことがある。ネットで一度見た。立ち上がり、カバンから「恋人」の翻訳を取り出す。小山文造、小山文造、翻訳した文章を指で探す。そう。ここにあった。

就中、煙草卸商の小山文造は父の許を頻繁に訪れていたので、兄と私は、其の人は拙宅に住み込んでいるのではないかと思う程だった。

ビンゴ！　これは、興味深い手がかり。

小山文造は一八六〇年に生まれ、一九二二年に亡くなりました。彼の生涯は謎に包まれていますが、川越で高名な煙草卸商を営んでいたことは知られています。

モニターから目をあげる。つまり、主人公が語った火事も川越でじっさいにあっただけではなく、小山文造も実在する歴史上の人物だった。ということは、「恋人」には自伝的要素が盛り込まれているのかもしれない。

13

「私たちの名前をつける時、うちの親は授乳か何かで悩んでたのかよく知らないけど」マチコは笑みを浮かべる。「私には優雅な知性という漢字を使って〈雅知子《まちこ》〉として、兄さんには頭と明るさを意味する漢字を使ってアキラと名づけた。こういう使い方はあまりないんだけど」

マチコはペンを取り出し、兄の名前をナプキンに書く。日本語の順番で。まず姓、それから名前。

川上《かわかみ》頭明《あきら》

「両親は、頭のいい子が生まれてくるのを望んでたの。その結果、私は切り株みたいに鈍くて、十以上数えることができなかったし、兄貴はイカれてる。先週は、交番のお世話になったみたい。散歩してる時に魅せられた窓の写真を撮ろうとして、監視モニターのある建物に入り込んで逮捕された。ふとインスピレーションを感じたんだって。それで侵入した。でも写真を撮る前に捕まったというわけ」

「で、どうなったの？」

「交番の窓で最高の写真を撮ったって」

マチコは首を振る。

「どうして、そんなに窓に魅了されてるの。窓に取り憑かれてるの？」

「それが、あいつのテーマなの」

マチコは顔をしかめる。

「たぶんね、兄さんには自衛本能みたいなものがないの。ああいう状況をむしろ望んでいると思う。だって、普通の窓ならどこでも撮影できるでしょ。でもね、あいつはそうじゃない、冒険を望んでいるの。きっと、人生で健康よりも、アドレナリンを欲してる」

「ねえ、兄さんの写真、携帯にない？　フェイスブックとかにあげてない？　興味あるんだけど」

マチコは頷く。

「うん。フェイスブックのページはある。でも、ちょっと古いタイプの人間で、いちばんいいのは隠してあって、あとで現像するの。メールで送ってもらうよう頼んでみる」

マチコは兄の名前を書いたナプキンを手にとって口を拭く。

「見てみたい」と私。

ナプキンの文字が少しずつ滲む。それを見ているうちに、アキラも、私と同じで、自分の何かを残そうとしているのかもしれないと思った。撮影の対象に、自分自身を投影しようとして。

14

　四つ辻の店で、叔母は小豆大福を買ってくれた。其の後、私に金を渡して、筆屋へ送り出した。叔母は新しい櫛を買おうとしていた。お店の人が勧める一番在り来たりな筆を買いなさいと私に言附けした。どうせ直ぐに無くすだろうからと。四つ辻を曲がろうとすると、叔母が帯売りの人と話を始めているのが目に入った。

　私は一人になった。数台の車と錆びた色の力車が目の前を通り過ぎていった。煙草商の屋根には日の丸と小山家の家紋の旗がはためいていた。店の入口は白い花飾りの編み込みがあった。店頭に並べられた煙草の看板からも煙草のつんとした匂いが街頭まで漂っていた。

「聡！」誰かが私の名前を呼んだ。「此方《こっち》に来い！　兵隊さんごっこするぞ！」

　端の方から武が呼んでいる。天皇陛下自ら参列された大規模の軍事演習が此の街であってから、私達は兵隊さんごっこをするようになった。其れ迄はドロケイばかりしていた。

「聡！　此方に来いよ！」武が呼ぶが、私は気乗りしない。今日はそういう気分ではない。晴れの日で、明るい色の晴れ着を着ているので汚す事は出来ない。それに、武の家の中庭で凄まじい勢いで戦闘して泥だらけになる気分には到底なれなかった。

　私は筆屋に漸《ようや》く辿り着いた。神社と小さな宿に囲まれた小振りな店の前には池があった。暫《しばら》く葉っぱの陰に隠れている鯉を見ていた。其の後頭を上げ、筆屋の中を覗いた。

　木の看板には「筆」という字が記してあった。窓の前には簾が垂らしてあり、中は見えなかった。入口の上には鬼瓦の代わりに「水」という大きな文字の瓦が置かれていた。

戸は半開きになっていた。

15

クリーマとの約束のために、草仮名読解の授業を休まなければならない。朝方、クリーマが電話をかけてきて、川下の遺言でも発見したかのような声を出した。すぐにでも会いたいと。でも、私を眺めながら、ビールをちびちび飲むこの人からさしあたり大したことは聞き出せていない。場所は、大学から遠くないトルフラーシュスカー通りの〈プルゼンカ〉。フライドポテト、チーズフライの匂いがぷんぷん漂っていて、私の坐っている椅子には焦げた跡がある。クリーマはどうしてこの店を選んだのか。たぶん、この近くに住んでいるのだろう。

「『分裂』を読んだ」とクリーマ。

「そう」と私。川下の文章を読んだ感想を聞かせたいだけだったら、ほんとにがっかり。てっきり、見せたいものでもあるのかと思ってた。メールで送れない何かが。川下に関連する何かがあるのかと。でも、ただ話をしたいだけのようだ。寂しかったから？　孤独を感じていても驚きじゃない。私に対してと同じようにほかの人にも偉そうな態度を取っているなら、友だちがいないのは間違いない。

「『分裂』の感想、聞きたくない？」と尋ねてきた。明らかに講義を披露したいようだ。川下についてのあなたの見解なんて関心ないけどねと一発かましたら、どんな表情をするか見てみたい。もちろん、そんなことはしないけど。

「話して」我慢して身構える。（うちの学部のインテリがよくやるように）フランスの構造主義の用語で私を圧倒するつもりだと予測する。

「ああ」クリーマが言う。「とても面白かった。ここで五八年、日本で二五年に出てたから、労働者礼賛かと思っていたら、意外にも予想は裏切られた。プロレタリアのモティーフはもちろんあるけど。川下は、二〇年代初頭にプロレタリア期を経ていたと思う」

「それは、短篇の主要なところじゃないと思う」

「そう」クリーマは同意する。「大事なのは、何かに惹きつけられたと思ったら、その内側から崩れていくところ。そこにとても魅了された」

私は頷く。クリーマが普通の人のように話しているので結構驚く。十一月の松下の講義では、講義の前に文学用語集を食べていたかのように、尊大な話し方だったのに。

「開高健の本、何か読んだ？」とクリーマ。「たとえば、『片隅の迷路』とか？」

「『巨人と玩具』だけ」私はほんとうのことを言う。

「『片隅の迷路』は気にいると思う。少し探偵小説っぽいから。もちろん、悪い意味じゃない」ジャンルの偏見について一言言おうとして、私が息を吸い込んだのを見て、そう付け加える。「おれも読んだんだ。『分裂』も『片隅の迷路』も、無実の女性が逮捕されて解決を迎える、そういう意味では、ある種の社会的な要素がある。それに取り調べもある。日本の警察と裁判制度の腐敗に対する批判も込められている」

「うん、それはいい視点だね。社会的なテーマを扱っている探偵小説を、私は否定していないから。松本清張の本はそうとうある」

「松本清張？」クリーマは眉を上げる。

「知らないの？」

「もちろん、知ってる」クリーマは繰り返す。「それにしても、ますます、お前の好きな作家のセレクションには驚くな」

私は返事をしない。

「初めてお前を見た時、軽い村上ファンかと思った。どうしてだかわからないけど」クリーマは頭を掻く。「文学講読の授業で一緒だった女子と廊下にいるのを見たからだろう。あの女の子たちが話してることは声に出すのも恥ずかしくて、おれの舌もねじ曲がりそうなくらいだ。たぶん、あいつらの仲間だと思って、連中と一緒くたにしたんだ」

　私はクリーマを見下ろす。

「一つ、はっきりしておく、いい？」と私。「どこでどういう印象をもったのか知らないけど、これまで読んだのは村上だけ、好きな言葉はカワイイ、日本学に進んだのは『ナルト』のサスケが好きだからっていう学部のノータリンと、私は違う」

　クリーマは肩をすくめる。

「いい、私はそんなんじゃない。子どものころから、文学に関心を寄せていて、文学をちゃんと深く学びたいと思ってる。村上が話題になったから言えば、たしかに村上は好き。最高の日本作家とは言わないけど、とてもいい作品はいくつもある。『アフターダーク』には心酔している。私が日本に関心を持ち始めたのは、あの本のおかげだから。だから、そんな上から目線で話すのはこれでおしまいにして」

　クリーマはまばたきをするだけ。

「怒らせるつもりはなかった」少し間を置いて、クリーマが言った。

「でも、相手を知ったところで、あなたはあいかわらずでしょうけど」

「すまん」

「許す。でも、もう二度としないで、いい？　で、どうして、六時じゃなくて、四時に会わなきゃいけなかったのか、その理由を教えて。ほんとうは〈草を吸ってる〉時間なんだから。もう二回休んでるの。またこれで面倒が起きないか不安なの」

〈草を吸ってる〉は「草仮名」の授業のことだ。

16

「例の川下についてわかったことがあるんだけど」クリーマは私の前に見開きコピーを置く。

「何これ？」

「横光利一についての本のコピー。誰か知ってる？」

「たしか、『文藝時代』に寄稿してた」

「その通り。川下より四歳年上の日本の作家。コピーしたのは『東と西　横光利一の旅愁』というタイトルの本で、関川夏央って人が書いたもの。横光の一九三六年のヨーロッパ滞在を追っている」クリーマはそう説明しながら、ページの真ん中を指差した。「ここに書いてあること読んでみて」

> 銀座といえば、銀座八丁目、出雲橋たもとのおでん屋「はせ川」の店のたたずまいを、横光はありありと思い出す。神戸へ向かう横光を東京駅まで見送りにきてくれた「はせ川」のおかみさん、長谷川湖代は俳人でもあった。その亭主、長谷川金太郎も俳号「春草」、長く『俳諧雑誌』の編集をした人でもある。春草は昭和六年、妻とともに「はせ川」を開いた。久保田万太郎や川下清丸の姿をよくみかけるその店に、酒が飲めないのに横光はよく通った。

クリーマは川下の名前に下線を引いていた。

「これ、大発見！」私は言う。

「いや、まだそれほどの発見とはいえない」クリーマは肩をすくめた。「ただ少なくとも、川下という人物が実在してたことが確認できた。もしかしたらまったく存在しなかったんじゃないかって気もしてたから。それか別の作家の偽名じゃないかって」

私は頷く。

「たしかなのは、一九三六年に東京でほかの作家たちと交流していたということ。それだけじゃなくて」クリーマはカバンからもう一枚紙を取り出し、私たちの前のテーブルに置く。

「同じ本からのコピー？」

「その通り。ここを訳してごらん」ある段落を指差す。

「一九三六年二月二日」私は一字ずつはっきり読みあげる。「『文學界』の第四号に、横光利一の半年にわたるヨーロッパ旅行を前にした歓送会を描く文章が発表された。十二人の作家が参加したが、その中には小林秀雄や川下清丸もいた。全員、横光よりも年下だった」

「な？　川下はほかの作家たちとほんとうに交流していた」

「すごい、貴重な情報だ」と私。

「ああ。川下と横光は友人だったようだ。ざっとこの本読んでみたけど、川下の名前が出たのはこの二回だけ。でも横光の日記を調べれば、川下について何か出てくる可能性は大いにある。横光の作品はぜんぶネットにあがってるから、見つけるのは問題ないはず」

私はため息を漏らす。来年はパソコンにへばりついて過ごすことになりそうだ。

「で、君のほうはどう？　川下が住んでた川越のことは何かわかった？」

私は頷き、コメントつきのノートをテーブルの上に取り出す。

「伝統的な商人の街で、川越城の城下で発展したんだけど、お城じたいは明治時代に解体されたってこと」

「日本人と歴史的記念碑との関係、か」クリーマはため息をつく。

「一八九三年に川越は火事に呑み込まれ」私は続ける。「そのせいで町全体が焼け落ちた。この主題は『恋人』にも見られる。私がこれまで訳した部分に限ってもね」

クリーマは頷く。

「それと、河川敷とか鉄道についての細かい情報もたくさん見つけた。直接関係ない気がするけど。でも、ほんとうにすてきな街だよ、川越って。これ、私がプリントした写真」

「きれいだ」クリーマは頷いてみせる。「昔の江戸を思わせる」

「『恋人』の主人公が住んでいる街を描写しているところを読むと、『恋人』の舞台はまさに川越だと思う。この作品はかなり自伝的だと思うし。例の火事もそうだけど、じっさい川越で暮らしてた小山文造って人も出てくる！」

「小山文造？」クリーマは首を傾げる。「まったく聞いたことないな」

「調べたところによると、この人は裕福な煙草商人だった。火事のあと、川越の復興を支援したの」

「なるほど、興味深い」クリーマは頷く。

「あと、『恋人』から読みとれたのは、主人公の父が海外、おそらくヨーロッパで一九一五年に死んだということ。調べる時に使えそうじゃない？」

「そこは注意が必要だな」クリーマは答えた。「その主人公と川下をあまり重ねて考えちゃいけない。〈作者の死〉とか、知ってるだろ。もちろん、裏を取ることはできるけど」

ばつの悪さが伝わらないようつとめる。クリーマが言う〈作者の死〉の意味がよくわからない。

「川下がどうやって死んだか知ってるの？」私は訊く。

クリーマは何も言わずに、私を見る。どこかが変。何かが起きたのだ。何か重要なことを聞き逃したのだろうか？

「なあ、バルトのこと知らないの？」とクリーマ。

どう答えたらいいか、わからない。聞き覚えのある名前。どこかで耳にしたのかも。昔の同級生、それか教師の名前か。どう答えれば、赤っ恥をかかずに済むのだろう。

「いや、まあ、少しは」私は肩をすくめる。

「バルトの〈作者の死〉ってエッセイ、聞いたことない？」とクリーマ。「ものすごく有名なやつ。バルトはそこで、作者とテクストとの関係を説明してる。テクストが発表されたら、作者とは切り離して解釈されるべきだ、などと言ってね」

やばい、バルトとかいう人をカケラも知らないことを見透かされるところだった。

「いや……、もちろん」私は頷く。「どこかで読んだ。でも忘れちゃってた」

クリーマは再度、どうしてバルトの〈作者の死〉を忘れることができるのかまったく理解できないという顔をするが、運良くそれ以上立ち入ったコメントはしない。詳しいことはあとで調べておかないと。

「ちなみに」クリーマは少し考える。「翻訳で、少し助けが必要かなと思ったんだけど。川下のことに足を突っ込んだ以上、まずかれが書いたものを訳すべきなのかもしれない。どれほど面白いものが見つかるかわからないし。君も翻訳にはそうとう苦労してるみたいだし」

私はためらってしまう。助けが必要なのは事実だ。

「手伝ってくれるの？」

「ああ。どっちみちだいぶ深く足を突っ込んでるし。あと、正直なところ、川下本人にも関心がでてきたんだ」

「ならいいよ」私は同意する。「手伝ってくれたら、私も助かると思う」

「じゃあ、決まりだ。授業があるから急いで行かないと。今度会う時の話題として、最低でも半分は訳しといて。また連絡する」

「授業？」

「語学学校で」クリーマはふうっと息を吐き出す。「十四歳の生意気な女子中学生たちを相手してる」

ホワイトボードの前でマーカー片手に、十四歳の少女たちに日本語文法を説明しようとするヴィクトル・クリーマの様子を想像してみる。死ぬほど真面目な表情を浮かべてるはずだ。かわいそうに、少女たちが語学学校に通うのは、鼻高のクリーマを毎週毎週見るためじゃなくて、もちろんマンガやアニメのおしゃべりをするため。アニメに出てくるロマンチックな主人公たちの理想的な美しさに比べれば、クリーマなんてせいぜい私の電子辞書並でしかないのだから。

17

半分は訳しといて。そう言うのは簡単だ。でも、思うほど速くは訳せない。

研究室の棚にあるプラスチックの容器には干からびたセミがいる。それを見つめるが、どうしたらいいかわからない。セミは綿のクッションの上にいる。かさかさに乾いて、ひっそりとしている。不自然な感じがする。日本だと、生きたセミはチェーンソーのような声で鳴いている。


店の中へ入った。

筆屋では墨の匂いがした。此の世の他の何物もそうは感じられぬと思える程、奇妙で甘美な匂いだった。中は静かで薄暗く、目抜通りから喧騒は滅多に聴こえて来なかった。

「御免下さい。」私は云ったが、返事はなかった。

部屋は広くなかった。壁の前には籠に入れられた商品が並び、天井からは値段の書かれた紙が吊るされていた。

「今日は、若旦那。何の御用で？」部屋の隅にあった籠の間で何かが動いた。余りにも驚いたので、私は声を上げるところだった。売子だった。暗い色の着物を召していた。初め売子に全く気附かなかった。丁度右手にあった籠に触れようとしたところに、声を掛けてきたのだった。心臓が烈しく鼓動した。

「筆を一本。」私は答えた。

「どの様な筆をお望みで？」

「一番在り来たりな物を。」私は云った。

「一番在り来たりな物？」売子は物問いたげに眉を顰めた。「一体何故です？　お若い旦那なら何か特別な品を御所望になるものでは？」

　軸が螺鈿で飾られた父の美しい筆を思い出したが、首を横に振った。

「筆はよく無くすので。」

　売子は針のように鋭い視線で私を刺した。

「それは残念です。」売子は云った。「筆というのは、きちんと手入れをしていれば愛着が湧くもので、後々より美しい字が書けるのです。」

「本当？」

「はい。」売子は頷き、軸に金のトンボ模様が入った素晴らしい黒筆を手渡した。手にするやいなや自分の物にしたいと欲した。其れ程美しいものは以前見たことがなかった。黒を背に幾匹ものトンボが金色に揺れ、恰も生きているかのように、今にも飛び立ち羽ばたかんとするように見えた。

「お幾らですか？」私は尋ねた。しかし売子は笑った。

「一番高価な物ですよ、それは。」私は筆を売子へ返した。

「在り来たりな物で。」私は云った。

男は頷いた。

「在り来たりな筆でも美しく書けます。」売子は笑顔で答えた。「心掛け次第です。」

入口の扉がギィッと音を立てた。店に新たな客が入って来た。私は振り返った。入口には着物を着た若い女が立っていた。店の外より中へと貫く光が女を背後から照らし、店内を覆う闇はその顔に影を差していた。

「おや。」筆屋の売子は笑顔で云った。「清子さんじゃないですか。どうぞいらっしゃい。」


棚のセミはとても気に入っている。虫はどうも苦手なのだから、不思議だ。長年ここにいるセミの伝説はいくつもある。どういう経緯でセミがこの棚にやってきたのか誰も知らないので、ミロスラフ・ノヴァークが日本から連れてきたのだという噂が生まれた。それ以来、皆、〈ノヴァークゼミ〉と呼んでいる。ノヴァークは日本学の発展に寄与した人物で、チェコスロヴァキア日本協会を立ち上げ、雑誌『新しい東洋』を創刊した。ある時期、日本学専攻を率いていたので、セミだけではなく、棚いっぱいの〈ノヴァーク叢書〉もある。

〈ノヴァークゼミ〉を研究室に持ち込んだのはたぶんノヴァークではないけれど、名誉を傷つけるようなことは言いたくない。セミはミイラみたいにカラカラに乾いていて、赤緑の斑点だけが眼の上でまだギラギラと輝き、何年経っても高価な宝石のように光を放っている。セミの内部に何かがあるのを、その斑点は示している。セミは小さな胴体の下で脚を折り畳み、綿のクッションの上で休んでいる。ある時、このセミを外国語補助教員の日本人女性に見せたことがある。ちょうど彼女が昼食をとっていた時のことだ。すると、あやうくご飯を喉に詰まらせそうになった。日本人がセミをこんなに嫌っているとは思ってもいなかった。でもたしかに、もし蜘蛛《くも》が入っている箱を見せられたら、私も窓から飛び降りるにちがいない。

棚のセミはあまりにも長くそこにいるので、いつかこのセミは新たな生を営み始めるのではと思えるほどだ。博士課程の院生には、じつはこれはセミじゃないと主張する人もいる。それはセミのゾンビ、ゾンビゼミだって。いつの日か私たちに襲いかかってくるって。しかし、目下のところ、額の赤いルビーと緑のエメラルドを煌《きら》めかせ、静かに坐っているばかりだ。教員たちの面談や個人的な会話を長年聞いてきたはずなので、今や間違いなく世界でもっとも高度な教育を受けたセミだ。セミはなんでも聞いている。それこそ盗聴器みたいに。

もう一度「恋人」に目を向ける。一日中訳して、たったの二ページ。とても遅い。カタツムリ並のペースをクリーマに知られたら、きっとバカにされる。とにかく先に進まないと。それだけは、はっきりしてる。

女は二三歩此方《こちら》へ歩み寄った。

「今日は、北村さん。」笑顔でそう云うと、此方を向いて私にも挨拶しようとしたが、黙ったままだった。女は美しく円かな顔と小さな鼻をしていた。眼も美しかった。暗く深く、墨で描いたような瞳だった。

「今日は。」私は挨拶した。女は長々と熱心に私を見詰めたが、其の眼差しには私に諒解出来ない何かがあった。僅か十二年の人生では捉え難い感情である。

「今日は。」漸く女は返事を返した。

「では若旦那。」売子はまた別の筆を私に渡した。今度は竹の軸先に穂が附いた在り来たりな物だ。「この様な筆なら御誂え向きでは？」

私は頷き、男に金を渡した。男の指は墨で黒くなっていた。

「清子さん、貴女は何の御用ですか？」売子は若い女へ向き直った。二人は気心の知れた仲のように見えた。

「墨と紙だけ頂きたいのですけれど。」女は云い、手提げ鞄から金を取り出した。

随分前に店を出て行くべきだったのだが、そうすることが出来なかった。私は女の着物の柄を眺めていた。女の髪型は大変手が込んでいるように見えた。売子はその間に籠から所望の品を取り出した。

「新しい筆は要りませんか？」売子が尋ねた。

「いいえ。」女は首を振った。「今使っている物が丁度良いの。」

私は二人に近附いた。

「どんな筆を使っていらっしゃるのですか？　毛はどのような物を？　馬の毛ですか？」私は訊いた。どうにか女に大人びた印象を与えたかったのだ。二人の眼が此方を向いた。売子が愉快そうな顔をした。嘲りの徴がありはしないかと、私は恐る恐る女の顔を見詰めた。

「ええ、仰る通り。」女は答えた。「馬の毛の筆を使っています。若旦那様も書に関心がおありなのですか？」

女の表情に嘲りなど微塵も見られなかった。私は胸を撫で下ろした。突然女が至って身近に感じられた。

「はい。」私は云った。「父が書家だったものですから。幼い頃から書いていました。」

「そうでしたか。」女は首を縦に振った。

「御父上は書家でいらっしゃった？」売子は私の発言に興味を惹かれて云った。「御父上の御名前お訊きしても宜しいでしょうか？」

父の名前を伝えると、売子は口を噤《つぐ》んだ。そして長い間、若い女を見詰めた。女は床に眼を落としていた。

「直ぐに気が附くべきでした。」売子は頷いた。「とてもよく似ていらっしゃる。御父上はこの店の常連だったのですよ。」

売子はそう云って、女に墨と紙を手渡した。

私はもう一度棚のセミを見つめる。そしてカバンから水を取り出して飲む。喉がカラカラに渇いている。共訳の話にのるんじゃなかった。ただでさえ修論を書かなきゃいけないのに、こんな風に追いまわされるなんて不健全だ。だけどクリーマと最後に会ってから、ほかのことは何も考えられない。

「貴女も小さい頃から書を?」私は若い女を見詰めていた。

「はい。」女は頷いた。「幼い頃から習っていました。」

この時私は十二歳で、自分が何故女の眼に釘付けになってしまうのか充分に理解する事は出来なかった。それでも若し私に姉がいたならば、此の若い女のようであって欲しいと思った。

墨の勘定を済ませた女はまず売子に、そして此方にも御辞儀をした。

「御機嫌よう。」女は云った。

「御機嫌よう。」私は答えた。女は戸口へと向かった。だが丁度其の時、外から叔母の声が聴こえた。恐らく必要な物を凡て手に入れ、私を迎えに来たのだ。若い女は私の前から急いで身を引き、背筋を伸ばし、隠れる場所を探すかの如く、必死で部屋を見回した。私は外へ走り出て、女が親戚と顔を合わせる事態を避けるべきだったのだが、咄嗟に状況を把握することは出来なかった。

「聡？　いるの？」叔母が戸口に現れた。やって来た叔母には若い女のそれと比べ霊妙なところが少しもなかった。

「今日は。」叔母は売子に挨拶し私の方を向いて云った。「筆は買えた？」

私は叔母に買ったばかりの筆を見せた。

「御立派ね。行きましょう。」そう云った時、叔母は顔を伏せている若い女に気附いた。どちらからも挨拶はなかった。叔母の顔が強張った。

「聡、帰りますよ！」叔母は私に云った。

私は叔母に附いて大人しく外へ出た。店を振り返った時、若い女は袖で顔を蔽《おお》い、売子は壁の値札を直していた。

「あの女の人、誰なの？」家路の途中、私は叔母に尋ねた。「あの人の事、知ってるの？」

少し間を置いてから、叔母が答えた。

「あれは魔性の女です。」叔母は続けた。「充分用心していないと、心を盗られてしまいますよ。あの女に近附いてはいけません。もし次会うことがあれば、出来るだけ遠くへ逃げなさい。」

18

私は読むのをやめ、中庭を眺める。こないだクリーマが死について話してたことって、なんだったっけ？　思い出せない。メモしておけばよかった。私は目をこする。どこかの作家の死と関係していたはずだ。

体を起こし、パソコンの前に坐る。グーグルのページを開き、検索ウインドウに「死」と入力する。それから「文学理論」とつけ加える。するとなんと、ロラン・バルトについての論文が出てきた。私は読み始める。けれども徐々に鬱の波が押し寄せてくる。急に自分がひどく愚かに思えてくる。

こんなだからクリーマと対等に議論ができないんだ。とにかくあいつは文学理論に精通してる。だからきっと私をバカにしてくる。あいつの顔がはっきりと目に浮かぶ。博士課程に進学したいのに、クプコヴァーは〈先説法《プロレプシス》〉と〈後説法《アナレプシス》〉の違いもわからないのか？　幸いにも、私のことはまだよく知らない。もしそうなったら、とんだ恥さらしだ。どうにかしないと。机を見ると、開いたままの「恋人」が転がっている。ああ。荷が重く感じられる。翻訳、川下の過去の調査、横光利一の日記の読解、おまけに理論も勉強しないといけない。

文学理論のコーナーがある本棚の鍵を手にして、いちばん左の五巻本を取り出す。一冊ずつ順番に読むべきだろう。まとめて机の隅に置き、最初の本を手に取った。トドロフの『散文の詩学』。本はボロボロで、多くの学生がこれまで手に取ったのだろう。かなりの確率でクリーマもそうしたにちがいない。本を開くと、いたるところに下線が引かれ、蛍光ペンでマーキングされている。

数秒と経たないうちに、頭が爆発しそうになる。こんな本を読める人間がどこにいる？　さっぱりだ。いろんな術語で溢れかえっていて、目がチカチカしてくる。文学理論辞典も見たけれど、まったく役に立たない。なぜならそれは用語の意味が時代とともにどれほど変わったかということを、一つの語につき見開き二ページを使って仰々しく説明しただけの代物だから。蜘蛛の巣に搦《から》めとられたみたいだ。単語一つひとつがあらゆる方向に伸びた百本もの糸に繋がっていて、どうしたらいいかわからない。私は恰好の餌食になったんだ。文学理論という蜘蛛の巣の上で、身動きできなくなったハエなんだ。

本をにらみつけ、打ちひしがれる。トドロフが文学のモティーフについて語る時、かれはバルトやほかの人とはまったく異なることを語っている――この事実にたどり着く前に、読者は自分の脳が爆発してしまうのではないか、自殺を図らざるをえないのではないかという気分になるが、それは文字通り発狂して、服を脱ぎ捨て、裸でパソコンと蔵書登録待ちの本とのあいだを行ったり来たりする羽目になるのを防ぐためだ。それにこの人名の多さ！　その誰もが何かしらについての考えをもってる！　すでに先人が考察したものについての考えを。こんな多くの事柄を覚えている人間なんているのだろうか？　もしクリーマがぜんぶ記憶していたら、脱帽するしかない。けっきょく、何冊かの本を家にもって帰ることにする。カバンは十キロ超えだ。なぜクリーマがいつもあれほど重い足取りで歩いているのかわかってきた。これだけの重さを背負っていたら、まともに歩けるはずがない！

19

「聞いて」クリスティーナは壁に頭をもたせかける。「あたしね、昨日の午後、研究室でずっと泣いてたの」

「え、なんで？」私は訊く。

「説明しにくいんだけど、父さんがスリランカから電話してきたの」

「なら、いいことじゃないの？」

「どうだかね。ほら、あの人たち、瞑想中は電話使うの禁止でしょ、だから携帯はふつう電源切りっぱなしで、父さんに電話かけることはできないの。あちらさまからの連絡が来るのを、こっちは待つしかないってわけ。以前は三か月に一度くらいかけてくれてた。まあそれで事足りてたわけじゃないけど、すくなくとも、ちょっとはあたしに関心があるんだって思った。でも、今度は三月に電話して以来、ずっと音沙汰なし。もう九か月も経ってるのに。だからともかく、連絡があって嬉しかった。夏には帰国できるかもって。父さんのことをどえらいスピリチュアルの教祖だと思ってるオーストラリア人が、飛行機代を出してくれそうなんだって。父さんは向こうでお金がまったくない状態だから、そういう寄付なしではやってけないの。何はともあれ、こっちに来て、滞在するって」

「なら、よかったじゃない？」

「うん、でも父さんが戻ってくるのは、ここで今までやってきたことの一切に、チェコですっぱり終止符を打ちたいからなの。僧院に行く前に整理できなかったものに決着をつけたいの。そういう面であたしに頼ってるみたいね。父さんはこっちの口座にあるお金をぜんぶ引き出して、遺産としてあたしと弟に分け与えるって決めた。文字通り、あたしに言ったの。ここを去ったあとは、自分が死んだみたいに、すべての痕跡を消してほしいって。お陰さまで、お先まっくらな気分。もう完全に途方に暮れちゃった。あたしは、ここで父さんのゴタゴタの世話をして、あの人があたしの人生から消えていくのをお手伝いするために雇われた葬儀屋でもなんでもないのに。ひどい話」

　私はなんと言っていいかわからない。


「で、そっちは？」クリスティーナはため息をつく。「何かニュースある？　例の川下はどう？　うまくいってる？」

「まあね」私は肩をすくめる。「バカみたいに翻訳してる。それでクリーマは川下が実在したのを証明してくれた。ただこれからは、戦前作家のいろんな記録の山に目を通して、川下の言及がどこかにないか調べないと。あと文学理論の勉強も始めた」

　クリスティーナがにやりとする。

「つまり、そのクリーマって奴にかなりけしかけられたってこと？」

「うん、かなりね」

「それで、理論の勉強は楽しい？」

「まあね」私は肩をすくめる。「ただしおそろしく複雑なの。たいていの理論家は、普通の文章を書くくらいなら自殺したほうがマシだと思ってたんじゃないかな。認知言語学、構造主義、拡散、隣接、肯定命題、そんなのばっかり」

クリスティーナは身震いする。

「で、クリーマはそういうのぜんぶ理解できてるの？」

「たぶんね」

「さすがじゃない？」

「まあね」私は肩をすくめて言う。クリスティーナはコーヒーをすする。「そのクリーマってやつのこと、何だかんだできっと好きになってくるよ」クリスティーナは笑う。

「バカなこと言わないで。好きになんかならない。たとえ目尻をあげるためにあいつが目の端と耳をテープで貼ってもね」

クリスティーナはしばらく私を見つめる。

「お願いだから、そういうの試したことあるなんて言わないでよ」

「ギムナジウムの時にやったことがある。ものすごく日本人になりたくて。でもうまくいかなかった」

クリスティーナは信じられないという顔で私を見つめる。

「あんたってほんと、どうしようもないわね。本物のバカ。ギムナジウムで毎朝、昨日より自分が日本人っぽくなってるって訊いてきた時もおかしいとは思ってたけど、テープはマジでやりすぎでしょ」

「誰にも言わないで！　誰かに知られたら、大学から追い出されて、精神病院送りになるから」

「だろうね。あんたは入院して当然だけど！　でもほかの……よくできた同級生たちは何をしてるのやら」

「そのうちの一人は、自分のことをマンガの〈犬夜叉〉だって思ってる」

「そいつが例のクリーマじゃなければいいけど」クリスティーナはストローでテーブルに化学反応式を書きながら言った。

「違う。あいつは、生まれつきの化け物」

第四部　渋谷

1

ここしばらく雨がずっと降っている。梅雨になった。湿度が高く、シャワーを浴びたばかりのように、服が肌にへばりつく。かび臭い洗濯物のにおいが漂っている。セミが鳴いている。そこらじゅうで。公園だけではなく、ハチ公のそばでも。人々は四六時中、傘を差している。ネオンの光が夜の濡れた歩道や車のボンネットに反射して、頭がクラクラする。

　街からは小学生が消えた。夏休みだ。ここ数日、制服を見かけてない。その代わり、化粧をしたティーンエイジャーが大量にうごめいている。これまでは基本的に週末にしかいなかったのに、今はずっといる。

　漢字は五百八十三個目に到達した。教科書の中級レベルの文章、それに外国人向けにリライトされた日本語の本は読むことができる。看板の文字や、一か月後に工事が始まることを知らせる告知文が、気づくと理解できている。周囲の会話もわかるようになってる。いちばん聴きとりやすいのは、四十歳前後の女性の言葉。彼女たちの会話は教科書の例文を思い起こさせる。つまらないことしか話してないけど。子どもたちが学校でどうだとか、夫が職場でどうしてるとか、姑がどうしたとか、何を買わなきゃいけないかとか。まわりの人たちは、人生の痕跡が残らない時間の中に閉じ込められることなく、ふつうの生活を営んでいるのかと思うと、涙が出そうになる。

2

思うに、私は自分にも見当がつかないような存在になってしまったのだろう。あらゆる可能性を検討してみた。幽霊、お化け、ゾンビ……どれも正確じゃない。お化けはありえない。もしお化けだとしたら、誰かを怖がらせるはずだ。でも、誰も私の姿は見えないのだから、お化けじゃないことははっきりしてる。そういう意味では、幽霊のほうがだいぶしっくりくる。だけど幽霊だとしたら、やっぱり透けて見えるはずだ。だからこれも違う。あと、体から肉片が落ちていたなんてことも今のところないので、ゾンビの可能性も却下だ。そこで考えついた。ひょっとして私は〈想い〉になったんじゃないか。

奇妙に聞こえるかもしれないけど、考えれば考えるほど理にかなっているように思える。どれだけ考えても、思い出すのは、バーラとハチ公のそばに坐って、日本に残っていたいと全力で願っていたことだけ。家に帰らず、ここに居続けられますようにって文字通り心から祈っていた。もしこの願いが叶ったのだとしたら？　その想いがあまりにもつよく、現実になったとしたら？　私がその想いそのものだとしたら？

そう考えると合点がいく。だから私が声を掛けても、警官は四通りの返事をいつまでも繰り返す。外国人の考えていることにイライラするので、外国人を見た時に思うことを口にしているのだ。君たちに日本食の評価は無理。ルールとマナーさえ守ってれば。その金髪、染めてるんでしょう。

渋谷を歩きながら、考える。もし私がほんとうに〈想い〉だとしたら、これからどうなる？　永遠にこの場所を散歩し続け、閉じ込められたまま？　彷徨《さまよ》っている唯一つの〈想い〉に何ができる？　熱狂した勢いで誕生して、その先のことは考えていない〈想い〉みたい。どうして、ただ単に、もう少し長くいられますようにと、お願いしなかったのだろう？　それなら帰国できる望みもあっただろうに。でも、その望みは絶たれているように思える。

入門編の教科書を終え、中級用に取りかかったものの、今や何もする気がない。私の努力は意味を失いつつある。日本語を勉強すれば、ここから脱出できるというのは、甘い考えかもしれない。私をここから脱出させるものがあるとすれば、それは奇跡だけだろう。

3

仲代のバンドは定期的にリハーサルをしている。練習のあとは、同じく定期的に近くの居酒屋で呑んでいる。数週間前、化粧をしたかれらが渋谷からギターを運び出すのを見てから、一度も衣装を着ていない。ありきたりのジーンズとＴシャツ姿ばかり。初めに見た時の姿にメイクするのは、そうとう大変なのだろう。リハーサル中の演奏を聴いたが、耐えられなかった。あんなノイズを音楽と考えるのは私には無理だ。

午後四時にスタジオのドアを閉め、出てくるのは午前二時だった。そのあとすぐに目抜き通りの近くにある二十四時間営業の飲み屋に移動し、ビールを注文する。私は、隣のテーブルに坐って、ずっと話を聞く。つきまとってくる女の子の話をしていたけど、よくは理解できなかった。酔っぱらいが話す日本語の教科書はなかった。だから、どれが言葉で、どれが唸り声なのか聞き分けるのはおいそれといかない。仲代は、大きな字が胸元にプリントされた黒いＴシャツを着ていた。あとで調べられるように、私はその漢字をノートに書き写した。それはこういう字だった。

「まぼろし」と読み、「幻影」を意味する。私が最近体験していることが幻影と大差ないことを考えると、特別な意味があるように思う。仲代がこのTシャツを選んだのは、もちろん、気に入っているからだ。でも、私から見れば、運命が何かを伝えようとしているように思える。意味がわかった上で、漢字が胸にあるTシャツを着るのはいいことだ。意味をわかっていない漢字の入った服を誇らしげに着る西洋人とはわけがちがう。〈非常口〉とか〈駐車場〉とかバカげた言葉が書いてある服を、真顔で着ている人を私は理解できない。たしかに崩し字で書いてあれば〈非常口〉も魅力的かもしれないが、漢字がわからない人はそういう服は避けたほうがいいと思う。漢字のタトゥーは論外。

漢字の服を着ていい唯一のケースは、作家や芸術家個人に敬意を表すべく、自筆で書いた場合だ。私も、三年前、ズボンのお尻に〈村上春樹〉と〈三船敏郎〉と書いていた。そのころ、プラハで私を見た日本人は、こんなことをケツに書く変な奴がいると思ったにちがいない。いや、自分たちの有名人に対する冒瀆と感じていたかもしれない。

4

仲代は黒髪で長髪。歯並びは悪いが、私は気にしない。ここではほとんどの人の歯並びが悪いのでもう慣れた。それよりも、仲代の目は美しい。腕にはいくつかブレスレットをつけている。ライブでもつけているようなやつだ。日本人にしては背が高い。仮にそういう気分になったとしても、声をかけられないのはとても残念だ。私の言うことはどうせ理解してもらえないし、そもそも姿を見てもらえない。この世は、時にとても不公平だ。

マンガショップの窓から見ていると、仲代のバンドがリハーサルしている地下スタジオの入口の前に、女の子が立っているのに最近気づいた。目を引いたのは、とても変わった服装をしてたから。

ここの若者は街を歩く時にいろいろな恰好をしているが、この娘は、目も当てられない。顔はオレンジ色、目は白のアイライン、頭はルイ十六世の時代のフランス風のピンクのカツラ。当たってももらいたくない、ビンゴの景品のようだった。

　近くでよく見ようと、下に降りてみた。近くから観察すると、さらに首元には青のビーズのネックレスをつけ、ヒールが紫のハイヒールを履いている。この子は完璧に自分の姿を隠している。メイクの下に何かすてきなものが隠れていても、これじゃあ見ることはできない。誰かを待っているのは明らか。時間はたっぷりあるので、彼女の隣に立って、誰を待ち伏せしてるのかと興味津々になった。仲代のバンドのメンバーの誰かだと予測した。スタジオの前で二時間半も立っていたけど、この日、バンドのリハーサルはなかったので、彼女は最後には立ち上がって、どこかへ行った。

5

　渋谷をうろついているうちに、道玄坂という場所にたどり着いた。通りは、とつぜん尋常でなくなる。いたるところから人工のフラミンゴに見つめられ、プラスチックのヤシの木が私の頭上で揺れ、さらには、『千夜一夜物語』の挿絵を彷彿とさせる建物が立ち並んでいた。看板の多くには〈ＨＯＴＥＬ〉と目立つ文字で書いてあった。近くを歩いているのは老いも若きもカップルばかりで、女性は皆マスクをし、フードを深くかぶり、黙って下を見て歩いている。まともな人間はこういうホテルに泊まれないのかな、と思った。でも、すぐに合点がいった。これは時間貸しのホテル。だから女性はおずおずしてたのか！　恋人とこういうところに来るのを見られるのが恥ずかしかったのだろう。誰にも見られないようにと祈っていたにちがいない。

　このエリアを徹底的にリサーチすることにした。この場を占めている色は圧倒的にピンク。それぞれのホテルの入口には、いちばん安い部屋の値段とサービス内容を記したボードが設置されていた。見ていてわかったのは、ここは売春宿ではなく、自宅に場所がない恋人たちがやってくるホテルだということ。それぞれ独自のインテリアを売り物にしていて、もちろん、プライヴァシーはぜったい厳守。シルバーのタイル張りのホテルの前で立ち止まった。入口の上の言葉に、私は惹かれた。

「理解するものすべてを、
私はただ愛するがゆえに理解する」
トルストイ

レフ・ニコラエヴィチは、自身の言葉が時間制ホテルの装飾に使われているのを知ったら何と言うだろう。きらきら光るタイルを近くで見てみた。タイルに映った私の姿は、昨日の夜、本屋の窓に映ったものと変わっていない。あいもかわらず、ぽっちゃり気味、そばかすのある金髪の十七歳のヤナ・クプコヴァー。タイルに映った私の背後に何かあるのに気づいて、振り返ってみた。若いカップルがホテルの入口に近づこうとしていた。女の子は黄色のサマーシャツを着ている。どこかで見たことがある。でも確信はない。日本人の顔はいつも間違えてしまう。彼氏のほうに視線を向けると、すぐにわかった。仲代。そして女子は、スタジオの前で待っていたあの娘だ。

6

今日は、前回よりもずっと控え目な服を選んでいる。独特のイカれた感じはあったものの（パープルのニンジンが耳元で二つ揺れてただけ）、ピンクのカツラほど注目は集めていなかった。
エントランスに着くと、女は「ねえ、来て」と仲代を呼んだ。そのあと、すばやく中に入った。

私もあとを追いかけた。
エントランスを入ってすぐのスペースには巨大なパネルが壁にあって、ホテルのお勧めの部屋が光っていた。光の灯っていない部屋は使用中を意味していた。写真の下には二つの項目がある。一つは二時間の利用料金、もう一つは宿泊時の料金だった。部屋は、高価なものから安いものへと並んでいた。仲代は何も言わずに部屋の一覧を眺めていたが、選べずにいた。エントランスホールには、家具は何もない。ソファも、椅子もなく、ふつうのホテルにありそうなものは何もなかった。皆無だった。というのも、ここでは誰もがなるべく早く、できるかぎり人に見られないようにベッドへしけこもうとしているからだ。

仲代と彼女はようやく二番目に安い部屋を、二時間で選んだ。光っているパネルの隣にある機械で部屋番号を押すと、明るいパネルの部屋の写真は暗くなり、映画の入場券みたいなチケットが出てきた。

受付も、ふつうのホテルとは異なっていた。食堂のカウンターのようだったが、唯一の違いは、カウンターの向こう側にいる人間の顔は衝立てで隠れて見えないことだった。見えるのは、手だけ。仲代は機械から出てきたチケットを受け取ると、料金を支払い、鍵を受け取った。そして、彼女とエレベーターに乗った。私は一人、エントランスホールに残り、蘭の花の巨大なポスターを眺めた。一緒に上にあがって、セックスしている二人を覗くこともできた。でも、その考えが浮かぶやいなや、懸命に打ち消した。そんなことをするのは、私の品性が許さない。

たっぷり一時間半、私は看板とにらめっこしていた。すると、仲代と彼女がようやくエレベーターから降りてきた。耳のニンジンはなくなっていた。鍵を返して一分と経たないうちに、二人はいなくなっていた。遠くまで追いかけることはできなかった。私には越えられない〈閾《いき》〉の向こう側に行ったからだ。

7

神社に行って、お祈りをした。どうして、今まで思いつかなかったのだろう？　ここから出られますようにと願えば叶うかもしれないのに！　願いが力を持つよう、日本の霊を呼び寄せる。強い願いで一度は叶ったのだから、もう一度そうなることもあるのでは。

　神社の前で、小さな女の子を連れた母親を見かけた。二人とも美しい着物を着ていて、女の子は陶磁器でできているかのようだった。どうして、日本の子どもたちはこんなに可愛らしいのだろう。ヨーロッパの小さな怪物たちとは比べものにならない。日本（そしてアジア全般の）子どもはほんとうに愛くるしい。神社での作法を学ぼうとして、親子の様子をじっと見た。これまでに一度も神社に参ったことはなかった。バーラとは大量の写真を撮っていた。プラハの日本人より、私たちはそうとうひどい振る舞いをした。それでいて、日本人がカメラを手から離さないのを小バカにしてるのだから。

　近代的なビルの合間に埋もれ、目立たない赤色の鳥居をくぐった。私たち三人が、周囲を木造の建造物に囲まれ、砂利が敷かれた小さな中庭に入ると、途端に五百年も過去を遡ってしまったかのようだった。近代的な東京は、頭を上げた時にだけ感じることができる。高いビルは神社の上に屹立していたが、まるでこの神社を呑み込もうとしているようだった。時間と空間が今日の世界のルールに従っていない、聖なる場所にいるのだと思った。人々はここで祈りを捧げ、願い事をする。

　白紙に記された占いが柵に結ばれて揺れるのを右側に見ながら歩いた。母親は娘とともに水のあるところへ向かった。私もあとを追う。母親はお玉に似た木製の杓を手にとり、まず左手を、ついで右手を水で洗い、最後に口をすすいだ。そして娘が同じことができるよう手助けした。二人がお清めの儀式を済ませたあと、私も真似てみた。仕上げに、母親は娘に五円玉を手渡し、二人は神社中央にある箱に向かった。

お金はなかったので、私は獅子の像の下にあった小石を手にし、正しい祈り方を観察した。母親と娘は、まずその箱に五円玉を投げ込み、そのあと二回手を叩き、二回お辞儀をし、もう一度手を叩いた。祈りを捧げようと、祈りの対象を思い描こうとしたが、頭に浮かんだのは、顔が白髪に覆われた先生だけ。イエスに似ている。家に帰れますように。独りきりじゃなくなりますように。私の姿をほかの人が見られるようになりますように。この状況に何か特別の意味があるとしたら、それが理解できますようにと心の中で祈った。小石を投げ入れたので、もちろん、願いが叶うとは思えない。

　そもそも私が〈想い〉だとしたら、願い事ができるのかどうかも疑わしい。

8

　仲代と彼女の姿をふたたび目にした。全身ド派手な女の子は、仲代が出てくるまで、スタジオ前でゆうに一時間は待っていた。仲代がギターを持って現れると、彼女はうれしそうに仲代のところに駆けていった。でも仲代は乗り気じゃなかった。

「なあ、悪いけど、今日は時間ないんだ」と挨拶がわりに言った。

「大丈夫！　静かにしてるから」

「わかるだろ、リハに女は連れてけない。そういうルールだ。家に帰れ、またな、いい？」

　仲代は申し訳なさそうに笑みを浮かべ、地下へ消えた。女の子は間を置かずにあとを追う。私も続く。鉄製の螺旋階段を降りる。仲代のバンドの練習を見に、一度ここに来たことがある。その時と同じく、鉄の階段は陰気な音を出していた。前にいる娘はハイヒールを履いていたので、階段から転げ落ちないように気をつけていた。

「ほんとに静かにしてるから！　邪魔はしない！」

「マジで無理」

「なんで？」

「そういうルールだからだよ。スタジオに女がいると、いつも邪魔になる。頼むから、帰ってくれ！あとで電話する」

「だから邪魔はしないって。あたしたち、付き合ってるんでしょ？」

仲代は返事をしない。

「ぜったい静かにしてる、約束する！　一緒にいたいだけだから！」

「いや、マジ、ダメ。リハがあるんだよ。またな」

「何なの？」女はすすり泣きを始める。そうこうしているうちに、階段下の廊下に出た。仲代は暗証番号を押してドアを開けると、女が入ってこれないようにドア枠のところに立ちふさがった。ドアの向こう側は、缶詰がいっぱい積まれた倉庫になっていた。制服姿の従業員が箱を運び出し、玄関前に停めたトラックに積み込むのを何度も見たことがあった。

「ほんとに、帰れって。また電話する」

「もういいじゃん‼」女は頼み込んだ。「おねがい、おねがい、おねがい!!!」

段々うっとうしくなってきた。

「今日はぜったい無理だから」仲代は彼女の目の前でドアをバンと閉めた。

「ねえ！　開けて、お願い！　聞こえてる?!」

ギターをチューニングする音が内側から聞こえる。

「ねえってば!!!!」

返事はなし。女は不満そうに首を振ると、バッグから携帯を取り出し仲代に電話をかける。出ない。十五分ぐらいすると、ほかのメンバーがやってきた。

「ここで何してんの？」女に尋ねる。

「入っていい？　静かにしてるから」アイメイクばっちりの目でメンバーを見つめる。

「ダメ」

「でも……ほんとうにあんたたちの邪魔はしないから！　練習を聴きたいだけ。彼氏と一緒にいていいでしょ？」

「なあ、邪魔するな。あとで電話させるから」

「ずるい！」怒りをあらわにしたが、どうにもならない。ほんとうに入れてもらえないのがわかるまで、廊下でさらに十分ほど待った。そしてイライラした様子でその場を去った。仲代は彼女にキレ始めていると思う。あの娘は仲代を独占したいだけなのでは。ふつうであれば、あんな振る舞いはしない。

9

仲代は恋してるようにはぜんぜん見えない。恋してる人はよく笑ったり、うわの空で歩いたりして、いいエネルギーを放っている。だけど仲代は顔をしかめ、足取りは重く、そうとう悪いことに直面しているようだ。あの女がエネルギーを吸いとっているのは明らかだ。スタジオのまわりを頻繁にうろついて、スナックの箱を渡したり、どうにかリハに潜り込もうとしている。文字通り、獲物を狙う蜘蛛《くも》みたいに待ち伏せしている。

　仲代の仲間は、彼女を笑いものにしている。彼女を見るたび、顔をしかめて、たがいに肘で小突いてる。仲代は困っている。休憩中の囚人のような表情を浮かべ、娘からスナックの箱を奪い取る。

「んなことしなくていいのに」

「好きでしてるの！　美味しくなかったら、食べなくていいよ！　あたしはできることをしただけ！　好物のツナマヨおにぎりも作ってきた」

　仲代は返事に困る。

「そうか、サンキュー」どうにか返事をする。緑のアイラインで強調した大きな目で仲代を見つめ、中に入れてくれるのを待っている。

「じゃ、もうリハに戻らないと」仲代は視線を床に落とす。

「ここで待ってる！」

「いいよ、長くなるから」

「じゃあ、迎えに来る！」

「いいから、終わるの遅いし」

「だいじょうぶ、近くに住んでるから！　終わる五分前に電話くれればだいじょうぶ！」

「じゃ、家に帰って、なあ？」仲代は階段を降り始める。女はもう追わない。スタジオに入れないのはわかっている。ただ外で様子を見続けている。ほかにやることはない。地下へのドアの前で、自撮りしてる。

10

　今日もあの娘は待っている。今日のファッションを見ようと、私は下へ降りてみる。着ぐるみの水玉のワンピースを着てる。仲代は彼女に気づくやいなや、その場で方向転換して逆方向へ歩きだす。女は走って追いかける。そのあと、急展開する。

「待ってよ！　どこ行くの？」女はそう叫び、骨折するんじゃないかと心配してしまうほど、ハイヒールでふらつきながら歩く。メンバーの近くを通ると、そのうち二人は軽蔑したような目線を交わす。

「永遠に続きそうだな……」と一人が漏らす。私は、ふらついている女の子とその場を離れようとする仲代を追いかける。どうにか追いつくと、一本入った道の自動販売機の前で口論している。

「なんで、こんなことするの?!」女は怒鳴る。

返事は聞きとれない。

「あたしが、何したっていうの？」

「いいから、落ち着け」

「説明して！　私のこと、好きじゃないの?!」

「単に性格が合わないだけ。だから、おれはもう無理なんだ」

女は、私には理解できないことを全身全霊で叫んだ。

「怒鳴るなって、頼むから」

「どうせ、カラダ目当てだったんでしょ！」

仲代は首を振る。

「あたし、よくなかったの？」

ヒステリックに泣き出し、仲代の首に抱きつこうとする。だが、毒を移すなといわんばかりに、仲代は突き飛ばす。女はよろめき、歩道に倒れてしまう。

「わりい！　わざとじゃないんだ」

「ひどい！　ひどい！」

「残念だけど、おれたち、マジで相性悪いよ……」仲代は、彼女が起き上がれるよう手を差し出す。だけど女はその手を払う。

「……！」

彼女が何を言ったかはわからなかったが、何かとてもキツい文句だったにちがいない。仲代は何も言わずに踵を返し、スタジオに向かう。女は地面に突っぷして泣いている。マスカラが顔に広がっている。私は、立ち上がるのを助けようとする。

「ありがと、ありがと」そう繰り返し、彼女はよろよろと地下鉄のほうへ歩いていった。ほかの人同様、彼女も私に見向きもしなかった。ヨーロッパ人女性に手を貸してもらったことなど、まったく気づいていない様子だった。

11

本屋へ戻って、俗語辞書を開いてみる。仲代の彼女が言い放った言葉を知りたい。

すると、日本語にはちゃんとした罵倒表現があまりないのを知った。臆病者を意味する〈コシヌケ〉とか、意気地のない〈ヨワムシ〉という表現くらいしかない。索引はわからない言葉だらけ。

バカとかマヌケとか奇人といった言葉のひしめくページをめくってはみるものの、あの単語には行き当たらない。どれも、仲代の彼女が言ったものじゃない。あの罵倒表現は見つけられないんじゃないかと思い始めていると、白いページに黒々と印字された言葉がふと目に入った。


死ね！


「くたばれ」という意味だ。

こういう願いは叶えてほしくないと心から思う。

第五部　プラハ

1

ヴィクトル・クリーマが本を返却しにきた。司書は昼食休憩で席を外しているので、しばらく部屋で待たないといけない。『戦前世代の作家たち』というタイトルのばかでかい本を広げ、煙草を巻いている。

私は脚立に上ったまま、天井近くの棚に本を入れる。高所恐怖症だが、図書室で仕事をするようになってだいぶよくなった。脚立のいちばん上に腰かけ、目の前にいる化け物を眺める。ヴィクトル・クリーマは顔をしかめながら、空っぽになった袋から煙草の残りを懸命にかき集めている。その瞬間、私は「わっ」と声をかけた。煙草がテーブルの下に散らばった。私はポケットに手を入れ、セブンスターの箱を取り出す。そして下にいるクリーマ目がけて投げる。煙草は宙を舞ったあと、床に落ちる。こういう登場の仕方は本来であれば別世界のものだ。ヴィクトル・クリーマは床から箱を拾う。そのあと、頭を上げる。

「日本の、かい？」ほんものかどうか確認する。珍しい日本製の煙草は、こんな風に渡さない。

「あげるよ」

私にはマチコからもらったのがまだある。欲しくなったら、また持ってきてくれる。不健康そうで顔色の悪い化け物のぼさぼさ頭を脚立の上から眺めていると、じつは吸血鬼なんじゃないかと思う。またクリスティーナと話さないと。ヴィクトル・クリーマは箱から一本だけ抜いて、残りを私に返す。

「ありがと」ぼそっと言うと、廊下に行った。私は脚立から下りて、私の翻訳にどのくらい手を入れたか見てみる。一面、文字通り真っ赤だった。目に近づけ、読み始めると、はるかに自然な文章になっている。クリーマは、チェコ語が堪能だ。


筆屋で女と逢ってから、三年が過ぎた。彼女の事は瞬く間に忘れてしまっていた。当時の私のような少年にしてみれば、筆屋の女性客よりも遥かに重要で興味深い事が数多くあったからである。母が三年振りに父の書斎を開け放しにしたことで、漸《ようや》く其の事を思い出したのだ。時は大正七年、私は十五だった。

廊下に立っていた私は、ふと、中に入ってみようと思った。父が突然外国に渡ってから書斎に足を踏み入れたことはなかった。文字通り、手当たり次第に本を何冊か手にして汽車に乗り込んで神戸に向かうと、其処《そこ》から欧州行きの船に乗ったのだ。何時《いつ》帰ってくるのかと尋ねても私達に答える事はなく、「手紙を書く、小包を送る。」と誓うばかりだった。其れから二年後、高熱で亡くなる迄、父は其の言葉を守り続けた。

私はそっと書斎に入った。其処では時間が止まっていた。書斎の書物机に近附くと、父が書棚に並べる事の叶わなかった本の山があった。棚にはそれらの本の為の場所が空いていた。外国語の本だったので、書名は読めなかった。

父の事は何も知らないのだと私は改めて思った。父の兄は明治二六年の火事で亡くなっていたため面識はなく、家族の店を切り盛りしていた弟は、月に一度は私達を訪れ、生活費を渡してくれた。どこか陰鬱な人で、実際よりも遥かに年を取って見えた。父は叔父に似ていたのだろうか？　然《しか》し、父の事は殆《ほとん》ど覚えていない。

クリーマは戻ってくると、翻訳を前にして十一番の戸棚をじっと見ている私のそばに近寄ってきた。

「どうした？」と尋ねる。

「別に」息をつく。「翻訳には、ほんと手を焼く」

「まるで目の前の壁を視線で壊そうとしてるみたい」

「あの戸棚のせい。鍵をなくしたの」

「何があるか気になる？」

私は頷く。クリーマは私の隣に坐る。

「川下にまつわる謎だけでは足らなくて、謎の戸棚もそこに加わるのか」

私は大きな椅子に腰掛け、机に坐った。机は、抽斗《ひきだし》のついている西洋風のものだった。

「机が木製だってところが抜けている」クリーマがコメントする。

「ほんと？　そうだ」

　木製の机は、抽斗のついている西洋風のものだった。驚いた事に机には埃一つなかった。母は此の部屋も屢々《しばしば》掃除していたのだろう。だが本が何冊も開かれた儘《まま》で、母は何等かの理由から父が亡くなって以降も其の本に手を触れずにいた。

　机には額に入った家族写真が置かれていた。写真の中の父と母は一番上等な着物を着ていた。母は幼い赤子を膝に抱えている、恐らく私だろう。兄は些《いささ》か懼《おそ》れた表情をしている。撮影が気懸りだったのだろう。

額入りの写真の隣には、硯《すずり》、其れに父が仕事中愛用していた急須と湯飲みがあった。恐らく、誰も手を触れていないのだろう。私の記憶にあった筆だけが何処にもなかった。何が入っているのだろうと抽斗を開けてみたが空っぽだった。父の死後、誰かが何かを此処から運び出したのだ。

机に置かれた本の山から一冊目の本を手にした。外国語の小説だった。一頁目には細かい字で何かが記されていた。本を目に近附けてみた。

「清子より」とあった。

2

「持ってきたよ」マチコは、コントラバスの前側のポケットを開け、オレンジのファイルを取り出す。一瞬、川下に関係する何かを持ってきたのかしらと思った。最近、あまりにも没頭しすぎで、世界中の誰もが川下のことを調べているような感覚があった。

「兄さんにお願いしたら、これを送ってくれた」ファイルから何枚かの紙を取り出す。「学校で印刷して、持ってきたの」

私はその紙を受け取る。マチコが印刷したのは何だろう？　すぐに理解する。兄のアキラが去年の受験用に撮影した写真だ。

「つまり、窓ね」マチコは肩をすくめる。

テーブルに写真を広げてみる。突然、別世界に通じる穴がテーブルに空いたようだった。ブティックのショーウインドーの写真には惹きつけられた。暇を持てあました女性の店員が、カウンターで口紅を塗っている。

「窓だけじゃないじゃん！　兄さんは窓ばっか撮っているって言ってたけど。それは嘘でしょ。たとえばこれとか」一枚写真を手にする。そこには、パトロール中の太った警官が、フランスのメイドの恰好をしたウェイトレスに見とれている。

「うん、これはうまく撮れてる。気に入ったら、持っていっていいよ」

「ありがと、じゃあそうする。机の上に貼る」

それ以外にも興味を引く写真が何枚もある。高層ビルの窓越しに撮影されたオフィス。地上数十メートルの窓を清掃しているアキラの同僚、駅のガラス張りのスペースには煙草を手にした人々が密集している。ヴィクトル・クリーマだったらこの写真を見て何て言うだろうと一瞬思う。

「写真気に入ったって兄さんに伝えといて」

「伝えとく」マチコは笑みを浮かべる。「きっと喜ぶはず。誉め言葉なら、何でも喜ぶから」

そして、二人とも黙ってしまう。マチコはコーヒーをかき回し、変な形のスプーンを眺めている。

「ねえ？」少しして訊いてくる。「で、クリーマは？　その後、どう？」

「うん」考え込む。「一緒に翻訳に手を入れたり、川下のことを調べるにはどうしたらいいか考えている」

「だから、最近、あまり時間がないのね」

「ごめん」と私。この二週間で三回、誘いを断っていた。あいにくマチコは、私以外の知り合いはここにはいない。クリーマも空いているのは夜だけ。マチコは日中オーケストラの練習がある。二人一緒になる時間を合わせるのはそう簡単ではない。それに、私は今時間があると文学理論の勉強をし、その上、修士論文を書いているから、なかなかすべて追いつかない。

「別に」マチコは首を振る。「一緒にいて楽しいならいいじゃない」

「一緒にいて楽しいかどうかはわからない」と繰り返す。「でも、私には大事なの」

「これだけ一緒に時間を過ごしているなら、クリーマはいい奴なんじゃない」

たしかに、私はすっかり慣れている。役に立つのは認めないと。ちょっと生意気な態度だけ目をつむれば、クリーマとの作業は興味深い時もある。

アキラが撮った警察官の写真を手にしてみる。ほんとにいい写真。交通標識に寄りかかっている制服姿の警官が頭を掻きながら眺めているのは、接客中のウェイトレスで、彼女はテーブルのところで身を屈め、ヒップを突き出している。

3

ヴィクトル・クリーマは、擦り切れた袖の、縞模様のジャケットを着ている。その姿は、日本の無頼派の作家たちのようだ。今週会うのは二度目、場所は〈マラー・リバ〉。クリーマがここに通うのは、みんな知り合いだからだろう。

「発見があった」と私を見るなり、クリーマは言う。「坐って、これ見て」

「私も発見があった」私はビールを注文する。

「おれが先だ」

「じゃあ、どうぞ。何を発見したの？」

「うん、いくつか。まず我らが川下の本名は何だと思う？　川下は筆名だ」

私は目を見開く。

「本名は、上田聡《うえださとし》」

「それは重要な情報」私は驚く。

でも、よく考えてみれば、納得がいく。川下が川下という名前でないと疑いもしなかった。筆名を使っている作家は多くいるし。でも、クリーマはどうやって川下の本名をつかんだの？

「川越市の図書館に問い合わせてみたんだ。図書館があるのは知ってるだろ」

「一九一五年、安部《あんべ》立郎《たつろう》という人が設立したところね」

今度はクリーマが目を見開く。

「どうして、知ってるんだ？」

「川越のことをググった時に見つけた。これ以外にも役に立たないいっぱいの情報と一緒に」

「でも、これは役に立たない情報じゃない」クリーマがにやりとする。「まさにこの人のおかげで、川越での出来事がほとんど隈なく記録されている。それで、一九〇二年生まれの川下という作家について何か知りませんかと尋ねたところ、興味深い情報を山のように送ってくれたんだ」

私は唇を噛む。それは、図書館のことが話題に上がった時に私がやるべきだった。ああ。

「とても協力的な男性がいて、手元にあったものを全部、スキャンで送ってくれた。代わりに何か送らないと」クリーマはそう言うと、カバンから紙の束を取り出す。

「それで川下の本名は上田聡であるのを突き止めたんだ」

「それは納得がいく」と私。「『恋人』の主人公も聡だから」

クリーマは頷く。

「上田家は、川越で代々続く歴史を誇っていたようだ。この書類によれば」クリーマはテーブルの上の紙をトントンと叩く。「江戸末期から絹の商いをしていたみたい」

「じゃあ、裕福な家だったんだ」

「そう、息子たちにそれなりの教育を受けさせることができた」

次いで、まったく読み取れない殴り書きだらけの紙を出す。

「ここ数日、家系図や死亡証明書のコピーを調べていた。明治時代の古い戸籍抄本を解読するのはマジでしんどい。こういうのに精通するのは不可能に近い。しまいにはピェンカヴァ准教授の手を煩わすことになった。かわいそうに、それほど興味を惹かなかったみたいだが。けれども、調査は終えた。これだ」ページの真ん中を示す。

指で示した場所に私の視線が止まる。

「まず、川下の父は、四人兄弟。兄弟が二人と、妹が一人。ちょっと書いてみよう」クリーマは鉛筆を手にして、四人の名前を並べて書く。

上田武介《たけすけ》（1864-1893）川下の伯父

上田保剛《やすたけ》（1866-1915）川下の父

上田希太郎《きたろう》（1869-1942）川下の叔父

上田薫《かおる》（1872-1930）川下の叔母

「いちばん下の弟の」クリーマは図の上をトントン叩く。「上田希太郎は、二十代まで家業を継いでいた。でも、大事なのは残りの二人の兄弟。武介は一八九三年の火事で焼死し、川下の父、保剛は一九一三年にヨーロッパに渡り、現地で病死している」

「ん！」私は声を上げる。「こんなことありえない！　私、この保剛って人、知ってる！」

「どうやって会ったんだ？」クリーマは理解できないといった表情を浮かべる。これほど教養ある人物がこんなバカな問いをするとは？

「そう、会った。昨日、居酒屋で」

クリーマは目を細める。

「川越で煙草を売っていた人との関連で、その人に遭遇したの。ともに灰から街を作り上げたとネットに書いてあった。ちょっと待って。その商人の名前は……」

私は、メモの入っているファイルをテーブルに出す。

「小山文造！『恋人』には、小山文造は、主人公の父親のところをよく訪れたと文字通り書いてあった。父親はおそらく保剛かも。私って、バカだ」

「それを結びつけるのはそう簡単じゃない。大事なのは、ここまでたどり着いたということ」

テーブルにある図を覗き込む。

「ねえ、この薫って、『恋人』の火傷した叔母じゃない？」

「未婚で子どももいない。武介にも子どもがいなかった。おそらくまだ若くして焼死したのだろう。代わりに保剛はやることはやった、川下には兄弟がいたから」

クリーマはペンを取り、家系図に二人の名前を書き添える。

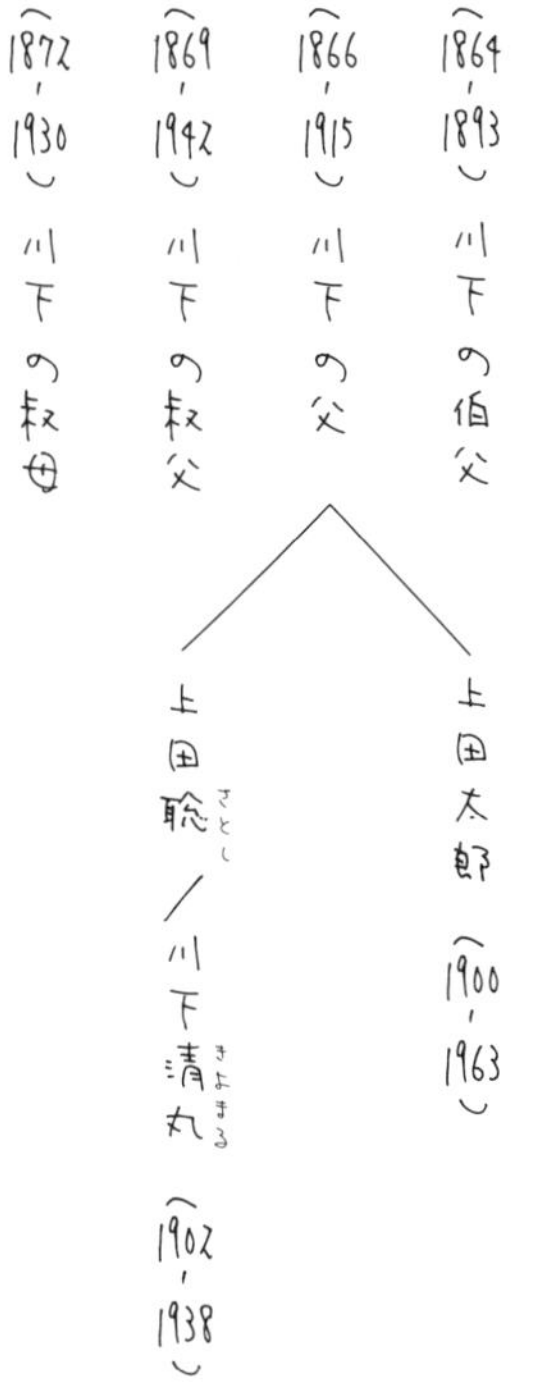

「それからいいかい」クリーマはにやりとする。「川下は結婚していたんだ」

私もクリーマににやりとする。

「知ってる」

4

「どうして知ってるの？」

「まあ、これは私が発見したんだけど」青空文庫から印刷したページを見せる。

「前会った時、川下の友人と思われる人たちの日記も調べないといけないと言ったでしょ。これは、横光利一の旅行記。一九三六年六月、旅先で記しているところを見て。ちなみに、『欧洲紀行』っていう本だけど、関心があるなら」


私が受け取った最後の手紙は友人の川下からのものだった。先月、結婚したという。にわかに信じがたい。付き合いのあったこの十年の間、一度も結婚のことを話題にしなかったからだ。女性のことを話していた事も思い出せない。何故、彼がこれほど急いで決断を下したかが私の関心事だ。川下の妻となったのは、だいぶ年下の北村幸子だった。全く予期していなかった。


「これはすごい」クリーマは紙を自分に引き寄せる。

「あとわかったのは、一九二三年、食べるものにも困っていた横光が川下からお金を工面してもらっていたこと」

クリーマは、私が渡した文章を読んでいる。

「つまり、当時、川下は東京にいた？」

「早稲田で文学を専攻していたみたい」

クリーマは頷く。私はクリーマが持ってきた紙を広げ、上田家の古い死亡通知書を覗き込む。

「ねえ、これ何？」

クリーマは横光の記録から目を上げる。

「一九三八年三月十八日の警察調書」

そこに記録されてあるものを覗き込む。クリーマは真剣な顔になる。

「少し悲しい話だ」とクリーマ。

私は手に敷いている報告書を眺める。

「川下は、結婚してから二年後に自殺を図った」とクリーマは告げる。

「どうして？　何があったの？」

「溺死。三月十八日の夜、駅で川下を見かけた人がいた。東京から来たみたいだ。帰京する時はいつも通っていた駅の居酒屋でラーメンを食べた。店員の証言がある。その報告書にも書いてある。食事を終え、支払いを済ませたあと、氾濫している川に身を投げた。その川の名前は、入間川。翌朝、川越から下流の橋脚のところで溺死体が発見された」

「でも、どうして自殺したの？」私には理解できない。

「わからない」クリーマも首を振る。

5

図書室に坐ったまま、私は壁を見つめている。目の前に「恋人」を広げてあるが、訳す気分にはなれない。川下は自殺した。この事実を知ってどうしてこんなに動揺しているのかよくわからない。よく知っていた人が亡くなったような感覚だ。でも、かれのことはほとんど知らないのを改めて意識すると、それは逆説のようにも思える。

私は本の頁を捲った。父の書斎で机に坐り、父の物を目にしているのは不思議な感覚だった。頁を次から次へと捲ると、何かが私の膝に落ちた。栞《しおり》だろうかと思った。だが其れは絵だった。手に取って目に近附けた。着物姿の若い娘の写真だった。

舐めるように眺めてみた。私の知っているあの女である事に疑いはなかった。三年前、筆のお店で見かけた、緑の着物を纏い、春の光で輝いていた娘の姿がふと記憶に蘇った。此の女が父に此の本を贈ったのだろうか？　此の女が自分の写真を封入したのか？　父は、此の本に此の写真が挟まれている事を知っていたのだろうか？　或いは、父が写真を挟み込んだのだろうか？

集中できない。図書室では時計が静かに音を出している。これまで気になったことはなかったのに、今日はその音が気になる。川下は、どうして、氾濫している川に身を投げたのだろう？　何かに悩んでいた？　その答えを知りたい。

写真の娘は明るい笑みを浮かべていた。私が会った時よりも若々しく見えた。白黒の写真からにこやかに私の方を見ていて、屈託のない面持ちで睡蓮の花柄の着物を着ていた。献呈を今一度読んでみた。清子より。其の女性に私は惹かれた。

「聡！」

戸の所に母が現れた。恰《あたか》も幽霊でも見たかのような表情をしていた。私は写真を袖の下に隠した。

「此処で何しているの？　貴方が見るようなものは此処には在りません！」

　私は立ち上がり、云われるが儘に書斎を出た。其の日、あとで、母が叔母と話しているのが耳に入った。「幽霊でも見たかと思った。あの椅子にあの人が坐っているかと。でも聡だった。段々あの人に似てきたわ。」

「本当に、そう。太郎は貴方の家系、聡は兄さんに益々似てきている。」


　部屋にマレク・トルンカが入ってくる。

「ヤナ？」と私に声をかける。私は頭を上げる。

「大丈夫か？」と尋ねる。私は頷く。

「顔色悪いな？」

「少し疲れてるんで」と私は笑みを浮かべる。八十年ほど前に他界した人物の死のことで感覚がおかしくなっていることは話さないでおく。

「あいかわらず、その翻訳と格闘してるのか？」トルンカは関心を寄せる。クリーマが話したにちがいない。

　私は頷く。

「どのくらい進んだ？」

「半分ぐらい」私は肩をすくめる。「クリーマが、いえ、ヴィクトルが手伝ってくれてるんです」

　トルンカは頷く。

「今日はもうやめといたほうがいいな。ここで倒れられたら困るから」

6

外では雪が降っている。

中庭で立ったまま、煙草を吸う。近くでは、シュヴィハル博士が正確な楕円を描きながら行ったり来たりしている。隣では、二年生の連中が話をしている。ポニーテールの華奢な男子が手を振っている。

「なあ、『七人の侍』を見終わった彼女が何て言ったと思う?」

ほかの仲間は首を振る。

「侍、多すぎ！　三人で十分でしょって」

男子はどっと笑い出す。

「ヤナ！」中庭のドアのところから誰かが私のことを呼ぶ。振り返ってみる。クリーマ?　でもクリーマではなかった。ルボシュ・ノウザークだった。ったく、こいつまだいたの?

「やった、ここにいるなんて、最高！」まるで餌を見つけたワニのように、私のほうに突進してくる。「ちょうど、話があったんだ、今晩、夕食でもと思って」

「えっ……」夕食はまだと返事するのは怖くてできない。

「ここの角を曲がったすぐのところに」ノウザークは続ける。「とっても感じのいい店があって、ぜったい君と行きたいと思ってたんだ！」

「嬉しいけど、今、お腹空いてなくて」

「残念！　話したいことがあったんだよね。具体的には、ちょっとお願いしたいことがあって」

いや、それはむしろお断り。

「空腹じゃなかったら、たとえば、地下の学生クラブで少しどう?　時間ある?」

煙草の灰を落とす。ノウザークと学生クラブに行く気はゼロ。あそこのコーヒーがひどいからだけじゃない。むしろ、地下の暗闇で、考えるだけでも目眩がするようなことをノウザークがするんじゃないかって気を揉んでしまう。

「ん……」私は灰を落とす。「ここで人を待ってるんだよね」

ノウザークは残念そうな顔をする。でも、すぐに気を取り直す。

「じゃあ、空気のいいここで話そうか？」

「まあ」そう言って、私は煙を吐き出す。「してもいいけど」

「こないだ、中国の性愛小説の話をしたのを覚えてるかな……」ノウザークが話し始める。

地下に行かなくてマジでよかった。

「……そこで、日本文学にもそういうのないかなって思って。そういう研究プロジェクトを考えていて。韓国文学の専門家と一緒に、中国文学、韓国文学における似たような性愛のモティーフを検討するんだ」

私はノウザークをじっと見て、煙を吐き出す。性愛小説のモティーフ？　まったく……

「そこで、思いついたんだ」ノウザークはにやりとする。「君に参加してもらって、日本の作品の分析をしてもらえないかと」

ほんとにどうしたらいいか、わからない。まず、性愛文学にはそんな惹かれないし、そもそも性愛文学を読んだことがあるかどうかもわからない。そして何よりも、ノウザークと時間を過ごすのはちょっと勘弁してほしい。それに微妙なテーマだし。

「誘ってくれてありがとう、でも多分……」と私。ノウザークはすぐに言葉を遮る。

「大丈夫ゆっくり考えて！　返事は、あとでいいから」

「でも、ねえ……」何か言おうとするが、言葉が続かない。

中庭のドアのところにクリーマが姿を見せる。本をいっぱい入れた大きなカバンを肩にかけている。カバンのジッパーは壊れている。ジャケットの上に長いコートを羽織り、帽子をかぶっている。

「共同研究に参加したら」ノウザークは話をやめない。「きっといい経験になるよ」

私が望まない経験をするかも、と思う。

「秘められているものを発見するいい機会になると思う。アカデミックなキャリアにもきっとプラスになるはず。刊行物が一つできるし……」

目の端でクリーマを追いかける。中庭を横切って、こちらに向かってくる。中庭の真ん中で文字通りシュヴィハルとぶつかる。定期ルートが邪魔されたシュヴィハル氏はどうしようかとその場に立ったまま。

「……中国のモデルに影響を受けた作家の作品を一つ選んで、そこから面白い部分を抜き出し、翻訳するだけで十分。そのあと、どこかで一緒に坐って、その箇所がオリジナルとどう対応しているか検討すればいいだけだから……」

クリーマはこちらにまっすぐ向かってくる。怪《け》訝《げん》そうな視線をノウザークに投げかける。

「こんちは」ノウザークが挨拶する。

「こんちは」

「ちは」と私。

「図書室にいると思ったら、追い出されたって、マレクから聞いて。具合が悪そうだって」

「ん、まあ。私のことが気に入らないから、追い出したって」

クリーマは、ふふと笑う。

「何か用？」と私。

「翻訳を進めようと思って」

「今日はもうぐったりしてる。川下の死を聞いて、凪《な》いだ海のヨットになったみたい」

クリーマは驚いている。

「ほんとに顔色悪いな。食事はとったか？」

「ん……」答えをどうにか避けようとする。さっきノウザークの誘いを断ったばかりだから。

「じゃあ、ビールでも飲みに行こう」

私はためらう。けど、しまいには頷く。

「ごめん」ノウザークに声をかける。「あなたの共同研究、楽しそうだけど、別の日本文学研究者を見つけたほうがいいと思う。今、自分のことで頭がいっぱいだし、空き時間は難しい作品を翻訳してる」そう言って、「恋人」を叩く。「申し訳ないけど、参加は見送る」

「ああ、そう」ノウザークはにやりとする。「じゃあ、しょうがないね。でも、気分が変わったら、必ず連絡して」

「うん」とノウザークに手を振る。

「今の誰？」大学を出ると、クリーマが尋ねる。

「とある中国文学者。性愛文学におけるモティーフの共同研究に参加しないかって声をかけてきた」

クリーマは顔をしかめる。

「てっきり、君を『肉蒲団』にして瞑想するのかと思った」

「何それ？」私は目を見開く。

「十七世紀半ばの中国の有名な性愛文学だよ」

7

〈太ったコアラ〉に入ると、クリーマはビールを二人分注文した。この店は、日本研究者の聖地みたいな場所であるのがわかった。クリーマは、トルンカやほかの院生たちとゼミが終わると、ここでビールを飲むらしい。運ばれたメニューを見ると、クリーマは店でいちばん安いスープを頼む。これがおいしいらしい。私も同じものを注文する。

どうやって会話を始めたらいいかわからない。「恋人」の感想でも聞こうものなら、この世で川下以外のものに関心がないように思われてしまう。

「あいつの死がそんなに衝撃だったとは思わなかった」

「そう。少し病的でしょ？　ここしばらくほとんどの時間を費やしていたから、個人的に知っているような感覚になってた」

「でも、死んでいるのは知ってただろ？」

「もちろん。でも自殺とは知らなかった。病死か、戦死のどちらかだと思ってた」

「そのどっちがいいか、言い難いけど」クリーマはため息をつく。

「今、あることが頭から離れないの」と私は打ち明ける。

「何？」

「川下は、水と川の漢字が使われている名前を筆名として選んだんじゃないかって。まるで何年も前から溺死を計画していたかのよう」

「川下清丸」クリーマは川下の名前を繰り返す。

〈川、下、清、丸〉と、私は川下の名前を宙に書いてみる。

二人で顔を見合わす。

「あるいは、生まれ故郷の町から川という字を取ったのかも？」

「〈川〉を〈越える〉で〈川越〉か。それはありうるかもしれない」

「どうして、日本学を選んだんだい？」スープが運ばれると、クリーマは尋ねた。

「十四の時、村上の『アフターダーク』を読んだの」言葉を続ける。「東京の描写に惹きつけられてね。それからほかの作品を読み、そして黒澤の映画も観た。それで思ったの、日本語を習得しようって」

「アニメじゃないの？」クリーマは眉をあげる。ったく、この世の全員がアニメ経由で日本語を勉強するわけ？　クリーマはそういう連中を見下しているのがわかった。

「ちがう」と私。「私は、ほんとに文学経由。あなたは？」

「子どものころ、日本のビデオゲーム、なかでも〈ファイナルファンタジー〉に熱中してた。このビデオゲームの物語が複雑に絡み合っているのに魅了されたんだ。で、十五の時に『ナルト』に遭遇して圧倒された。あれを読んで、これなら日本文学も読めるんじゃないかって思ったんだ。どういう特殊性や特異さがあるか気になったんだ。それで、日本研究に進んだというわけ」クリーマは肩をすくめる。

　これは衝撃だった。学内随一のインテリがビデオゲームへの愛を語るとは。自分の耳が信じられない。

「〈ファイナルファンタジー〉やったことある？」クリーマは私に尋ねる。

「ううん」

「ビデオゲーム嫌い？」

「一度もやったことない」

　クリーマは信じられないという表情を見せる。

「〈マリア〉とかも？」

　私は首を振る。

「それはもったいない。やったほうがいいよ」

クリーマは、カゴに出されたパンを手にする。

「日本に行ったことある？」少し間をおいて尋ねる。

私は頷く。

「国費で？」

「ううん」首を振る。「六年前、観光で。あなたは？　行ったことある？」

クリーマは首を振る。

「でも行ってみたい。六年前はどのくらい滞在したの？　場所は？」

「一か月。一緒に行った知り合いの友人のところ」

「東京？」

私は頷く。

「どうだった？」

「うん」少し考える。「けっこう面白かった。でも、いちばん面白かったのは、私たちが部屋を借りてた人」

クリーマは頭を上げる。

「東京の街よりも面白い？」

「まあ、ある意味で」

クリーマは頭を横に傾ける。

「その人はどういう人？」

「私たちはその人をペパって呼んでた。とっても優しい人で、一か月間、私たちをただで泊めてくれた。でも、少し変わってたの」

「変わってた？」

「その人のお気に入りのフレーズは、『これはプラハじゃ見られないよ』。塔やお寺、それに日本料理店を通りかかるたびに、東京を自転車や地下鉄で移動する人に会うたびに、それからテレビを観てる時も、ようするに、いっつも言うの。『これはプラハじゃ見られないよ』って。私は心の中でいつもこう言ってた。そうそう、ペパ、よくわかっているって！　始終、言わなくていいよって！　プラハじゃ見られないから、ここに来たんでしょって！　でも本心を告げて、せっかく引き受けてくれたガイド役の邪魔をすることはできなかった」

　クリーマはにやりとする。

「なかでも、ペパが魅了されてたのが鉄筋コンクリート」私は続ける。「鉄筋コンクリートのことは何でも知ってた。製法、どういう建造物に用いるか、東京の建物のどれが鉄筋で、どれがそうでないか。それから事あるごとに東京のチェコ大使館は鉄筋コンクリートだから地震があっても心配いらないって強調してた。鉄筋コンクリートのことをこれほどの熱意を持って話せる人がいるとは考えたこともなかった」

「ほかに関心ないの？」

「うーん」と考える。「鉄筋コンクリート以外で、ペパが関心を寄せていたのは、エコカー、プレートの動き、地震のこと。この三つのトピックを毎日違う順番で話していた。なかでも、地震のことはよく頭に入っていて、日本各地の死者の数も把握していた」

「そんな奴を本気でガイドにしたの？」クリーマはにやりとする。

「最大の地震は、ペパによれば、一九二三年にあった地震。大勢の人が亡くなったの」

「九五年の神戸のほうが大きくなかった？」

「わからない、私、専門家じゃないから」私は肩をすくめる。

「川下の『揺れる想い出』を手に入れないとな」クリーマは眉をひそめる。「関東大震災のことを回想してるわけだから。当時、東京にいた作家たちは皆、そのことを書いている。とてもひどいものだったのだろう」

「たぶん、そう。すくなくともペパはそのことでほんとに参っていた。東京のチェコ大使館は、まだ起きたことのないマグニチュード一〇でも耐えられるようになっているからって始終、私たちをなだめていた」

「それは知らなかった」

「初めのうち、ペパの地震に関する講義は我慢して聞いていたの、泊めてもらえたのを感謝してたから。でも、プレートが動いて地震で人が亡くなるのを五回も聞いていると、地下鉄に乗っている時、残骸の下敷きになるんじゃないかって気をつけなきゃいけないと思うようになって、ほんとぞっとした」

「それはわかる。でも、地下鉄に乗ってて、どうやって下敷きにならないよう気をつけられる？」

「その通り。それはどうにもならないでしょ……」

「この世の中にはそういう変人は山のようにいる。たとえば、犬のことばかり気にかける人。犬のことなら何でも知ってる。こういう連中は、ほんと苦手」クリーマは身震いする。

「うん、でも、ペパはそれだけじゃなかった。あと、いろいろな英語の表現にはまっていて、たいていは文脈にあってない使い方して、それがまたひどくてね。文字通りの地獄は、歴史博物館を訪れた際にペパがガイド役を引き受けてくれた時のこと。日本では、何千年にもわたって天皇の系譜が連綿と続いていているって話を聞く羽目になった」

「魅了されるのもわかるよ。そういうのはプラハにないから」クリーマは肩をすくめる。

8

スープを飲み終わると、もう一杯ビールを注文する。

「ビデオゲームとか、アニメが好きだとは思わなかった」と私。

「どうして？」

「ポップカルチャーの消費者のようには見えなかったから」

「むしろ、『安価な食べ物の消費者』（トーマス・ベルンハルトの小説名）だろ？」クリーマはにやりとする。

私は考えてみる。

「治療不可能な本の虫」

「お前は、過剰なまでに勤勉な女学生」

「ほんとに？」

「だって、専用のノートに書き込んで、その上、メモを貼ってるでしょ。でも」そのあとでこう言う。「それはそれで素晴らしいと思う」

「ありがと」

「川下と松本清張以外に好きな作家はいるの？」

「もちろん。好きな作家はいろいろといる。谷崎、川端、大江」と名前を挙げる。「チェコ語に翻訳されたものはほとんど全部読んだ。それから、英語でもけっこう読んだ。たとえば、三島とか。ようするに、手にしたものは次々と」

「三島はどれがいい？」クリーマが関心を見せる。

「ん……いちばんはもちろん、『仮面の告白』。あの文体にはうっとりする。一文一文が完璧。段落ごとにいろいろな考察に満ち溢れ、すべてがあるべき場所にあり、すべてが意味を持っていて、無駄なところはどこもなく、余計なものもない」

クリーマは笑みを浮かべる。

「三島が『仮面の告白』を書いたのは、朝、仕事に出かけようとして、疲労のあまりホームに転落したのがきっかけだって知ってた？」

「知らない」

「おそらく、夜ずっと執筆していたから、ほとんど眠れていなかったんだろう。電車に轢かれそうになってようやく、父親は、息子の飛翔を邪魔してもしょうがないと判断し、『さあ作家一本槍で行け、その代り日本一の作家になるのが絶対条件だぞ』と言ったらしい。それで三島は『仮面の告白』を発表し、天才作家が世に出たというわけ」

「三島の写真を見ていると、自分が、王子さまやお姫さまの童話のイラストを眺める幼い子どもと同じに思えてくる。ほんとに。部屋の壁には、馬に乗っている三島の写真を貼ってる。その下には『作家は乗馬を楽しむ』と書いてある。ほんとうに高貴に見えるよ。乗馬してた妹にその写真を見せると、妹はこう言ったの。三島って男のなかの男、だって、馬にピアッフェさせるのはただでさえ気を遣うのに、その上楽しむなんてありえないって」

クリーマは笑っている。

「どうしてミステリーをやってるの？」

「原文で読めるものをやりたかった。ちょうどいいスタートだと思った。修論を書いたら、今度は別のことをやりたい」

「大正時代にも手を出すつもり？」

「その前に日本語をもう少しどうにかしないと。まだ理想のレベルには達していない」

「よくなるさ」

「どうして、推理小説を見下してるの？」

「見下してないよ」クリーマは反論する。「単に関心がないだけ」

「いい作品を読んだことがないからでしょ」

クリーマはこくりと頷く。

「わかった」とクリーマ。「挑戦状だ。お前が読んだ日本の推理小説で最高の作品を教えてくれ、それを読んでみる。そうすれば意見が変わるかもしれない」

「島田荘司の『占星術殺人事件』」私は即答する。「このシリーズは最高。まだチェコ語に訳されてないけど。待って、紙に書くから」

私はペンを取り出す。

「〈頼りがいのある＋愉快な〉か？」クリーマはそこに書いてある言葉に気がつくとにやりとする。

「友だちからもらったの」私の頬が赤くなった。これが上向きなエネルギー、それに善良なる霊を呼び寄せることは言わないでおく。

9

「ねえ」久しぶりにワインを飲みに行くと、マチコは話し出す。「兄さんが連絡くれて、こっちに来るって。もう航空券も買ったって」

「いつ？」

「一月の終わり」マチコはにやりとする。

「あのおかしいメイク・アップを落としてくるだろうね、そうでもしないと、飛行機に乗せてもらえないかも」

マチコはよくわからないという表情を一瞬浮かべる。

「やだ、もうあんな恰好してないよ！　バンドやってた時に化粧しただけ、十七の時だって。今は、ふつうの恰好してる！　変わってるのは中身だけ。ここでインスピレーションを受けて、入試用の素材となるような写真を撮りたいみたい」

「また窓？」

「たぶんね」マチコは卒倒する振りをする。「あの人はうまく言葉にできないの。昨年の入試では、もっと作品を出さないといけないと言われたけど、自分のコンセプトはぜんぜん話さない。二月はちょうど憂鬱な月で、雪が降るといいなって言ってた。雪の積もった家屋や雫の流れるガラスなんかを撮りたいみたい。あ、そう、人が住んでない建物ってどこか知らない？」

「廃屋でも探検するわけ？」

「まあ、私たちが案内しなくても、勝手にどこかに行くでしょうけど」マチコは肩をすくめる。

私はため息をつく。

「ティーンエイジャーだったころ、コルベノヴァ（プラハの北東の地区）の半分崩れかかった工場に何度か行ったことがある。建物の中には入れないけど、中庭だったら入れてくれると思う」

「じゃあ、そこに連れていくって言っとく。きっと喜ぶよ」

10

クリスティーナの父親がスリランカから帰国した。持参したのは、二着のガウンだけ。ほかの服はもっていない。ここには十二月末までいるとのこと。クリスティーナは父親との面会をかたくなに拒んでいる。

「あの人はグルなんかじゃない、単なる臆病者。スピリチュアルな理由で僧院へ逃避したというけど臆病心を隠しているだけ。ただ、ふつうに逃げただけ。会社で直面した問題から。私たちが犠牲になってもおかまいなし。それが今や、驚いたことに仏教を啓蒙する立場になってる。あのバカ」

「でも、私は、会うべきだと思うけど。何年、会ってないの？」

「うん、そうとう長いあいだ……。弟はギムナジウムに入学してから一度も会ってない。最後に会ったのは十一歳の時。わかる？　親父は自分の遺産をどこかにやれば気がすむ」

「母さんは何て？　あなたに会ってほしくないの？」

「母さん？」クリスティーナは手を振る。「どうしたらいいって訊きにいったら、カードを読んでみるって。二人とも、どうかしている」

「会うべきなのは、その二人かもね」

「ったく、どうしたらいいか、まったくわかんない。二人が離婚したのはね、二人の夢に出てきた猫が二人の道は別々になるべきだって告げたからなの。その二人の道がせめてカフェで一度だけでも交わってほしいと思うけど、どうしたらいいか、もうほんとお手上げ」

11

不思議な感じがする。クリーマは本をじっと見ているのに、私はクリーマをじっと見ている。『モデル読者』はクリーマが部屋に入ってきた時に置いた棚で満足そうにうたた寝している。本が夢の世界に舞い込んだかのように、ページの文字はあっちこっちに動いている。私が一人で訳した箇所は手直しが終わり、今、その続きを一緒に直している。オリジナルの文章を声に出して読むが、やさしくはない。三つ目の単語ごとに、クリーマが助言してくれる。

「落ち着け」と私に声をかける。「旧字体に遭遇した時は、おれも初めは手探りだった。でも、三回、四回と同じ字を見るうちに、どうにかわかって、異体字が理解できるようになる。ひたすら練習あるのみ」

愕然とする。基本漢字千五百字はマスターしているけど、クリーマの頭にはその倍の数入っているかと思うと、くらくらする。

「思い出すのは」、本から顔を起こして、私は椅子の背もたれに寄りかかる。「川端の『雪国』を初めて読んだ時のこと。教科書の文章ですらちゃんと読めなかったのに、日本語の本を借りたの。でも、とんでもない恰好つけたがりで、オリジナルで読みたかったの。それも旧字体ばかりだった」

「それでどうした？　読めたの？」

「まさか。あの列車の冒頭のシーンにすらたどり着かなかった。ずっと、登場人物が一人多いと思っていた。窓に反射している有名なシーンがあるの知ってる？　私には難しかったから、ほかに誰かいると思っていたの！　そのあとぜんぜんつかめなくて、列車からみんな降りたのに、あの人はどこに消えたって。ずっと探していた」

クリーマは私を一瞬見てから、ぷっと笑い出した。


私は写真の娘の事を恋焦がれるようになった。美しい瞳、小振りな鼻、丸い顔。良家の出身であるように思えた。時折、夜に目覚めては其の写真を見たいという思いに駆られた。布団から出ると、写真を挟んでおいた漢文の教科書を広げた。何故だか判らなかったが、母の目には触れてはならないように思えた。

写真は私の秘密の宝物となった。写真の娘と午後を一緒に過ごすのを思い描いてみた。街を散歩したり、公園のベンチに一緒に坐ったり。娘が用意したおにぎりを一緒に食したり。一緒に鳥や、川の畔にいるトンボを眺めたり。私の中の何かが変化したのを感じた。文字通り、写真の娘に戀《こい》をしていた。


私が読んでいるあいだ、クリーマは知らない単語の意味を辞書で調べている。理由はわからないけれども、どうも集中できない。クリーマの指が辞書のページをめくる様子だけが目に入ってくる。

「これはなんて読むの？」文章の最後の字を指差す。

「これは、恋の旧字体。知ってるはずだよ、そんなに難しくないし、簡単に連想できる」


　私は写真を布団の中に仕舞った。外の光が部屋に入っていたので、光が写真に当たるようにした。すると、娘は殆ど奇跡の如く、青い光で全身を蔽《おお》われているようだった。意識しない中《うち》に、私の手は布団の下の膝の方に向かった。娘の美しい顔を見ていると、私の手は布団の下で此れ迄大した意味を担ってこなかった何かを発見し、自然と其れを握っていた。何時かそうなるのだと昔から判っていたかのように動き始めた。


いいじゃない。私はカニみたいに顔を赤くする。クリーマもわかってるはず。幸いにも、礼儀正しく気づいていないふりをしている。

「これって、『仮面の告白』みたいじゃん」そして考え込む。「こないだ話しただろ」

「三島が川下の文章を書き写したってこと？」

「父の書斎で聖セバスチャンの絵を見つけて、手淫するシーンを覚えているだろ？」クリーマは考えを披露する。「それにとても似てない？　典型的な文学的借用」

「たしかに。でも、三島はこうやって川下にオマージュを捧げたのかも」

「最後まで読む？」

「もちろん」今一度、視線を本に移す。


　そして人生で初めて昇天した。父の机の本から見つけた娘の写真を見乍《なが》ら。

翻訳をし終えると、クリーマは私に電話番号を手渡し、またクリスマス休みのあいだに電話をすると約束した。

第六部　渋谷

1

月曜、仲代は姿を見せなかった。ほかの連中は三人で練習をした。私は一晩中待ってみた。でも、やってこなかった。マンガショップの窓に腰かけ、バンドが練習する地下への入口を監視するだけだった。あたりでは、大勢の人が動いている。時折、配送用のバンがやってきて、ブルーの制服を着た男たちが地下から缶詰の箱を運び出し、バンに積み込んで出発する。けれども、仲代はすっかり消えてしまった。彼女と口論してから姿を見ていない。

　何をしていても、あの娘が仲代に言い放った文句が頭の中で繰り返される。「死ね」。こういうのは見逃すわけにはいけない。ぜったい。人間が見届けられない想いというのは、とても危ない。いい想いが込められていても、台無しになることもある。ノートをパタンと閉じ、街に出る。せめて歩くぐらいしないと。そうでもしないと、頭がおかしくなる。

　おそらく百回くらい繰り返したけど、数日前に目撃した光景を頭の中で振り返ってみる。仲代が彼女と口論し、彼女は死ねと言った。頭から消し去ることができない。近くをティーンエイジャーの集団が通り過ぎる。私より少しだけ年下だろう。けらけら笑いながら、レストランの店頭にあるプラスチックの食品サンプルからランチを選んでいる。かれらを横目に見ながら、私は先へ進む。どの方向にも、どれだけ長い時間でも、歩いていける。迷子になる心配はない。またハチ公からスタートするだけだから。

これはどういうことなのだろう。形をとる〈想い〉もあれば、そうならないものもある。形をとるのはそう多くないはず。でなければ、この世は、見捨てられ、必要とされず、忘れられ、憎しみを抱く想いばかりになってしまうだろうから。じっさい、そうなのかもしれない。宝くじみたいな仕組みになっているのかも。折に触れ、なんらかの想いが現実の世界に現れる。私がここにいるのは、ふさわしい場所でふさわしい事柄を思ったからだろう。それから、誰も傷つけようとしなかったことも、想いが現実になる要因だろう。ヨーロッパ人の、ちょっと考えの足らない〈想い〉がこのあたりをぶらついていても、誰の迷惑にもならない。

私はただ、仲代の身に何も起きていないのを祈る。

2

今日は木曜。定期検診を迎える四歳児のように、私はビクビクしている。採血されるような気がする。朝から、何かおかしいという感じがしている。はっきりとはわからない。ただ、今日は何か悪いことが起きる、妙な予感がする。

午後、ハチ公のところに行く。犬の銅像の真向かいにあるベンチに坐り、じっくり像を見る。これまでずっと憎たらしく思っていたが、急にどうでもよくなった。何の感情も湧いてこない。一週間前にはなかった心配事があるのだ。それまで、ハチ公は私を小馬鹿にしているような気がしていた。今では、どちらかというと、顔をしかめているように見える。隣では、若い女子が二人腰かけ、スムージーを貪《むさぼ》っている。

「うちのママって、マジひどいの！」一人が話している。「あたしがやることはなんでもダメって言うの！　ケイが映画に行こうって誘ってくれてるのに、ダメだって！　最低！　いなくなっちゃえばいいって思う時がある」

友だちはこくりと頷く。

「うちは、姉貴がムカつく！　いつも説教してきて、もう限界！　世界でいちばん賢いって思ってるんだから！　例の試験、落ちればいいってマジで思う。そうなりゃ、少しは学ぶはず」

「ママ、ママ、ぼく、犬が欲しい！」男の子がハチ公の下で懇願しながら、母親の袖を引っ張っている。

「バカ言わないで、どこで飼うつもり？　うちで飼ってもかわいそうでしょ？　それにお父さんがなんて言うか……はやく忘れなさい」

「でも、マルくんは犬飼ってるよ！　マルくんが飼ってるなら、ぼくも欲しい！」子どもはせがむ。

「だめって言ったでしょ。いい子にしなさい！」

私は立ち上がって、スタジオに向かう。

「一緒にいてくれたらいいのに」交差点で若い女の子がにやにやしながら電話している。「うん、いつもと同じで暑いよ。いつ帰ってくる？」

「ったく、腹へったな」ひげを生やしたサラリーマンがブツブツ言いながら、私とすれ違いで、反対方向に歩いていく。

「株価があがったら……」

「こっちのほうが安いかも……」

「キララはすぐに快復するだろうし……」

「ベストは何かっていうと……」

「お父さんもいい加減、もう家に帰ってくれたらいいんだけど……」

突然、すべてがわかるようになった。ここに来て、どのくらい経ったのだろう？　二か月？　二か月のあいだ毎日学習した成果だ。そう、ここでは誰もが願い事をしている。

3

午後になると、マンガショップの窓から離れられない。あいかわらず、仲代はいない。ほかのメンバーはもういるのに、仲代だけ来ていない。きっと何か起きたにちがいない。きっとそうだ。恐ろしい考えを頭から追い払うことができない。またあの娘が仲代の家で問題を起こしたのでは！五時半、ようやく仲代は姿を見せる。何事もなかったように、倉庫のドアを開け、地下室に消える。バカみたい。私、こんなに心配して。余計な心配をした。読みかけの本に戻ろう。

　バンドのリハーサルは十一時半ごろまで続いた。そのあと、四人全員がふらふらと出てきて、最終の地下鉄を目指す。東京の深夜は、公共交通機関が動いていない。階段を降りて通りに出ると、メンバーがちょうど別れの挨拶をしていた。

「じゃあまた、月曜な？」

「おう。休暇を楽しんで。親父さんにもよろしく！」

　そのあと、四人はそれぞれ別の方向に歩き出す。私は仲代のあとを追う。遠くまでついていけないのはわかってる。どうせ、すぐにハチ公のところにはじき飛ばされる。仲代はギターを背負って、髪をポニーテールにまとめている。渋谷がきらめいている。ブルー、レッド、イエローの光が次々ときらめく。まるで万華鏡の中を歩いているみたいだ。

　その時、仲代が急に立ち止まった。何かを忘れたみたい。頭をぽりぽりと掻いた。踵を返す。私たちはしばらく見つめあう。ドキドキして、心臓がズボンまで落ちそう。仲代が私を見てる！　私が見えるんだ！　何て言えばいい？　ここ数週間、私は人としゃべっていない。

「こんにちは」私はどうにか言葉を発する。けれども、仲代は私を気にしない。顔をしかめて、スタジオを目指す。おそらく忘れ物をしたのだろう。もちろん、私のことは見えていない。だって、生きていないから。

私も向きを変えて、あとを追う。

仲代は地下に通じる入口に着くと、ドアを開けた。廊下の電気をつけ、ドアを閉める。私たちは鉄製の階段のところにいて、仲代は何か考えている。背負っていたリュックを下ろし、ギターを壁に立てかける。数キロ身軽になって、スタジオへと降りていく。私はそっと後ろを歩いた。階段上の蛍光灯がチカチカしている。今、ここにいるのは私たち二人だけだ。仲代が足をのせるたびに階段はカンと音を出す。間違いない。何か下に忘れたんだ。

下まで降りると、仲代はドアの暗証番号を入力し、倉庫の中に入る。私はあとを追って階段を降りる。あまり気分は良くない。廊下で不安に襲われる。蛍光灯が明滅し、チカチカしている。チカチカ。チカチカ。仲代はこちらに戻ろうとしている。足音がドアに近づいてくるのが聞こえる。すると、突然、電気が消えた。私は怖くなって声を上げるが、もちろん、誰にも聞こえない。倉庫からは何かがぶつかった音がした。そのあとすぐに、ドアを叩く音がする。

「すみませーん」仲代の声が聞こえる。

「すみませーん」と私。

「すみませーん」仲代はもう一度声を上げる。返事はない。ガタガタとドアを開けようとする音がする。ブレーカーが落ちたのだろうか？　だとすると、倉庫のドアは解錠されない。足元も見えない。私たちは完全な闇に包まれてしまった。

「すいませーん、どうなってるの？」声が聞こえてくる。外に出られなくなったのだ。足が一段目の階段を探り当てる。外に出ないと！　そうしないと気絶しそう。恐怖心が高まる。私はここで一人！　真っ暗闇の中で！　私は〈想い〉じゃない！　ほんものの幽霊になりそうだ！

階段を半分上がったところで、下から声が聞こえる。

「すいませーん！　そこに誰かいますか??!!　すいませーん？　助けてください!!!!」

私はハッとして立ち止まる。私は一人ではなかった。仲代がいる。しかも私よりはるかに悪い状況だ。心臓の鼓動が聞こえる。いや、下で仲代がドアを叩いている音かもしれない。倉庫の前の廊下はかび臭かった。

4

仲代は倉庫から助けを求めている。もし倉庫のドアの暗証番号がわかっていたとしても、電気は止まってる。通りに出て、ビルか、地区全体が停電してないか見たけれど、すべて正常通りだった。このビルだけが停電していることなど、外から見ても誰にもわからない。

私は、少しだけ落ち着いた。建物の周囲を歩いてはみたものの、配電盤はどこにも見当たらなかった。停電を復旧させるものは何もない。階段の下は真っ暗闇になっている。手を前で動かしても、指が宙を掻くだけだった。

倉庫内の仲代は、静かになった。誰にも地下からの声は届かないと悟ったのだ。

電気はすぐに点灯するはず。

5

もうここでどのくらいの時間を過ごしているだろう。仲代は、ふたたび声を上げ始めた。

「すいませーん！　助けて！　助けて！」

私は仲代が階段の上にカバンを置いたのを思い出した！　そこに携帯があるかもしれない。階段を上がって、カバンを探した。ドアを押して、少しでも光が廊下に入るようにした。でも、あまり効果はなかった。

自宅の鍵、スウェット、くしゃくしゃになったサンドイッチの包み紙、飲みかけのお茶のペットボトル、それから携帯が入っている。でも仲代のパスコードがわからないので、アクセスできない。倉庫内の仲代のことが気になる。でも、きっと誰かが気にしてるはずだ。両親か、兄弟か。私はいちばん上の階段に腰かける。待つのは慣れてる。待ち人が来なくても、私は待てる。でも、仲代は地下で絶望しているにちがいない。

「すいませーん!!!」声がかすかに聞こえる。けれども、通りの音楽に掻き消されてしまう。

6

夜が明けつつある。通りには人気がない。どこにも、誰もいない。しばらくして清掃員が現れ、歩道を掃除し始めた。開いている地下へのドアの近くを通って、先を急いだ。早番の店員もやってきた。残業を終えたサラリーマンが何人かふらつきながら、家路につこうとして、角のマクドナルドで朝食をとる。ここのマックは二十四時間営業している。配送用の車も姿を見せる。街は、目を覚ましつつある。

　仲代の声は聞こえない。寝ているのだろう。時間の感覚を失っているのかも。生きていればいいのだけど。

　私は壁にもたれながら、男がマンガショップの前の自販機の商品を補充する様子を見つめる。その時、隣にあった仲代の携帯が光り出す。誰かが電話をかけてきたのだ。私は携帯に飛びつくが、電話を受けることができない。こんなこともできないなんて。画面上のボタンを押してみるけれども、コール音は鳴り続け、私は何もできない。下からはドアを叩く音がする。仲代は起きている。コール音で目を覚ましたのだろう。

「助けて!!!!」また叫んでいる。すくなくとも、仲代は生きている。今すぐにでも、バンが到着し、制服姿の男たちが降りて、倉庫から缶詰の箱を運び出すはずだ。そうすれば、仲代は外に出られる。

だが運の悪いことに、今日、バンは一台もやってこない。そして、これまで私が百万回目にしてきたのと同じように、街は目覚めつつあった。

7

午後になったが、バンはまだ来ない。おそらく今日は来ないと思う。仲代の母さんが何度も電話をかけてくる。携帯は鳴りっぱなしで、私には酷くこたえる。画面に映る緑の通話ボタンを見つめるだけで、私には何もできない。

当然だ。子どもが夜中になっても帰らなければ、まともな母親なら誰でも子どもを探しに行く。街は目覚めつつある。明かりがつき、音楽が流れ始め、見る見るうちに人は増えていく。仲代の母が最後に電話をかけたのは六時だった。

8

次の日の朝も、制服姿の男たちを乗せたバンはやってこない。私は本を手にしようとするも、地下の闇の中、一人で苦しんでいる仲代のことが頭に浮かび、かれに悪いことをしているように思える。時々、下に行って、閉まっている倉庫のドアに耳を当て、生きているかどうか確認してみる。中を歩いている音や床の軋む音が聞こえる。つまり、生きているんだ。たぶん、倉庫に保管されている缶詰を食べたのかもしれない。そうだとしたら、ものすごく空腹というわけでもないだろう。

正午ごろ、ドアの前で一匹の猫が立ち止まり、私のことを不思議そうに眺めてから、公園のほうへ去っていった。神社で願掛けするのもいいかもしれない。私は立ち上がる。驚いたことに、まったく疲れていない。神社のほうへ向かって、お願いをし、また戻ってくる。そのあいだに仲代が外に出た様子はなかった。

9

いい考えを思いついた！　ノートの紙を一枚破って、日本語でこう書きつけた。

> 若い男は角にあるマクドナルドの隣のベースに閉じこまられている。
> 彼を助けてください。

私はこの紙を手にして、路上に立った。人とすれ違うたびに、この紙を相手の顔に突きつけた。けれども、皆、私を避け、誰も私を見てくれなかった。

「すいません、急いでるんで」

「ごめんなさい、時間がないんです」

「失礼、結構です」

何の成果も得られずに、私は戻らなければならなかった。仲代は依然として中にいる。まったく！　ここで私は突っ立ったまま、仲代が下で苦しんでいるのを黙って見てなきゃいけないの？　できることは何もないの？　自分の存在がほんとに嫌になり始める。私はまったくの無力だ！　何もできない！　何の役にも立てない！

10

仲代に希望の光が射したのは、その日の昼下がりだった。何の前触れもなく、二足の緑のハイヒール、巨大なピンクのスカート、オレンジ色の顔が、廊下のドアのところに現れたのだ。仲代の彼女。いや、元カノだ。

　彼女は廊下を覗き込む。おそらく、路面のドアが開いたままだったので、不思議に思ったのだろう。それで、入口の階段に置いたままのギターとリュックにも気づいたのだろう。そっと、中に入る。

「すいませーん」

　返事はない。仲代は下で寝ているのだろう。

「すいませーん‼」娘はもう一度声を出す。

　何やってんの！　起きて！　目を覚まして！　私は心の中で叫んだ。

「すいませーん！」もう一度呼びかける。

　すると、下からドアを叩く音がした。

「助けて！　外に出して！　閉じ込められてるんだ！　誰か、そこにいる？　すいませーん!!!」

　女は階段のほうへ足を進めた。

「誰？」女は叫んだ。

「助けて!!!!」仲代は下で声を張り上げた。

「アキラ？」

「ミエコ？　お前か？　閉じ込められてるんだ！　外に出れない！　助けを呼んでくれ！」

　ミエコはポケットから携帯を取り出したものの、一瞬迷ってまたしまった。何を迷ってるの、まったく理解ができない。この状況なら、どんな人間だってすぐ行動するのに。でも、ミエコは壁に寄りかかって右手のネイルの手入れをしている。

「どのくらい、そこにいるの？」女は地下に向かって声を上げる。

「わからない！　半日？　ずっといるみたいに感じてる！　めちゃくちゃ気分が悪いんだ！」

半日？　いや、もう二日は閉じ込められているというのに！　完全に時間の感覚を失っているみたい。ミエコは頭を横に振る。

「ねえ、この前、あたしにひどい態度取ったよね？」

自分の耳が信じられなかった。

「何、言ってんだよ？」

「この前のあんたの態度はひどかったって言ってんの！」ミエコは階段から地下に向けて声を張り上げた。

「わかってる、悪かった！　頼むから誰か呼んで、ここから出してくれ！　バンドの誰かにかけてくれ。聞いてるか？」

「うーん、どうしようかな」ミエコはポケットに手を突っ込む。「バンドに関わったらいけないし」

「何？」

「ほんとうにあんたが地下にいるかどうかもわからないし。夢見てるだけかもしれないし。だって、下に来るなって言われてるのに、降りて確かめるわけにもいかないし……」

「ミエコ、バカなこと言うな！　お前の助けが必要なんだ。リュックの中に携帯が入ってるから、あいつらに電話してくれ。聞いてるのか？」

「だって、パスコード知らないし！」

「1-5-7-5！」

ミエコはあたりを見回した。

「前だったら、教えてくれなかったよね？」自分にだけ聞こえるような声でそっと呟いた。携帯を手にして、番号を入力した。けれども、電話をかける代わりに、仲代のフォトギャラリーの写真をチェックし始めた。そして、また携帯をリュックの上に置いた。

「もしかしたら、あとで来るかも」低い声でぼそりと言った。

そして去っていった。

11

あのあばずれ！　自分のやってることが冗談にならないのがわからないの？　仲代はあれからゆうに十分間、彼女のことを呼び続けていた。そしてしまいには諦めてしまった。夢だとでも思ったのかもしれない。私にできることは何も思いつかない。

携帯を手にして、番号を入力した。でも、ロックは解除されない。

この国の機械は、マジで私を毛嫌いしてるらしい。

12

二時間ほどして、ミエコがまたやってきた。

「ねえー！」階段の下へ大声で呼びかける。

「ミエコ、いるのか?!　誰かに電話してくれたか？」

「まだ！」

「何でだよ！　外に出たいんだ！」

ミエコは階段に坐って、口にキャンディーを入れた。その時、仲代の携帯が鳴った。画面には緑の通話ボタンが点滅し、その下に「母さん」と表示されている。

「誰か、電話かけてきてるよ！」

「出てくれ！」

「お母さんから！」

「だから出ろよ、お願いだから！」

「お返しは何？」ミエコは尋ねた。

私は、自分の耳が信じられなかった。

「何だって？」仲代が地下から声を上げる。

「電話出たら、ずっと、あたしと一緒にいる？」

倉庫は、重々しい沈黙になった。仲代は、おかしくなった女に何をしてもどうにもならないのを悟ったようだ。携帯は、階段の上で鳴り続けている。

「ずっと一緒にいる？」女は、声をかける。

「ああ！」

「約束する？」

「ああ、約束するよ！」

「でも、信じられないなあ」女は肩をすくめる。携帯は鳴り続けている。

「誓う！　誓うから‼」仲代は倉庫から叫ぶ。「出てくれ！」

ミエコは振動している携帯を手に取った。

「わかった！　電話に出るから！」

「もしもし？　もしもし？」携帯からは、すっかり驚いた女性の声が聞こえた。だが、ミエコは返事をしなかった。相手に聞こえないよう指でスピーカーをふさぐと、地下に向けて大声で叫んだ。

「わかってほしいんだけど、あたし、あんた信用してないから！　納得させてね！　またあとで来るから！」

　そのあとミエコは仲代のリュックの上に携帯を置き、ドアを閉めた。私は携帯に飛びついた。誰かに電話をかけるのはできないかもしれないけど、着信電話に出るのはまだ試してなかった。

「もしもし！　もしもし！」私は大声で携帯に話しかけた。

「もしもし！　アキラ！」

「助けて！」私は携帯に向かって叫んだ。

「アキラ！　アキラ、どこにいるの！」

「スタジオだよ！　外に出られない！　助けて！」私は叫んだ。

「どこ？」

「渋谷だよ！　渋谷の、マックのそば！　そこに来て！　もしもし！」

　プー、プーと憎たらしい音が鳴って、会話が切れた。私は携帯を手にして、額にあてた。仲代の母さんに私の声が聞こえてますように、と願いを込めた。仲代が閉じ込められている場所のことが伝わってますように、と。

13

　それから一時間後、一人の女性が髪も整えずにやってくると、躊躇なく真っ暗の階段を駆け降りて、倉庫のドアを叩き始めた。

「アキラ！」女性は声を張り上げながら、ドアをバンバンと叩く。

「母さん！」仲代は倉庫から声を出す。

「そこにいるの？」

「めちゃくちゃ気持ち悪い！」

「頑張って！」

女性は救急車と警察を呼んだ。一時間と経たないうちに、仲代は外に出ることができた。外に連れ出された時のかれは幽霊みたいに顔が真っ白だった。そのままライブをするとしたらメイクする必要はなかった。もちろん、どこかに行ける状態ではとてもなかった。立って歩くことはできず、運び出されたのだから。

救急隊員は体の上に毛布をかけ、車に乗せた。警官たちは仲代の母に、詳しく調査すると約束した。ただし何か犯罪に関連する事故ではないだろうとも言った。まだ特定はされていないけれども、何かの手違いで配電盤がショートし、その結果、建物の地下への電気供給が中断したのだろう、と。不運だったのは、会社のオーナーがこの週末、従業員に休暇を与えていたことだった。

14

それから三十分ほどして、ミエコがやってきた。階段で屈むと、大声を出した。「もしもーし、まだそこにいる？」

だが返事はない。ハイヒールを履いて階段の上で屈んでいる姿をみると、突き落としたい気持ちに駆られた。それは、とてもたやすいことだ。落下してることに気づくことなく、下へと転がり落ちていくだろう。誰も、私を殺人の罪で問うことはできない。不安定な靴でつまずいたぐらいにしか、誰も思わないだろう。

「アキラ！　返事して！」ミエコはもう一度呼んでみる。静寂。

少し押すだけで十分だった。ちょっと突くだけだ。あとは、重力がなんとかしてくれる。この女の顔を殴ってもいいことに議論の余地はなかった。

「アキラ！　聞こえないフリしないで！」ミエコは主電源を探しあて、電気をつけようとする。けれども、明かりはつかない。

ミエコは階段を降り始めた。ハイヒールでよろめきつつ、一段ずつ闇の中へ身を投じていく。私も、あとをついていく。

「アキラ！」彼女は呼びかける。「まだそこにいるの？」

「アキラ！　どうしたの！」

ミエコの上唇がぴくぴく震え始める。

「ねえ！　聞こえてる?!!」

返ってくるのは、自分の足音だけ。鉄の階段を下に行けば行くほど、足音も地下に反響して深みを増していた。

「生きてる？」ついにキャーと悲鳴を上げ、ポケットの携帯を探し始めた。どれほど深刻な状況で仲代が置き去りにされていたのか、ようやく彼女も理解したのだった。

「アキラ、頑張って！　助けを呼ぶから！」番号を打とうとするが、携帯は手から滑り落ちてしまう。コンコンと階段を転がり落ちる金属の衝突音が響く。

「クソっ！」ミエコはうめいた。よろめきながら下に降りて、床を這い始めた。落下した携帯の部品を集めて、組み合わせようとする。彼女の手は、たった今、人を殺したかのように、ガクガクと震えている。そして、闇の中での組み立ては無理だと悟ったようだ。

「頑張って、アキラ！　誰か呼んでくるから！」

ドアの右側が外されて、入口脇の壁に立てかけられてあるのにようやく気づく。困惑しながら体を起こした。

「ねえー!!」

返事はない。

「アキラ、まだそこにいるの？」ミエコは倉庫を覗き込んだ。暗がりの中、荷台に並べられた缶詰の列だけが彼女を見返していた。ミエコは数歩先に進み、不安そうにあたりを見た。

「誰かいるの？」ミエコは尋ねる。その声は部屋中に鳴り響き、こだまになって返ってきた。

「私だけ」と私は言った。


　ミエコは体をぴくりとさせ、振り返った。私は、彼女の真後ろにいた。真っ暗な地下倉庫にいる金髪のヨーロッパ人。私の顔、ボサボサの髪と白い肌は闇の中に浮かび上がり、ダークカラーのタンクトップをまとった上半身は闇に埋もれていた。

「ここよ」私は日本語で言った。ミエコは恐怖のあまり、ギャーと叫んだ。踵を返し、倉庫の奥のほうへ駆け出そうとした。けれども二、三歩進んだところでつまずいて、床に倒れてしまった。

　ミエコは怯えきった眼差しを私に投げかけてきた。目は大きく見開かれ、口をあんぐりと開いている。驚いたことに、彼女は私を見ていた。誰かに気づかれたのは、ここに来て初めてだった。周囲に誰もいなかったからかもしれない。私は、彼女のほうへ二歩近づいた。

「いや、いや！」手を振って、立ち上がろうとした。けれども、膝をぶつけていたので、立てはしなかった。

「いや！　お願い、やめて！」ミエコは、延々と続く缶詰の棚のあいだを這って逃げ始めた。私は、ゆっくりあとを追う。

「あの人を見殺しにしたね」私は言った。

「いや！　お願い！　わざとやったんじゃないの！」

「あなたをずっと見てたの！」

「やめて！　私は……」ミエコは声が出せなくなった。手は、闇の中、何かを探すように動いていた。手にできるものを探した。身を守れるものを。だけど、あるのはツナ缶だけ。缶詰の長い列が延々と続いていた。

「暗闇の中、あの人を一人、置き去りにしたわね」

ミエコはビニールのフィルムを破って缶をひとつ取り出そうとした。私に投げるつもりだったんだろう。でも、うまくできない。ネイルが折れてしまった。しまいに荷棚の下にうずくまって、めそめそ泣き始めた。私は、彼女の手前まで近づいた。

「悪かった！　わざとしたんじゃない！」まるで、私に殴られるのを身構えているかのように、ミエコは両手で頭を抱え込んだ。私は彼女の前にしゃがみこんだ。カールした髪の下から、涙にあふれた二つの目がこちらを覗き見た。

「あなた……誰なの……？」ミエコは言葉を発した。

「正義のひと」と私は答えた。頭に浮かんだ最初の言葉だった。ミエコは思いきり金切り声を上げた。倉庫は叫び声であふれかえり、壁や缶詰にはね返ると、私たちのいる缶詰のほうへと反響した。

そのあと、倉庫の照明が灯った。

15

ミエコが闇の奥深くにどんどん這いつくばっていく様子を見て、彼女がとても怯えているのがわかった。突然、怒りは失せてしまった。彼女を打ち負かしても何の意味もない。どっちみち私にはできないし。これまで人を殴ったことは一度もなかった。その代わりにちょっと怖がらせてやろうと思っただけ。彼女にもいい薬になったはず。

頭上の蛍光灯が点灯し、手で頭を覆っているミエコも照らし出された。

「誰か、いますか？」男性の声が聞こえる。倉庫のドアのところに、つなぎ姿の男が現れた。修理に来た電気工のようだった。ミエコの叫び声を耳にしたに違いない。梱包された缶詰が並んでいる荷棚の列を見回している。それから、ある棚の足元でうずくまっている女に気づいた。

「あなた、大丈夫？」男は私たちのほうに駆け寄ってきた。ミエコはあいかわらず手で頭を覆っている。男は彼女を立たせようとするが、紙のおもちゃのようにかくかくしている。

「ねえ！　もう大丈夫だから、聞こえてる？」

ミエコには男が見えてないようだった。

「大丈夫だから。聞こえてるかい？　こんな地下で何してるの？」

ようやく男はミエコを立たせ、缶詰の棚に寄りかからせた。

「もう、いない？」ミエコは言葉を吐き出した。

「誰のこと？」男は尋ねる。ミエコは涙ぐんだ目で男を見る。

「正義のひと」

この女は正気じゃないと判断した男は、それ以上何も聞かず、ミエコを外まで連れていった。壁にもたれさせ、ブドウ糖をミエコの口に入れた。すると、徐々に顔色が戻ったようだった。

「少しは良くなった？」そのあと、男は尋ねる。

頷く代わりに、ミエコはワーンと泣き出す。

「ちょっと、泣かないで！」男は愕然とした。「もう大丈夫だから！　何も起きないから！　膝を怪我しただけで、それもすぐ治るし、ぜんぶ元通りになるから！」

でもミエコは首を振りつづけ、顔が涙でぐちゃぐちゃになった。

「それにしても、ここは呪われた倉庫だね」男は眉をひそめて言った。「半死状態の青年が担ぎ出されたかと思うと、同じ場所であなたが死にかけてるんだからね」

　その時初めて、ミエコは頭を上げる。

「半死？」しゃっくりをして言った。「ってことは、あの人、生きてるの？」

「もちろん、生きてるよ！」男はにやりとした。「ただ、危険な状態だったらしいよ。木曜から閉じ込められてたんだから、かわいそうに」

16

　私は通りを歩きながら、自分は、かなり力強い、そうとう活発な〈想い〉だなと思う。ここ数週間、どうやって家に帰るかということだけを考えてきた。でもそれがうまくいっていたら、仲代はどうなっていただろう。想いだけじゃどうにもならないってよく言う。でも、そうじゃなかった！

　ここにいるあいだに、私は〈人を救う想い〉になったのかもしれない。だからこそ、仲代を地下から出すことができたのかもしれない。はっきりとは言えない。ただ、わかっているのは、ずっとここにいられますようにと祈ったのと同時に、何か体験できますようにとハチ公の脇で願ったこと。あの時そう願っていなかったら、仲代は今もまだ地下に閉じ込められていたと思う。

　日本にいたいという想いがここに留まるほど強いものだったとしたら、私は必ずここに戻ってくる。ここに戻ってきたら、私はぜったい私自身に出会うはず。そうなれば、私はただの彷徨《さまよ》う想いじゃなくなる。見出された想いになる。そうなれば、とてもいい。その時がやってくるまで、時間はたっぷりある。せめて自分の小説は書き上げてしまおう。

第七部　プラハ

1

クリスマスは例年と同じように過ぎていった。マチコはクリスマスを祝わないので、せめてコーヒーでもと一緒に出かけた。一月に多くのコンサートを控えているので、ヴィヴァルディをずっと練習していると話してくれた。それから、まもなく来るはずの兄のことも楽しみにしている、と。

クリスマス休みのあいだ、クリーマは一度も電話をよこさなかった。たぶん家族と過ごしたのだろう。自分の研究もあるし、試験も近いから、川下のことは脇に置いたのだろう。

「え、あんたに何日も電話しなかったの」クリスティーナは首を振る。「でも、無視したってわけでもないでしょ」

「知ってる」と私はため息をつく。「でも休暇中に少しは前進するかと思った」

「大学が始まったら、きっとまた連絡くれるって。たとえば、彼女でもいて、ずっと一緒にいなきゃいけなかったんじゃない」

それは思いつかなかった。不思議だ。でも、とても腑に落ちる。クリーマは女性を話題にしたことはなかったが、彼女がいないとは言っていない。クリスティーナは、レモネードのグラスの中の氷をスプーンでくだいている。

「ねえ、父さんは？」私が尋ねる。「それでようやく会えた？　そもそもまだプラハにいるの？」

「うん、いる。しょっちゅう、電話かけてくる」クリスティーナは、ふうっとため息をつく。「十年ぶりに関心を見せれば、昔のことは忘れて、胸に飛び込んでくるとでも思ってるんじゃない。それは大きな間違い」

「で、スリランカにはいつ帰るの？」

クリスティーナは肩をすくめる。

「いい、そんなこと、私はどうでもいい。私はあいつと会う気はない。どうしてそんなことしなきゃいけないか、マジで理由《わけ》わからない」

「弟は父さんと会ったの？」

「うん、呆れて帰ってきた。会ってるあいだ、父さんは、自分の遺産を私たちにどうやって相続させるか、誰に何を託すか、そんなことばかり話していた。五年ぶりに会った十七歳の人間にそんなこと聞かせたいと思うかしらね。母さんいわく、父さんはすっかり変わった。感情のかけらも持ってないし、もしどこかから飛び降りたとしても、僧侶にはなれない。そう言うと、いつも通り、母さんは魔法の石を解読しにいったの」

2

クリーマに彼女がいるかもしれないという考えが頭から離れない。

私がこれまで付き合ったのは二人だけ。どちらも最後は最悪だった。一人目は数学専攻で、父さんとはまったく理解しあえなかった。私は二人のあいだをたえず行ったり来たりして、一方が思っていることを他方に説明しなければならなかった。妹か、私が彼氏を家に連れてくると、父さんは遠慮なく、ふさわしいあだ名をつける。一人目のかれにつけたのは〈ピシュプンタ〉（チェコのアニメに出てくる宇宙人）。その〈ピシュプンタ〉と別れて、泣きながら帰宅すると、父さんはシャンパンを開け、ベルイマンの『愛の風景』の台本を私に読み聞かせた。

二人目のかれは、七歳年上のアマチュアホッケー選手で、ムニェルニークのアマチュア・リーグでキーパーをしていた。父さんのつけたあだ名は〈フィギュアスケーター〉。このかれは、命令したり、何かをだめと言うことはなく、私のやりたいことをやらせてくれた。でもそのかれが、私の誕生日、それにクリスマスのことも忘れた一件があって、気持ちは失せてしまった。とても残念だったけど。

一月なかば、かれの家に行くと、テーブルの上にリボンのついた大きな箱と目覚まし時計があった。

「これ、何？」私は訊いた。

「クリスマスに何もあげなかったから、せめてお詫びにと思って」

目覚まし時計を手に持ってみた。花柄の青い時計だった。

「かわいい」時計をテーブルに置くと、今度はリボンのついた箱を手にした。まあ自分のミスに気がついたのなら、許してあげてもいいかと思った。男子は自分のことで頭がいっぱいになることがあって、クリスマスを忘れることがあるかもって。リボンのついた大きな箱を持ってみた。

「そのままにしといて、空っぽだから」フィギュアスケーターは手を振る。

「空っぽ？」私は呑み込めずにいた。

「その中に目覚ましが入っていたんだ。ネットで注文したんだけど、どんな時計か気になって開けたんだ。気にしないよね？」

どう答えたらいいかわからなかった。がっかりした。箱の中身が、何かすごいもの、高価なものでなかったからじゃない。プレゼントを開けるっていうバカげた喜びを奪われたから。その瞬間、私の将来はここにはないなと悟った。

3

翌朝、母は、私の布団の横に転がっていた娘の写真を見附けた。教科書に挟み忘れていたのだ。よもや一枚の写真のせいで母があれ程怒り心頭に発するとは思いもしなかった。手負いの獲物目がけて追いかける獣の如く、写真に飛びつくと、其の場で何度も引き千切ったのだ。私は声を上げ、母から写真を取り戻そうとしたが、手遅れだった。娘の繊細な表情は散り散りになって部屋を舞った。

　写真を細かく千切ると、母はヒステリックに嘆き始めた。何事かと叔母も部屋にやって来た。私が寝ている間に息を止めたとでも思ったのだろう。叔母は髪を掻き乱している母の姿を見て、初めは何事か諒解できずにいた。私は床に散乱した写真の切れ端を拾おうとした。

「此の子……彼奴《あいつ》の写真を持ってるの！　彼奴の写真を！」母は悲痛な声を上げた。

「誰の写真？」

「……彼奴！　あの魔性の女の！」

「何かの間違いじゃない、よく見た？」

其の間、私は写真の切れ端を集めていた。

「此方《こちら》に持ってらっしゃい！」叔母は私に命じた。「何処から持ってきたの？」

私は答えなかった。

「此方に持ってきて。」

気が進まなかったが、私は散り散りになった写真を叔母に渡した。

「一体、何故母さんを苦しめるの？」叔母は私を咎めた。何事か諒解できずにいた。

「此の人は、誰？」私は尋ねた。

私を見る叔母の眼差しが一変した。

「別に。貴方は関心を持たなくていいの。」

其れ以来、あの女性に逢いたいという気持ちが芽生えたのだった。

新年になっても、クリーマから連絡が来なかったら、翻訳の一部を送って、コーヒーにでも誘おう。

4

翌日、学校が終わって私が向かったのは、公園でも、家でもなく、あの筆屋だった。最後に訪れたのは三年前だが、年配の売子の代わりに、誰か別の新しい人がいたらどうしようかと気を揉んだが、幸いな事にそれは杞憂だった。中に入ると、以前来た時から殆《ほとん》ど変わっておらず安堵した。私の記憶と寸分違わずに売子は畳の上の同じ場所に坐っていた。三年の間に男は益々畳に溶け込んでいるように思えた。扇子で煽いでいる売子の目の前には読みかけの本が置いてあった。

クリーマは煙草に火をつける。読んでいるあいだに目に入らないよう、髪の毛をゴムでまとめる。私は頬杖をつく。なぜだかわからないが、今日のクリーマはいつもとどこかが違う。クリスマスのプレゼントに新しい服でも、もらった？ 自信が持てない。たぶん、髪の毛をポニーテールにしているから。煙草をくわえたり、煙を吐き出したり、辞書で単語を調べる様子をじっと見る。

「いらっしゃい、若旦那。」売子は私に声を掛けた。「何かご入用ですか？」

「えッと……。」辺りを見回した。此の売子はあの女性を覚えているだろうか？　色々なお客が入れ替わり立ち替わり来るだろうから。若し私があの女性が好きなのかと勘ぐられたらどうすべきか？

「はい？」売子は眉を上げる。

「お尋ねなんですが。」私は声を絞り出したが、直ぐに顔が赤らむのを感じた。墨を買いに来たと言う事は出来た。然《しか》し、お金は持っていなかった。

「何でしょう？　新しい筆ですか？　それとも和紙ですか？」

「或る女性を探しています。」

畳の上の売子はやや坐り直した。

「女性？」

「ええ。三年前、此方でお見かけしたんです。何処に住んでいるか、ご存じではないでしょうか？」

売子の顔に驚きの表情が浮かび、其れは直ちに額の皺となった。

「三年前、此処でお見かけしたと？　其れは大分前のことですな……。」

「清子さんという方です。」

男の表情は女性の名前を聞くや一変した。

「ああ、清子さん！」男は頷いた。「勿論、よく此方に買い物にいらっしゃいます。」

「その方にお話がありまして。」私は答えた。「何処にお住まいか、ご存じないでしょうか？」

「たしか、川向こうの春日神社の近くかと。でも、可成《かな》り遠いですよ、若旦那。」

「クリスマス休みは何してたの？」私はペン先を少しかじる。

クリーマは文章から頭を上げる。

「ん」頭を振る。「別に何も。本を読んで、何度か友だちと飲みに行ったり、トルンカと会ったり、あとは自宅。それから、少し翻訳してた」

「川下を？」私は尋ねる。

クリーマは答えずに、カバンに手を伸ばす。

「これ、持ってきたんだ」そう言うと、雪の結晶模様の包装紙に包まれたものを私に手渡す。

「これ何？」

「開けて」

クリーマは私に本をくれるようだ。紐をほどく。それは本ではなく、硬紙のファイルだった。テーブルの上に置いて、開けてみる。スキャンした紙が何枚も入っている。一ページ目には、大きな文字でこう書いてある。

川下清丸
「揺れる想い出」

「まさか！」私は声を張り上げる。「手に入れたの？」

クリーマは頷いた。

「どうやって手に入れたの？」

「早稲田の友人が十二月のあいだずっと、神田の古本街で探してくれたんだ。たまたまその雑誌を見つけて、スキャンを送ってくれた。とりあえず、これでいいだろ？」

「ほんとに、すごい！　ありがたい！」私はページをめくる。

「後半は、おれが翻訳したもの」クリーマは火をつける。「きっと君は『恋人』で手いっぱいだから、ほかの翻訳のことなど考えられないだろうと思って。まだ下訳だけど、多少は役に立つかと」

クリーマの翻訳のページをめくってみる。

「ほんとにありがとう！」私は笑みを浮かべる。「信じられない」

「ほとんどが、一九二三年、東京を襲った地震についての回想録だ。とても面白いよ」

「『恋人』に戻る前に、少し読んでいい？」

クリーマは肩をすくめる。

「でも、楽しい読み物じゃないけど。それにおれの翻訳もまだまだだし。粗い訳だから」

私は、視線を文章に移す。


　私は、浅草のカフェーで友人の松岡と一緒に居た。数日前、菊池寛は、「恋人」にもう少し手を入れて欲しいと私に伝え、文藝春秋での刊行も無期延期になったと告げた。多少手を入れた位で作品が良くなるとは思っておらず、その上既に完成したものだと私は思っていた。菊池寛は私をよく判っていない、他の雑誌に持ち込んでみる、といった私の独白を小一時間ほど、松岡は聞いてくれていた。其の時、地面が揺れ始めたのだ。「地震？」松岡は珈琲から頭を上げると、巨大なシャンデリアが部屋の中央に落下した。叫び声が上がった。数秒と経たないうちに、床は大きく揺れ、私はテエブルから立ち上がることもできなかった。

「早く、外へ！」誰かが叫んだ。其の後、客は出口目指して群がり始めた。壁に掛かっていた絵、テエブルの上のカップ、カウンタアの奥にあったグラス、花瓶、シャンデリア、こう云ったもの一切合財が一瞬にして床で粉々になった。足元で大地が口を開けている、そんな感覚に陥った。恐らく地獄というのはこういう所なのだろう、と頭をよぎった。

クリーマはこれを粗訳というの？　ほとんど完璧じゃない。

　此の建物は崩壊すると察した。私は松岡の上着のところを掴むと、一緒に出口へ向けて走り出した。文字通り、頭を木の棒で叩かれたかの様になり、ドアまで辿り着けなかった。其の時、目の前にある小さな木製テエブル、ひっくり返った椅子のところに先刻私達に給仕した娘の怯えた表情が見えた。松岡の頬からは血が流れていた。


「残りは、家で読むことにする。でも、ほんとに嬉しい。ありがと」

「礼はいらない」

「いや、ここしばらく私のためにいろいろとしてくれている。なんか、あなたを利用している感じがする」

「たしかに少し利用されているかも」クリーマは頷く。

私はムッとする。

「もちろん、ほんの少しだけ」にやりとする。「いろいろとやっているうちに、川下本人にも関心を持ち出したんだ。だから純粋にお前のためってわけでもない」

私は体を伸ばして、クリーマを抱きしめる。クリーマのジャケットは、古本のような匂いがする。いつも図書館にいるからだ。

「ほんとに、ありがと」と私。

クリーマは明らかにどぎまぎして、髪を撫でている。

「何にも持ってこなくて、ごめん。ぜんぜん、思いつかなかった」

「別に」とクリーマ。「じっさい、とてもいいプレゼントとは言えないから。読めばわかる」

5

帰宅してベッドに横になって、クリーマの翻訳『揺れる想い出』を読み始める。


如何《どう》にか私達は屋外に出る事が出来た。通りに出ると、気が動転した人々の波に呑み込まれた。私は息が附けなかった。埃が舞い、足元を見る事も覚束《おぼつか》なかった。耳に入ってくるのは、人々の悲痛な声や叫び声だけだった。人々が雲の中から駆け出していたが、当てがあった訳《わけ》ではなかった。其の時、強い風がヒューと吹いた。土埃が目に入った。

「寺だ！」松岡は上着の上から私を摑んで、其の通りをあとにした。私達はグレーの灰に蔽《おお》われた。

　揺れが収まると、私の知っていた街は消えていた。私と松岡は隠れていた柱から、そっと身を離した。頭上の寺は土埃と煙の雲に蔽われていたが、さしたる損傷はなかったようだった。松岡が何故此の場所を選んだのかはよく判らない。此の寺も、街の他の建物同様に崩壊しても不思議ではなかった。けれども、松岡は本能的に私を此処に連れてきたのだった。

　寺の壁に隠れていたのは私達だけではなかった。人々は地べたで寄り添ったり、抱擁したり、涙を流したりしており、死に物狂いで逃げ出したために別れ別れになった家族や知人の名前を呼んでいる人が数多くいた。

私は深いため息をつく。読んでいるあいだ、ずっと息を潜めていた。

　壁の避難場を離れ、土埃だらけの白い靄の中に入って行くと、倒れた建物が幻影のように浮かび上がった。悲鳴や大きな喚声が聞こえた。左側には、まだ鞍のついている馬が体をピクピク引き攣《つら》せて今にも息絶えそうだった。体の半分は倒壊した煉瓦に埋もれていた。見開かれた目は狂気を伝え、残った力を振り絞って、如何にか此の場から逃れようと前足で地面を蹴っていた。地面は血を吸い込み、大きな固まりができていた。

「あア」隣から声が聞こえた。振り返ると、頭に怪我をした松岡が傷に血だらけのハンカチをあてて立っていた。私達は目の前の通りを眺めた。松岡は閑々《かんかん》たる表情を浮かべていたが、其れは此の風景には似附かわしいものではなかった。あとで語った所によると、地震の間に、ありとあらゆる感情が崩壊していたのだという。この恐怖の中に自分がいないかの様に感じたと語ってくれた。恰《あたか》も自分には関係ないかのように。また、脅威に晒されているとも思えなかったという。

　近くでは生存者がいるかもしれないと、男たちが駆け寄って建物の残骸を撤去しようとしていた。

「助けて！　誰か、助けて！」と声が聞こえた。私は声のする方へ駆けて行き、木の梁に飛びついた。手は直ぐ様、血だらけになった。其の時誰かが私の手を摑んだ。松岡だった。私の背中の方を指差している。私は振り返ってみた。

「火事だ！」

　通りでは大きな赤い炎が私たちの方へ迫ってきていた。炎は建物を悉《ことごと》く呑み込み、益々上へ上へと昇っていった。先刻倒壊したばかりの木造家屋が次々と炎に包まれていた。其れは信じ難い速さで呑み込んでいた。

「川だ！」誰かが喚叫《さけ》ぶ。先刻迄、木を撤去していた男達は体の向きを変え、遁《に》げ出した。突如として、私は何をすべきか判らなくなった。誰かが此の下に生きているかもしれないと期待を抱きながら材木を撤去し続けるか、はたまた遁げるべきか。最後は、また松岡が――此の日二度目になるが――私の手を掴み、無難な場所へと導いてくれた。今度向かったのは隅田川だった。其の時になって漸く、三十年前、故郷の町で火事に襲われた時の父の気持ちを察した。

其の晩、私達は日暮里で一夜を過ごした。東京上空には、焼け焦げた匂いのする重い雲が垂れ込めていた。街の半分が灰に蔽われ、息をするのも一苦労だった。街は闇に包まれていた。電燈は根元から倒れ、曲がりくねったり、折れていた。生き延びた人々は疲れ切って、路上に畳を敷いて坐っていたが、また大地が揺れるのではないかと畏れていた。恐怖に怯え、絶望した様子で目を剝いていた。家族が無事であるようにと、私は祈った。横光、川端、友人の事にも想いを馳せた。辺り一帯は恐怖と悲哀が占めていた。


ページをめくると、何かが落ちてきた。しおり、と一瞬私は思う。クリーマは自分の翻訳にしおりを挟んだのかしら？　その紙を手に取ってみる。写真？　顔に近づけてみる。それは、着物姿の男性の絵だった。

その男性は、黒い着物姿で、ペンを手にしている。日本風の小さな机に坐り、何か書いている。想いにふけっている表情を浮かべている。裏返してみる。裏側には、クリーマの字で、「川下清丸、一九三六」と書いてある。私は立ち上がって厚紙を手にすると、ベッドの上に川下を貼った。

6

朝、目を覚ますと、松岡と一緒に壊れた壁に寄り掛かっていた。太陽が出ていて、暑かった。朝になったばかりだったが、其の陽気から気温は三十五度を超えるだろうと思わせた。松岡の顔は面妖《めんよう》なまでに白かった。夜の中《うち》に亡くなったのかと思った。だが全身真っ白だった。街の他の地区同様、細かい白い灰塵《かいじん》が彼の体にも降り積もっていた。

私達は起き上がると駅を目指した。道すがら、目の前に現れたのは死の風景だった。大勢の人が逃げられなかった事を家屋の残骸は物語っていた。だが、四つ辻で恐ろしい現実を目にすることになった。死骸が堆《うずたか》く積まれていたのだ。其の多くは性別も判らぬ程だった。どう云う訳《わけ》か、死骸の向きは同じだったので、恐らく破滅的な火の手から逃れようとしていたのだろう。翌日、私は残骸を撤去する人々に加わった。実に数多くの遺体を目にした。尤《もっと》も記憶に残っているのが、生きた儘《まま》大勢の人が焼かれた驚愕の風景だった。自然を前にして、私達は常にそしてこれからも無力であるのを思い知った。私達が裕福であろうと貧しかろうと、基督者であろうと仏教徒であろうと、自然は人間を分かたず。自然は其の破壊力を私達に思い知らせ、私達皆を叩き伏せる。

其の後、私は友人や知人たちと連絡を取った。其の多くは、無傷で地震を乗り越えていた。横光は、神田の書店にいた時に地震に遭遇した。私と会った時、信じられない光景の目撃者となったことを教えてくれた。建物が揺れたので通りに出ると、東京が地獄絵図になるのを目にした。向かい側の教会から尼さんが通りに飛び出してきて、煙雲の方を見詰め乍《なが》ら跪《ひざまず》いて、逃げ惑う群衆の中、声を上げて祈っていたという。芥川は、自宅で昼食を摂《と》っている時に地震に遭遇した。此の二人は、私が地震後間も無く会った人物だったので、二人の話は私の記憶にまざまざと刻まれている。

川越に辿り着いた時には地震から五日が経っていた。其れ迄、屑や火事の残骸の撤去をして、地元の人々を手伝っていた。川越も火に包まれたのではないかと心配したが、列車から降りると、街は殆ど被害を受けていなかったので安堵した。叔父、叔母、そして母は元気だった。

7

「日本では、ちゃんとした音楽ができないの」マチコがため息をつく。「それが、私があそこから逃げ出した理由の一つ。みんな、保守的なの。楽譜を覗き込んで、譜面通りに正確に演奏する。でも、そんな音楽を楽しいと思う人なんていないでしょ。そんな音楽には何もないから。魂も込められていない。もし誰かが、期待されたものとはちがう演奏をしようとすると、思いっきり批判されるの」

チェコはそうじゃない。ここでは、すべてが対話で行なわれる。音楽はいつも対話だ。声を出してはいけないコンサート会場でも、対話は行なわれていると思う。音楽は訴えかけている。この音楽に、想いを巡らしてほしい、反応を見せてほしい、何か期待してほしい、予想外のものがあったら驚いてもいいんだよ、と。こうしなきゃいけないって言われたら、私はすぐに頭を持ち上げ、それとは正反対のことをする。だから、日本では生きることができない。もしそうなったら、自分は虫か何かになったような気持ちになるかもしれない。食物連鎖のいちばんの末端にいる何かだ。

「うちの家庭も」、マチコは続ける。「それほど理想的なものじゃないの。子どものころ、母さんとおばあちゃんのあいだで起きていたこともまったく理解できなかった。父さんが北海道に行ってしまうと、母さんと私たちは横浜に引っ越したの。私が八歳ごろまでそこで過ごしてた。おばあちゃんのいる横浜から少し離れたところ。父さんが朝会社に出かけると、おばあちゃんは母さんをベッドから叩き出して、まるで奴隷のように扱うの。一日中、掃除させたり、埃を払わせたり、一瞬たりとも休ませない。夜、玄関のドアの音が聞こえると、おばあちゃんは母さんの手から掃除機を奪って、母さんをソファに坐らせる。ずっと休んでたって父さんに思わせるためにね。子どもの私はそういうのをまったく理解できなかった。あとになって、もし私が日本で結婚したら、母さんと同じ問題に悩まされることになるなってわかったの」

マチコは顔をしかめる。急に、別世界から来た人のように思える。同年代の二人の女子がカフェの同じテーブルに坐っている。でも、内面を見ると、まったく別の世界で育っている。改めて、日本はとても遠いなと思う。「どんなことがあっても、日本人とは結婚しないこと。獣ですから」と言っていた先生の言葉通りだ。もしかしたら、その時、念頭に置いていたのは日本人の男子ではなく、その母親のことだったのかもしれない。

8

「どう、『揺れる想い出』は読み終えた？」次に会った時、クリーマは私に尋ねてきた。私は首を振る。

「一気には読めなかった。心がけっこう揺さぶられたから」

「常軌を逸してる、だろ？」

私は頷く。

「一年前、歴史のゼミで、この震災についてレポートを書いたことがある」とクリーマは続ける。「あまりにも大きい震度だったので、六十キロ離れた鎌倉でも、九十三トンある青銅の大仏が六十センチも動いたらしい」

私は「恋人」の翻訳に目を通すが、どうも落ち着かない。

「たぶん、ちょっと休憩しないとだめかも」と提案する。「あまりにも根詰めすぎかも。距離を取らないと」

「あと一ページだけ」クリーマは首を振る。「もうすぐ終わる」

其の道は長く、砂利だらけだった。冷たい風が吹き附け、暖かい上着を羽織っても事足りなかった。路地には雪が残っていた。私は早足で進んだが、風が吹き附けていたせいか、私の顔は冷たくなった。町へ向かう度に清子は此の道を通るのかと思うと身震いした。何故、此の様な僻地に住んでいるのか？

道中、私は空腹を覚えた。朝から何も食べていなかったからである。お腹が鳴り、諦めて引き返そうかとも思った。其の時、目の前に川が現れた。ゆったりと、静かな川が伸びており、茂みに沿って長い曲線を描いていた。だが僅かな本数の木々では冷たい風を止める事は到底出来ず、冷気は袖の下まで入り込み、体の芯まで達していた。橋を渡りながら、私は歯をガタガタと震わせていた。

対岸に渡ると、私は辺りを見回してみた。足を踏み入れたのは余り人が住んでいない場所だ。此のような場所を訪れたのは初めてだった。ほぼ何もなかった。遠くの茂みに神社があるように思えた。其処から遠くない所に木造の家屋が何軒かあったが、恐らく百姓が住んでいるのだろう。良家の出身と思われる清子が如何《どう》して此のような場所に住んでいるのだろう？

叔母さん、あの女性は誰なの、と頭の中で思った。

――あれは魔性の女です。充分用心していないと、心を盗られてしまいますよ。あの女に近附いてはいけません。若し次会う事があれば、出来るだけ遠くへ逃げなさい。

今日のクリーマはどこか悲しげだ。ワインを注いであげる。

「ねえ、元気?」

今日はもう、二人でボトル半分を空けてしまった。

「ああ」

「何かあった?」

「話したくない」翻訳に目を落とす。よく見ると、顔をしかめている。何があったのか? 彼女と何かあった? 喧嘩でもした? あまりにも頻繁に私と会ってるのが気になっている? 自分の彼氏が、毎週何時間も同級生と居酒屋で過ごし、自分にはよくわからない外国語の翻訳に向き合っていたら、いい気分はしない。

自分にワインを注ぐ。クリーマの彼女がどういう人か気になる。美人? どこで出会ったの? スポーツマンじゃないことはたしか。そんな女性がクリーマの隣にいるのは想像できない。ぜったい、とてつもない本の虫だろう。

「ここ、ぜんぜんわからない」クリーマはペンで紙を叩く。私はテクストを見てみる。

一軒目の家に辿り着いた。何本かの大きな木の下に家はあった。木造の壁だった。玄関近くで、着古した着物姿の女が氷の張った水桶でお椀を洗っている。素足に下駄を履いていた。其の女は慌ただしそうだったが、何処か生気がないように見えた。少しの間、声を掛けるべきかどうか、私は躊躇した。

「御免下さい。」思い切って声を掛けた。女は鉢巻を巻いた頭を上げた。くたびれているのが伝わってきた。

「はア?」女は体を真っ直ぐにした。自分は此処の人間ではないのだと私は思った。私の服は新調したばかりだったからだ。

「清子さんという女性を探しているのですが、どちらにいるかご存じないでしょうか?」

女は探るような目で私を見た。そして右側を指差した。

「この家は、こっちから見て左側、それとも端から三軒目?」

私はテクストを見てみる。

「同じじゃない?」

「いや、違うと思う」クリーマは首を振る。

「今いる場所から左へ三軒目だと思う」


「此処から左へ三軒目」と答えた。「でも、多分家にいなくてよ、この時間は、町へ手伝いに行ってるから。」

私は礼を告げると、女が指差した方へ歩みを進めた。竹林の柵の前を通った。

清子の家は、近隣の家よりも些か大きく、新築のようにも思えた。屋根瓦もちゃんとあった。私は家の周りを歩き、中を覗いてみた。誰もいなかった。私は玄関前のベンチに腰掛けた。こんな遠くまで来たのだから、そう易々《やすやす》は帰れないと思った。でも余りにも寒かったので、少しするとまた立ち上がって、辺りを歩き始めた。中に入って、地べたに坐ってもよいかもしれない。中であれば風は吹いていない。

辺りを見回してみた。そっと引き戸を動かしてみた。其の先には、土間、上がり框《かまち》、そして床板があった。中には囲炉裏が見えた。私はそっと中に入ると、床板に坐った。

天井は高く、梁は黒ずんでおり、床も黒みを帯びていた。壁の手前には箪笥が置かれ、奥には食器が闇の中で煌めき、部屋の中央には小さな机があった。質素に思えたが、箪笥には彫り物があり、衝立は豪華だった。まるで我が家から運び出し、貧しい家族に与えたようだった。

私は壁に寄り掛かった。足元の土間には、婦人物の履物が何足かあった。

9

外は寒く、雨が降っている。街路は濡れて轍《わだち》ができ、冷え込んでいる。クリーマと私はともにポケットに手を入れ、私はマフラーを首に巻いている。ハンバーガーを食べている男が目の前を通る。風にのって肉の匂いが私のところまで漂ってくる。お腹が空いた。

「今日、愛想が悪かったのはごめん」クリーマは小石を蹴る。

「大丈夫」

「お前と一緒にいると心地いいんだ」

よくわからず、私は首を傾げる。クリーマは歩道をじっと見つめ、小石を蹴るのをやめる。履き古したローファーを履いているが、小石が中に入ったのだろう。何か考え込んでいる。

「ここからすぐのところに住んでいる」とクリーマ。

「そう、大学からそう遠くないね」と私。

「いや、もしよかったら、うちでお茶でもどうかなと思って」

私は黙る。

「ん、わかんない。彼女は大丈夫なの？」

クリーマは理解できていない様子だ。

「彼女？」

私はこくりと頷く。

「彼女はいないよ」

驚いた。いない？

「てっきりいるかと思ってた」

クリーマは首を振る。

「いや……私を誘うってことは……」

「そんなつもりじゃない！」クリーマは急いで言う。「今日はただ、一人でいたくなくて。何か夕食でもつくるし、ワインもあるから。もちろん、いやだったら、いいんだけど……」

何か変だ。今日のクリーマはどこかおかしい。

「いや、なんでもない」私が答えずにいると、クリーマはそう言う。「変なアイデアだった。いやだったら、いいんだ……ただちょっと思いついただけ、気にするな」

「ううん、いいよ」私の中から声が出る。

好奇心は、私より力強い。

「ほんと？」

「どういうとこに住んでるか、気になるから」

「じゃあ、行こう」クリーマは背を向けていた歩道へ向き直る。「マジで寒い」

「私も」

10

跫《あしおと》を耳にするまで長い時間は掛からなかった。戸が開き、若い女性が現れた。鼻は寒さで赤く、頭には手《て》拭《ぬぐ》いをかけ、厚手の肩掛けを着物の上に羽織っていた。私を見るや、びくりとした。追い出されやしないかと不安になり、私は立ち上がって、お辞儀をした。

「本当にすいません、勝手に家に上がり込んで。外で待っていたのですが、余りにも寒かったので。」

私を見詰めたが、誰だか判らない様子だった。

「今日は。」と女は云った。「待たせて御免なさい。寒かったでしょう？」

後ろの引き戸を閉め、板張りに上がった。囲炉裏の方に行くと、用意してあった薪に火をつけ、薬《や》罐《かん》を置いた。そして漸く手拭いを取った。

「どうぞ。」と私に声を掛けた。

11

「どうぞ」クリーマは玄関ドアの明かりをつけ、私を中に招いた。食べ物と煙草が入り混じった匂いがした。住まいの匂いがそれぞれ異なるのは興味深い。

クリーマは靴を脱ぎ、部屋に入る。私は玄関で待つ。クリーマのよく着ているジャケットとセーターが何枚かハンガーに掛けてある。セーターの袖に触れてみる。私は変なことをしている。

「ほんとに、中入って大丈夫？」

「入って」

私は靴を脱ぎ、中に入る。クリーマはキッチンに立って、冷蔵庫の中を見ている。

「昨日のスープいる？　ディル入りの野菜スープ」

「明日用に残さないでいいの？」

「いや、どっちみち明日には処分するから。昨日、母さんが家で残ったのを持ってきてくれたんだ」

　部屋の中を見回してみる。部屋は小さいが、いたるところに本が山積みになっている。窓の下には、食事を温める電磁調理器、小さな冷蔵庫、電子レンジがある。キッチンのテーブルはメモだらけなので、仕事机も兼ねているのだろう。

「散らかってる」クリーマは、テーブルに皿を置くスペースを作ろうとして、紙を床に落とす。

「大丈夫、私も手のつけようのない整理下手だから。整理したからといって、優れたものは何も生まれない。殺菌した環境は刺激がない。フレミングがいい例だ。片づけ上手だったら、かれのところでカビはできなかったはず」

「たしかに」クリーマは同意する。

「ギムナジウムの時に女の先生がいて」私は話し続ける。「文字通り、カビの養育に熱心な人でね。教室の窓に、いろいろな食べ物の残飯をもとにカビの庭を作ったの。しまいには衛生的な理由から校長先生が撤去したけど」

　クリーマは私の前に皿を置く。私は匂いを嗅いでみる。

「皿にはカビは生えないから」と私を落ち着かせる。「おばあちゃんから教わったポーランド風のレシピ」

　私はスプーンを手にして、味わってみる。スープは変わった味がする。酸っぱいけど甘い。ディル、ジャガイモ、人参、ローリエが入っている。

「おばあちゃんはポーランド人？」と私は尋ねる。

「ああ」クリーマは頷く。「母さんは東方のミックスなんだ」

12

私は立ち上がり、床板に上った。殊の外冷たかった。

「聡《さとし》でしょ？」女は云った。

「はい。」

「火の近くにいらっしゃらない？」そう声を掛けると、囲炉裏の近くに藁編みの座布団を置いた。私は勧められた場所に坐り、火をくべる様子を見た。炎は徐々に大きくなり、天井から長い鎖に吊るされた薬罐に届かんとしていた。幾許《いくばく》も無く燃える木の心地好い薫りで部屋は満たされた。女は肩掛けを脱いだ。其の下には、明るい茶色の質素な着物を着ていた。私は何か云わないといけないように思った。此処を訪れた理由を告げなければと。だが、女はそんな事に関心はなさそうだった。

「お邪魔して、申し訳ありません。」私は云った。

「別に。」女は答えた。其の後、何と云ったらいいか判らなかったので、黙って坐ったまま、私にお茶を出してくれるのを待った。薬罐のお湯が沸騰すると、自在鉤から外し、燃えている木の灰の上の五徳《ごとく》に置き、お茶の準備をした。先ずお湯でお椀をすすぎ、茶筅で掻き回した。次いで、お椀にお茶を入れ、お湯を注ぎ、茶筅で泡を立てた。

「どうぞ。」熱いお茶の入ったお椀を私に差し出しながら云った。

「有難うございます。」母が私と弟に教え込んだ様に礼儀正しく振舞った。此処にいると、自分が実際よりも年長であるように思えた。私は彼女が慣れた手つきで囲炉裏を片附ける様子を目で追った。

「幽霊を見たかと思ったわ、余りにもお父様にそっくりだから。」女は徐《おもむろ》に話し出した。

「何処で、私の父と知り合ったのですか。」私は尋ねる。

女は私の方に顔を向け、髪を撫でる。父の本に挟まっていた写真よりも年老いている。けれども燃える炎が彼女の頬に反射し魅力を放つ。

「貴方のお父上は、」女は云い淀む。「私に書道を教えてくださったの。」

「本当に？」

「ええ。」頷く。「何年間か。」

私は辺りを見回した。父がこのような環境の人に教えていたのを思い描く事が出来なかった。うちで父に習っていた人たちは皆、召使いを連れていた。私の疑念を表情から感じ取ったのだろう、女は囲炉裏から立ち上がり、小机の方に向かうと、漆箱を持ってきた。

「何ですか？」私は尋ねた。

「開けて。」

漆箱の中には父の螺鈿《らでん》の筆があった。

「お父上は記念に此れをくださったの。」女はそう云った。私は筆を手に取った。幼い頃、其れに触るのは禁じられていたのを思い出した。

13

窓の向かいの壁には本がぎっしり並んでいる書棚があり、その前にはキイッと軋むソファがある。クリーマはここで寝ているのだろう。ソファにも本が置いてある。ソファの下にはギターがあった。

「おれがまだ小さいころ、うちの親がおれと兄貴に買ってくれたんだ」

「弾けるの？」

「いや、それほど。どこにも通わなかったから」クリーマは首を振る。

「でも私より上手いでしょ」

私は幼いころからピアノを習っていた。ギターも家にあったので、何曲か弾けた。クリーマのギターは、フレットから弦が離れていて、握るのも一苦労だった。ジョニ・ミッチェルの曲を演奏しようとするけど、うまくいかない。

「今度は君」クリーマにギターを渡す。クリーマは気が乗らないそぶりでギターを手にし、財布からピックを取り出す。そして演奏し始める。もちろん、私よりもはるかに上手い。

私はソファに頭をのせる。部屋を見回す。おそらく埃はしばらく払っていないのだろう。テーブルには紙、教科書、本、鉛筆が散らかっていて、その上に、ばかでかい、だがあまり機能的ではなさそうなパソコンが鎮座している。

クリーマはギターの上で身を屈める。髪をまとめてないので、顔に髪が垂れる。フレットの上を指があちこち動く。坐っているのはオフィス用の古い椅子で、とてつもなくキーキーいう。その時、ギムナジウムの時に書いた詩が思い浮かぶ。

詩を書きつつ耳を傾けると
君は、君の詩を歌っている
君はもう君なのだと
実感する
一年後、また同じバーで会おう
同じ仲間と同じ場所で
今年と同じく来年も
君は歌を歌って、ギターを演奏する

クリーマは演奏を終える。しばらく静かになった。

「じつは今日父さんが入院して、母さんが付き添っているんだ。朝になったら帰るって」

私は坐り直す。なるほど、これだったのか。

「何があったの？」

クリーマは首を振り、ギターを壁に立てかける。

「まだよくわからない。深刻ではないと思う。会社で昼食を食べている時に具合が悪くなって、救急車で運ばれたんだ。詳しいことは明日の朝にならないとわからないって。明日、父さんのところに行ってみる」

「大したことじゃないといいけど」と私。

「きっと、大丈夫」クリーマはワインを飲む。突然、私は何をしたらいいか、何を言えばいいかわからなくなる。クリーマはにこりとする。

「ほんとは話すつもりはなかったんだ。誰にも言うつもりはなかった。でも、今日は一緒にいてくれて助かった」

私も笑みを浮かべる。

「私も、あなたと一緒にいれてよかった」

クリーマは立ち上がり、ノートの山から分厚いのを一冊取り出し、テーブルに置くと、私の隣であぐらをかく。

「見せてあげる」そう言うと、目当てのページをめくる。

「何？」

似顔絵だ。私の知っている人をほとんど描いている。ピェンカヴァ准教授、カドレッツ准教授、マレク・トルンカ、クリーマの同級生、私の同級生、門番、さらにはルボシュ・ノウザーク。もちろん、私のもある。

「描いてたの、全然知らなかった」と私。自分の絵を見てみる。正確に捉えている。図書室の脚立の上に立って、厳しい表情をしている。絵をめくると、クリーマは笑い出す。それほどおかしいわけではないけど、気分が紛れる。ここに来てよかった。

14

女は焼き魚の切り身を出してくれた。

「お腹空いているでしょ？　どうぞ。昨日漁師さんからもらったの。美味しいわよ。」

「有難うございます。」腹を空かせていた私は魚に食らいついた。「ご迷惑かけてすみません。」口に物を入れたまま言添えた。女は笑った。

「お酒でもと思ったのだけど、残念ながら切らしてるの。」

滅相もないと私は頭を振った。何《いず》れにせよ、お酒の味は未だ知らなかった。

「父は私の事を何か話してましたか？」私は関心を寄せた。

「ええ。お兄さんの事も。お二人の事が大変好きでした。」

「本当ですか？」

女はうら悲しげな笑みを浮かべた。

「余り覚えてないのね？」

「残念ながら。どんな人でしたか？」

「実に教養があって、大変素敵な方でした。文学を愛し、自分の知識を授けるべき才能豊かな学生が出てくるのを願っていました。図書館の安部《あんべ》さん、ご存じ？　お父上の教え子よ。」

「いいえ。」私は打ち明けた。「私は本に余り関心がないのです。」

「ほんとう？」女は驚いた。「其れはとても残念。」

「読むのは時間がかかるし、無駄に思えるんです。」

「其れは読む本が悪いのでは。」女は云った。

「では、私が楽しみを見出しそうな本をご存じですか？」

女は躊躇《ためら》いを見せた。

「面白い話が沢山、此処にはあってよ。冒険物、それから恋愛物も少し。」

「恋愛物は関心ありません。」

女は笑った。

「でも冒険物だったらいいかもしれません。」女は壁際の棚から一冊取り出し、私に一冊手渡した。

「南総里見八犬伝。」私は題名を読み上げた。「古いものですね。」

「でも面白いわ。お読みになって。貸してあげる。」

「いえ、でも。」此の本を家に持ち帰った時に、母が浮かべるであろう表情を想像した。此の前の写真同様、引き千切ってしまうに違いない。

「なら、此処に読みに来てもいいわ。」女は提案した。「お手伝いしてあげる。」

「いいんですか？」

「ええ。」女は頷いたが、直ぐに真剣な表情を浮かべた。「でも、いいこと、此の事は誰にも云わない事。羞《はず》かしい事だと咎められるから、そうなると私達にとっては余り都合は良くありませんから。」

15

「ようするに」クリスティーナは顔をしかめる。「マジでよく理解できないんだけど。あの退屈で鼻持ちならないインテリのクリーマが、いつ、知的で、興味深い、繊細な人間になったってわけ？」

私は考え込む。

「クリスマス」

私たちはウーイェストのベンチに腰掛け、クリスティーナは口紅を塗っている。

「だって、休暇中、たったの一度も会ってないんでしょ！」

「だから余計に」

クリスティーナは顔をしかめ、頭を振る。

「先週、そいつの部屋に行って、ほかに誰もいなかったのに何もなかった」

「その通り」

「理解できない。だってあいつの部屋に行ったんでしょ？　だって好きなんでしょ！　だったら、何かあるはずでしょ！」

私は首を振る。

「なかった。だって父さんが病院に運ばれたのに、誘えないでしょ。ただ誰かと話したかっただけ。誰かと寝るんじゃなくて」

「あなたが何かするの期待してたかもよ」クリスティーナは肩をすくめる。彼女が私の立場だったなら、深くは考えなかったはず。そういう点において、クリスティーナは私よりストレートだから。誰かを好きになったら、すぐに相手のところに駆け込む。そのあとのことはあまり考えない。

「それで、クリーマの父さんは？　何か連絡あった？」

「うん、昨日、集中治療室から一般病室へ移されたって」

「なら、よかったね。で、いったい何だったの？」

「過労でまいったみたい。でも念のため、あと二、三日、入院するって」

クリスティーナは、レモネードの入ったグラスの中にある氷をスプーンでつついている。

「ねえ、あなたの父さんは？」私が尋ねる。

「あいつは、バカ」ため息をつく。

「ちがう」私は首を振る。「僧侶でしょ」

16

「魔法をかけられる、清子さん？」広げたノートの上に身を屈めながら私は尋ねた。清子は机を囲炉裏に近附けると、私が読むのに難儀していた箇所を手助けしてくれた。白い手は墨で汚れていた。日中、図書館で古い文書を転記する仕事をしていたからだ。

「魔法？」呑み込めなかった様子で、彼女は首を傾げた。

「そう。貴方は魔性の女だって云ってた。」

「誰が云ったの？」

「母さん。あと、叔母さんも。」

清子は視線を下に落とした。

「なら、本当かも。」

「僕に魔法をかけられる？」

清子は考え込んだ。其の後、舌を出すと、鼻の先をぺろりと舐めた。私は目を見張った。余りにも滑稽な素振りだったので笑い出さずにはいられなかった。女性がこんなふざけた事をするのは其れ迄見た事がなかった。

「でも、此れ魔法じゃないよ。」私は異論を唱えた。

「魔法よ。」清子はそう言った。「魔法をかけたら、貴方に笑顔が出来た。」

清子は二十四歳で、独居していた。幼い時に父を亡くし、母も昨年の夏に亡くした。

「名前は清子。」二度目の訪問の際、彼女はそう云うと、机に紙と筆を置いた。私は墨を磨る様子をじっと見ていた。

「清子。」もう一度云った。「清いという字と、子供の子。清いという字は三水。私が生まれた頃に火事があったから、此の名前がつけられたの。」

「本当？」

「そう、家が炎に包まれた中、母さんは出産を始めたの。でも如何《どう》にか斯《こう》にか生き延びて、それで清子という名前になったというわけ。」

清子は見事な字を書いた。書き慣れた流麗で美しい字。其れに比べると、私の字は頑是《がんぜ》ない子供のようだった。

「僕の名前は、聡明の聡という字。」筆を受け取ると、彼女の名前の隣に自分の名前を書いた。私の字は角張り、ぎこちなく、美しさからはかけ離れていた。私は、墨が紙に吸い込まれていく様子を見詰めていた。

17

最近、少女小説ではこういうトレンドが広がっている。どこにでもいるような女の子が、とてつもなくかっこいい男子に恋をする。まったく手が届かないと思っているが、高嶺の花のヒーローのほうが平凡な女子に恋をする。その女の子というのは、コンプレックスの塊のような読者たちにそっくりで、じっさいにはありえない、起こりえない目が眩《くら》むようなことを求めている。理想的なのは、きらきらと光り輝く吸血鬼だ。じっさいどう動くかわからない、現実ばなれしたもの。正直言うと、私はそういうのに吐き気がする。

ヴィクトル・クリーマはぜんぜん輝いていない。埃だらけで、髪の毛は整っていないし、ジャケットのボタンは取れたまま。少女小説の読者はぜったい見向きもしないタイプだ。ただ少女小説に出てくる吸血鬼や悪魔とは異なって、この幽霊にはすくなくとも脳みそがある。しかも、私を刺激してくれる脳みそだ。

「川下の妻の調べがついた」クリーマに会って、私は告げる。「川下の死後、仲間の作家たちと未亡人とのあいだでトラブルがあったみたい」

「トラブル？」

「つまり、未亡人は遺品に触れさせなかった。正確に言うと、そうじゃない。遺品はぜんぶ処分したので、関わらないでほしいと告げたの」

「どこで見つけた？」

「まあね」私はにやりとする。「川下のこと何かないかなって青空文庫をあっちこっち調べたの。横光、川端の文章にはぜんぶ目を通して、今、太宰に取り組んでるところ」

クリーマは頷く。

「妻の名前は、北村幸子。この名前はググっても何も出てこない。でも、久保田万太郎の手記を読んでたら、彼女の父が印刷所で働いていたのを突き止めた。一九三五年に川下と会っている。故郷の川越で幼少期に会っていた女性に似ていると伝え聞いたとのこと。どこかのインテリ娘じゃないってことで、川下は惹かれたんだと思う」

「ふむ、それで遺品は？」

「いい、これ見て」クリーマに文章を見せる。「ここに、こう書いてある」

　川下の死後、私は、菊池寛、川端康成、横光と共に何度か幸子さんを訪ねた。川下の遺品の中に、一般の人々の目に触れるべきものがあるはずだと踏んだからである。たとえば、一九二五年に川越で病に臥してから、川下は小説に取り組んでおり、『川を越える』という題名になると私たちに話してくれたことがあった。だが、執筆の途中で書きかけの文章を見せることは頑なに拒んでいた。

　其れ以外にも、遺書、或いは此の悲劇的な生涯の終わり方を決意した理由を仄めかしている手掛かりを手記に残している可能性もあった。だが幸子は、いかなる訪問も頑なに断り、自分一人で閉じ籠り、夫が友人たちと築いていた関係を凡《すべ》て断ち切りたい様子だった。終《しま》いには、川下の遺品は凡て処分したので、これ以上連絡しないで欲しいと伝えてきた。其の為、川下の作品として残ったのは、生前に発表する事が出来た数編の短篇と随筆一点だけである。

　菊池寛は、一九二三年、『文藝春秋』で「恋人」の掲載を見送ったことを契機に川下と仲違いしたと自責の念に駆られていた。

「うむ」クリーマはため息をつく。「もし妻が全部処分してたとしたら、君の研究からすると、あまりいい展開じゃないね」

「あるいは、ただ一人にしておいて欲しかったから、そう言っただけかも。だって、そうとう傷ついているはずでしょ。考えてみて。夫は結婚して二年後に自殺し、そのあと、突然、夫が書いたものを評価したいっていう連中がやってきて、あれこれひっくり返そうとする。私がその立場だったら、同じように追い返してたと思う」

クリーマは肩をすくめる。

「たしかに。でも、もうその女性に真実を尋ねることはできないだろうね」

「たぶんね」私はため息をつく。

「その一方、少しだけ希望がもてるのは」クリーマがコメントする。「戦前に短篇をいくつか発表していたということ。だって、『生前に発表する事が出来た数点の短篇と随筆一点だけ』とある。その短篇をどこかで探し出せば、何か手がかりになるかも」

「戦争で失われていなければね」

「ああ」クリーマはため息をつく。そして私のほうに頭を上げる。

「ねえ、もう『揺れる想い出』は読み終えた？」

私は首を振る。

「そろそろ読み終わってもいいころ」とクリーマ。「悲しい話だけど、川下のことはいろいろと伝えてくれる。とくに最後のところは」

「読んでみる」

「残念ながら、そう簡単な人生ではなかったようだ」クリーマはまたため息をつく。「人生に望まれていなかったかのように」

18

家に帰ってから、クリーマの翻訳「揺れる想い出」を開いて、川下による関東大震災の回想を読み始める。

川越に戻ってから、私の足がいの一番に向かったのは水の方だった。沿岸に腰掛け、煙草を一服した。辺り一帯は余りにも穏やかだったので、却《かえ》って怖ろしさを覚えた。自然が温和なのは最早《もはや》自明ではないのだという感情に突然襲われた。鳥は囀《さえず》り、川では穏やかな風が吹き、虫の鳴き声が聞こえた。視線の先には緑の葉が見える。だが、私にしてみれば、最悪の悪夢に陥ったかのようだった。私の周囲に真実めいたものは何もないのだと意識した。凡ては幻に過ぎず、今にも瓦解しかねないのだと。目を閉じる度に炎に包まれた遺体の姿が浮かんだ。

家族はあらゆる手段を用いて、私を目覚めさせようとした。其の頃、母は弱って殆ど床に臥していたが、叔母は出来得る限り私の世話をし、好物の料理を準備してくれ、弟とは毎日のように商いの話をした。家業を継ぐところで、私に関心があれば、店で雇うとも云ってくれた。広告文でも書いて欲しい。文才があれば、屹度《きっと》出来るだろう、と。私は感謝しつつも誘いを断った。だが若し私が心変わりするようなら、何時でも歓迎してくれると云ってくれた。

母は自分の床に私を呼び寄せた。私は学んでいた二年の間にしたためた詩を朗読した。母は私の胸に手を置いて云った。「早く結婚しなさい、私はこの先もう長くはないから、そうなったら誰が貴方の世話を見るの。」私は頷き、必ず誰か見つけるからと約束した。知り合いに声を掛けてみようかしらと云ったので、私は首を横に振った。まだ早いよと私は笑みを浮かべた。夜、幼い時分に使っていた部屋で横になると、頭に浮かんだのは唯《ただ》一人の名前だった。清子。彼女の白い手は、海藻のように私を包み、眠りへと誘った。其の想い出を私は記憶の奥底に幾度となく閉じ込めようとしたのだが、其の度に浮かび上がってくるのだった。

清子。彼女の冷たい頬、黒い髪、墨のついた長い指。三月の冷え込む昼下がり。其の美しさ。其の儚さ。当時、自分が体験している事を如何に理解していなかったか、其れが二度と繰り返される事がないのを私は予想だにしなかった。

東京の地震が齎《もたら》した大火から戻って数日後、私は高熱を出して、床に臥した。氾濫する入間川に溺れ、肺炎になった思春期の頃から私は病気がちだった。叔母が呼び寄せた医者は、精神が安定していないと診断して薬を処方したが、私は一層深く、暗い夢の中に落ちていった。私の体は熱を帯び、炎が私を襲っている間、私の内部では氷のような川が流れ、其処からは幻影が生まれ出し、其れ以来、私から離れる事はない。

就中《とりわけ》無残だったのが、大正七年の秋、釣り人たちが木の根っこから引っ張り出した腐乱し膨らんだ土左衛門の姿だった。

警察署へ運ぶ大八車に遺体を載せると、通り中の人々が集まってきた。うつ伏せになっていた遺体には服の切れ端が僅かに残っていた。だが元の姿はどういう色をしていたのかは判然としなかった。其ればかりか、溺死体は男か女かの区別もつかなかった。

「半年以上はいたんだろうな。」其の日、勤務に就いていた警官が推察した。

体の向きを変えると、目の窪みから蛙が飛び出してきた。一九二三年の火事で焼けた死骸と同じ死骸だった。だが実に其の姿は異なっていた。死は色々な形をとっていた。だが其の何れも美しいものではなかった。病気になっている時に過《よぎ》ったのは此のような想いで、其の後もまた同じ想いに悩まされ、医師の勧めで学業を中断し、それから半年間、自宅にいなければならなかった。

母は、翌年の一月、寝ている間に安らかに亡くなった。穏やかな顔をしていた。私は悲しみを感じたが、美しく、落ち着いた悲しみだった。地震の後悩まされた燃えるような悲しみとは比べものにならなかった。母は、自身の運命を受け入れ、穏やかに、軽やかに此の世を去った。何と美しい死であったことか、と母の傍らで坐りながら思った。自分も母のように此の世を去りたいと思った。家族に囲まれ、畳の上で、眠りながら。だが心の奥底では、そうはならぬと感じていた。目を閉じる度に、満ち潮の海藻のように波打つ、二本の長く白い腕が私の方へ伸びていたからだ。

19

もう外は暗い、夜八時だ。ヴィクトル・クリーマは、ツェレトナー通りの大学玄関前の灰皿のところに立っている。肩越しに傘をさしている。向かいのクリスタルの店からはばかげたディスコミュージックが漏れてくる。雨は降っているけれども、人々はあちこちへ、居酒屋から居酒屋へと早足で向かっている。通りは傘と色彩に満ちている。カレル橋で売っているキッチュな絵のようだ。

「よう」私はクリーマの前で立ち止まる。「どうした？」

私に何の用があるのかまったくわからない。天気は悪い上に寒い。普通の人なら居酒屋で待ち合わせをするけど、クリーマが選んだのは灰皿脇の濡れた場所だった。

「あること、思いついたんだ」クリーマは煙草を口から離す。頭は傘の下にあって、はっきり見えるのは煙草の先端だけ、さらにそれはメガネに反射している。暗い顔の中で、赤い点が三つ、光っている。ほんとに幻影のようだ。

「何思いついたの？」

「今朝、洗面台の棚に歯ブラシを置こうとした時に思いついたんだ」

「何？　よくわかんない。どういうこと？」

クリーマはにやりとする。

「行こう！」煙草の火をもみ消す。「おれが正しいかどうか確認しに」

私たちがエレベーターに向かうと、門番の男性は、敵意の込もった眼差しでこちらを見る。この先で私たちが何をすると思っているのやら。この夜の時間は、学生たちはむしろ大学を出て行く時間帯なのだ。

「門番は無視して」クリーマは顔をしかめる。「九時までは大学にいていいことになってるんだから、門番の前を行ったり来たりしても問題なしだ」

エレベーターのスピーカーからは階数を告げる女性の声が響く。クリーマが何をしたいのかまったくわからない。

「不思議な顔をしてる」とクリーマ。

「不思議に思わない？　だって夜に学校に連れてきて、その理由を言わないんだから」

「君のあの戸棚のことでね」

私は目を見開く。

「鍵持ってるの？」

クリーマは首を振る。

「たぶん、鍵は必要じゃない」

状況が呑み込めず、私は首を傾げる。心臓はいつもより速く鼓動している。戸棚の謎がじきに明かされる。

私たちの目は、十一番の戸棚に釘付けになっている。時計の音が聞こえる。チクタク、チクタク。今、大学には、私たちと門番以外には誰もいない。これから国家試験を受けるかのように緊張する。隣にいるクリーマを見てみる。

「中に何があると思う？」クリーマは私に尋ねる。

「教授が忘れたメガネ。恐竜の骨か、亀の甲羅に初めて刻まれた中国語の文字。それか、平安朝の神秘的な巻物。もしくは、乾燥したセミがもう一匹。あるいは、中国文学の先生が設置した盗聴器。これなら、私が研究室にいるのをノウザークがわかる理由を説明できる」

クリーマの顔の左側が引きつる。

「おれも、お前みたいな想像力が欲しいもんだ」ピェンカヴァ准教授のデスクに向かい、そこから定規を取り出す。そのあと、しゃがんで、十番と十一番の扉の間に定規を入れて開けようとする。カチッと音が響き、十一番の扉が開き出す。すぐには中が見えないように、クリーマはできたばかりの隙間を手で覆っている。

「鍵が見つからなかった時、開けようともしなかっただろ？」クリーマはにやりとする。

「私……」信じられないという風に私は目を見開く。「あ、そう！　考えもしなかった！　そんなのあり？　だって、ここの棚はいつも鍵で開けてるから！　ああ、私は間抜けだった」

「間抜けじゃないよ！」クリーマは笑みを浮かべる。「ただ思いつかなかっただけ。おれも、思いつかなかった。でも、今朝、洗面所の上の棚を開けようとした時に思いついたんだ。突然、その棚が引っ掛かって」

「中に何があるの？」私は近くで身を屈める。

「たぶん」クリーマはそっと中を覗く、でもすぐに引き出しを閉める。「見ないほうがいい」

「どうして？」

「繊細な人が見るものじゃないから」

「何？　そこに何があるの？」私も隣でしゃがむ。「私が怖がってると思ってんでしょ？　中を見れないとでも？」

クリーマは返事をしない。

「怖くない、大丈夫」と自分を落ち着かせる。

クリーマはじっと私を見ている。

「この戸棚を開けたら、お化けが出てくる。もう戻れないぞ」

「何があるの？」戸棚の木の扉に暗示をかける。そしてどきりとする。

「生き物？」

「たぶん」

「何？　何なの？　蜘蛛《くも》？」

テーブルの下で隣り合って、坐っている。

「ふっかけてるでしょ！　ほんとは何もないんでしょ！」

「お前を傷つけたくないけど」顔をしかめる。「この扉を押さえられなかったら、おれの手を嚙むかもしれない」

「でも……」私は反対しようとするが、クリーマは私にチャンスを与えようともしない。

「ああああああああああああああ!!!!」と雄叫びをあげ、私の手をつかむ。

「あああああああ!!!!」今度は私が雄叫びをあげ、クリーマに飛びつく。すると、クリーマはヒステリックに笑い出す。

「ったく！」床から起き上がろうとする。「あんた、正気？」

でも、クリーマはあいかわらずヒクヒク笑いながら床を這っている。

「もう！　びっくりして気絶するところだった！」

「いや……」クリーマはまだ床から起き上がれない。

その時、秘書が部屋に入ってきた。

「まったく！」床を転げ回っているクリーマを見ると、大声を上げた。「いったい、何事？」

「私たち……」と話そうとするも、うまく説明できない。クリーマはまだ笑いが止まらない。今度は私も笑い出してしまう。

「ねえ、ヴィクトル」理解できずに、秘書さんは首を振る。「あなたはもっと真面目かと思ってた！」

それでも、化け物は笑いが止まらない。

「いいから、立ち上がって、家に帰りなさい！」秘書さんは顔をしかめる。「もうすぐ閉まるわよ」

クリーマは起き上がって私の手をつかむと、お詫びのお辞儀をしてから私を外に連れ出した。

20

結局、棚は開けられなかった。今度研究室に行ったら、一人でやってみる。中身を知ることはできなかったけど、惜しくはない。何よりも棚を開ける方法がわかったのは収穫だ。あと、クリーマといると心地がいい。うつらうつらしている門番の前を通る時も、クリーマはあいかわらずけらけら笑っている。門番は嫌そうな表情を浮かべている。笑われていると思ってるのかもしれない。それとも、裏手でセックスして、私たちがハイになっていると思っているのかも。私たちを妬んでるようだ。


外に出ると、雨はもう降っていない。その代わりに水たまりがあちこちにできていた。そのあいだを縫うように観光客の集団が歩いている。韓国人のグループは、大学の向かいのレストランの豚の丸焼きに心を奪われている。雨で湿った冷たい空気からは、イタリア料理の匂いも漂っている。家には帰りたくない気分だ。頭の中では、私がクリーマに抱きついた様子が何度もプレーバックされている。

「ビールどう？」

「もちろん、二人分」私は肩をすくめる。

「じゃあ行こう」私の手を握る。クリーマの指で、私の掌も熱くなる。私は理解できないといった表情を浮かべて、クリーマを見る。でもクリーマは人混みをかき分け、私を引き連れ、自分の手が悪魔のように火照っていても、何も変なところはないといった表情を見せている。火薬塔を抜けると、クリーマは〈コニールナ〉に向かった。

中は暗い。壁の小さなランプがいくつか点灯しているだけ、私たち以外には誰もいない。クリーマはビールを二杯頼むと、ジャケットを脱ぎ、ベンチの端にひゅっと投げる。私の掌はメドゥーサの炎のようにまだ熱い。手を見ても、どこもおかしいところはない。

給仕はビールを置くとすぐに、バーのある奥へ消える。グラスに手を伸ばして、クリーマのグラスに近づけようとすると、クリーマは私の手首をぎゅっと握った。

壁のランプは、クリーマの顔に淡い光を投げかけていた。ほんとうに幽霊のように見える。これは明白なジェスチャーだ。もう何もないなんてそぶりはできない。その気はないなんてふりはできない。私は片手を上げ、クリーマの頬に触れる。黒い、ボサボサの髪の毛を指で通す。外見以上にごわごわしている。そしてキス。長いあいだ暗かった廊下の明かりが突然灯ったかのようだった。もう我慢できない。クリーマに身を寄せ、抱擁する。この人をこんなに愛するようになったのは、いつからだろう？

「すまん」

そのたった一言は、私の背中に刺さったナイフのようだった。

「おれは……」クリーマは何かを言おうとするけれども、言葉が続かない。私はゆっくり体を離す。クリーマの目の代わりにあるのは、深い暗い穴だ。髪がランプに照らし出されて光っている。相手を見ているうちにわかった。その瞬間はおしまいだって。そしてそれはもう戻ってこない。おそらく二度と。

「ごめん」クリーマは言葉を絞り出す。「無理なんだ……」

バカみたい。ぜんぶ、私の勘違いだった！　ありとあらゆる兆候も。だって、最近毎週のように会っていたというのに！　しかも週に何回も。同じベンチで翻訳を前にして身を寄せて何時間も過ごしていたのに。しかも自宅にまで呼ばれたというのに！

私は立ち上がって、上着を取る。

「ヤナ、待って」クリーマは私のセーターをつかむ。

「何？」

「話したいことがある。説明したいんだ」

私は頭にベレー帽を置く。

「ごめん」クリーマは立ち上がる。「おれ……君とは始められないんだ。バカみたいな振る舞いをしているのはわかってるし、じっさいそう思われてるのもわかってる、でも無理なんだ……」クリーマは手を振る。

「バカみたいなのは私って言いたいんでしょ、大丈夫」

「どういう意味？」

私はコートのベルトを結ぶ。

「何を考えてるかって？　あんたとこんなに時間を過ごしているのに、私の想いが伝わらないなんて」

「お願いだから、行かないで。坐って。一つずつ検討したいんだ」

「何も検討することはない！」私は手を振る。

「いや、ある。検討することはいっぱいある！」

「それは、あなたの問題でしょ」私は食ってかかる。「いつもあなたは検討してばかり。物事をいろいろな側面から見て、それらを理論化して、どうすべきか方法を考える。そう、行動する代わりにね！」

「どういう意味だよ？」

「あなたが行動するまで、私がどれだけ待っていたと思う？」

「じつは……」クリーマは答える。「日本の奨学金が取れたんだ。二年間だ。来月出発する」

私は驚く。

「二年間行くの？」

「そう。去年の六月に奨学金を申請して、一週間前に採択の連絡が届いた。君にどうやって話すか、ずっと悩んでいたんだ」

「いつ行くの？」

「二月の初め」

私は視線を床に落とす。

「ヤナ、ここしばらく、君のことをずっと考えていた。きっと君も気づいていたと思う。でも、どうしたらいいかわからないんだ。これから二年間会えないというのに、今、一緒に何か始めたら……わからないんだ」

「私は待てるよ」と私。

「君を縛りたくない」とクリーマ。「それはフェアじゃない」

「それでかまわない！　私は我慢強いから」

「わかってる」クリーマはにやりとする。「でも……」

「フリーで日本に行きたいんでしょ？　そうなら、そう言いなさいよ」

「そういうことじゃないけど……何も約束できないだろ！　だって二年間いなくなる。そのあとどうなるかまったく見当もつかない。もしかしたら、二年以上滞在するかもしれない」

「プラハに残ってる女に縛られたくないってことでしょ」と私は要約する。「わかった。でも、ストレートに言いなさいよ。こんなに痛々しく回りくどいこと言わないで」

　クリーマは答えない。

「どこの大学にいくの？」少しして、私が訊く。

「早稲田」

「いい学校ね。きっと楽しめるんじゃない。おめでとう」

　私はテーブルをじっと見つめる。

「はっきり話せてよかった」と続ける。

「こんなふうにはっきりするつもりはなかったけど」

「そう」私は肩をすくめる。「もしかしたら、日本で文学に関心のあるきれいな日本人女性と会って、ウンベルト・エーコ、『モデル読者』、バルトの話で盛り上がるんじゃない。これまでの私がそうだったみたいに」

21

　家に帰ると、母さんと妹がキッチンのテーブルに坐っていた。

「どうしたの？」私が玄関に立つなり、二人はユニゾンで訊いてくる。

「別に」私は自分の部屋に駆け込む。二人の何か問いたげな眼差しが一変したのが目に入る。

　私は部屋に閉じこもる。部屋の中央で立ったまま、どうしたらいいかわからない。テーブルには、翻訳途中の「恋人」が置いてある。私はその前に腰かける。何か別のことに頭をつかわないと。すべてを忘れようとして、テクストに没頭する。丁寧に単語を一つ一つ調べる。なかなかうまくいかない。すぐにクリーマのことが浮かぶ。集中！　自分にけしかける。

「如何して結婚しなかったの、清子さん？」私は尋ねた。

「誰も私と結婚しようとしなかったから。」清子は笑みを浮かべる。

「魔女って呼ばれているから？」

「多分ね。」頭を傾ける。

「僕が結婚してあげる。」

「私と？」清子は笑みを浮かべる。

「何故？」

　彼女は答えなかった。

「他の人達が云う事を恐れているの？」

　清子はにこりとした。

「大きくなったら結婚する。」私は云った。

「駄目よ。」首を振った。

「僕は貴方と結婚したい！　他の人ではなくて。」

　彼女は私の頬に軽く触れた。

「駄目よ、坊や。貴方の父上は絶対許してくれない。」

　彼女の手は氷のように冷んやりとしていた。そっと其の手を掴むと、私は唇に当てた。清子は黙っていた。私は胸の鼓動が高まるのを感じた。

「聡、駄目よ。」

　だが私は魔法をかけられたみたいだった。彼女は私の手を自分の頬に置いた。それは氷のように冷たかった。水に溺れたかの如く頭がくらりとした。私は息がつけなかった。

「好きだ。」私は云った。

清子は頬から私の手を離した。

「私もよ。でも、まだ貴方は幼いから、何も判ってないの。」

第八部　プラハ

1

図書室には足を踏み入れない。日本からの寄贈図書が三箱も届いて整理しなければならないというのに。研究室も、図書室も、それにあの忌々しい十一番の引き出しも、教師の顔も見たくないし、バカな同級生たちとも会いたくない、いちばん会いたくないのがヴィクトル・クリーマ。クリスティーナとも会いたくない。あの忌々しい化け物。すべては奴のせいだ。夢の中で、眼球のない、二つの深い目の穴がしょっちゅう現れてくる。

　母さんは世話を焼いてくれている。仕事があるのに、毎日料理してくれてる。私がどこかおかしいと感じていて、私の気分を盛り立てようとしている。私のいちばんの好物を料理してくれる。ディルソース、シュンカフレキ（ハムとパスタのオーブン焼き）、マッシュルームのフライ。普段だと、こういう健康的でない料理は、妹もダイエットしているから、家では見向きもしないけど、クリーマと居酒屋に行かなくなってからというもの、ほとんど毎晩けっこうなカロリーの食事を摂《と》っている。母さんは私に生きる力を与えようとしてくれている。そのうえ、私は最近だいぶ痩せたらしい。それは、居酒屋で飲んでばかりで、夜は寝ずに翻訳をしていたから。普段は仕事に没頭している父さんですら、何かおかしいと気づいた。

「いったいどうして、年金生活者のように家に閉じこもっているんだ?」夕食中に突然尋ねてくる。

「友だちがいなくなったのか、これまでほとんど一日おきに町中ほっつき歩いていたのに、急に家にいるようになって、どこにも行かないなんて?」

私は返事をしない。

「お前は魂のない体みたいだな、何かしないと……」と父さんは言った。

「ありがと、父さんのおかげで気分よくなったから」私はハンバーグにナイフを刺す。ありがたいお小言。そんなことどうでもいい。


春になった。清子の家の木々は桃色に咲き誇っていた。学校がない日は、彼女の許《もと》へ通った。母には友人達と遊びに出掛けると告げていた。川に唾を吐いたり公園を走り回るのは突如として莫迦《ばか》らしく無駄なことに思えた。其の想いは、私を、川を越えた所にある清子の家へと向かわせ、彼女の本の世界へ、文字を書くべく過ごす時間へと向かわせた。

清子は私に冒険物語を読み聞かせ、書道を教えた。其れ迄書道を面白いと思った事はなかったが、清子と一緒にいると、上手く書く度に褒めたり、逆に間違った箇所を説明してくれ、まるで自分は書道をやるために生まれてきたように思え、父よりも上達したいと思った。私達は古新聞に練習書きをした。

「此処に墨がついてる。」本来の場所以外に墨が垂れていると、清子は其の場所を示して云った。

「墨をつけすぎよ。いい、こうしないと。」

優雅に書く様子を私は目で追った。其の姿は、筆の先端迄もが彼女の芸術に従っているように思えた。あるべき形で曲線を描いていた。揺るぎない確信とともに、清子は正確で、非の打ち所のない書を書いた。

2

しまいには、クリスティーナが私を外に連れ出す。クリーマとはどうって尋ねられ、二人のあいだで起きたことを話すと、同情するような表情を見せ、ほんとうに残念そうな顔をした。

「それでよかったって！」とクリスティーナ。「ながいあいだ、振り回されていたんだから」

「わかってる」私はため息をつく。「でも好きだったからね」

「でも、向こうはそうじゃない。だから、そんないやな想いは速攻で終わりにしないと」

「うん、まあ、その通りだけど」肩をすくめる。「あいつも私のことが好きだったと思う。だって、キスした時、ただしたって感じじゃなかった」

「ちょっと待って。キスなんて誰だってできる、そこに魔法なんてない」

「でも、あのひと時は魔法だった」

クリスティーナは首を振る。

「それは自己弁護してるだけ。無視していいよ。あいつのことなんて、もう忘れな」

「わからない」私はプラムケーキをスプーンでつつく。

「何がわからないの？」

「あんな風に逃げなきゃよかったかも」

「無意味だね。ケーキちまちま食べるのやめて。あんたに食べてほしいから買ってきたの、皿の上でほじくりかえすためじゃないよ」

でもぜんぜん食欲がない。それでまたケーキを掘って、周りのマジパンを少しだけ味わう。プラムケーキ以上に腹に応えたのが、スリヴォヴィツェ（プラムの蒸留酒）。

「ねえ、あんたが気分盛り上げないと、私の先週もクソって感じなんだから」少ししてクリスティーナがため息をつく。

「どうしたの？　私より悪いってことないでしょ」

「あんたみたいになりたいとも思わないけどね」とクリスティーナはため息をつき、話し出す。

「でね、せめて父さんと連絡だけはとろうと決心したの。週末にはまたスリランカに帰るから、会う最後のチャンスだった。それでとりあえず、弟が試合するのを見に行かないかって誘ったの。父さんは昔からスポーツが好きで、弟はバスケをやってるから、まあ、話すことはなくても、応援ぐらいはするかなって。でも、父さんはね、僧侶は勝利をかけた争いを見に行くことはできないって言ったの、つまり拒絶したってわけ」クリスティーナはピンクの髪を揺らす。「あの修道院は、守んなきゃいけないバカげた規則が山のようにあるの。

　それで、弟のバスケは、世俗の人が喜ぶためのかけっこだから、関心はないって言うから、ほんとに腹が立った。それでも、じゃあせめてレストランで会おうかって提案したの。けど、それも拒否。自分が料理したもの以外は食べられないからって。そのうえビーガンのダイエットをしてるとかなんとか。そこで結局、会ったのは図書館。自分の子どもと会うにあたって宗教的に許容された唯一の場所が図書館だってわけ」

　クリスティーナは黙り込み、コーヒーをすする。

「何年かぶりに会ってみると、ぜんぜん見分けがつかなかった。すっかり痩せて、僧衣をまとって、摩耗した感じ。僧は何も所有しちゃいけないから、ほかの服はなし。いちばんショックだったのは、出迎えのハグすらなかったってこと。ハグしようとして手を差し出したら、父さんは一歩下がって、首を振って、死にそうになるぐらい真剣な表情で言うの、『だめだ、だめ』って。これもまた、あの僧院のバカげたルールの一つ。僧たるもの、元妻であっても、女性に触れてはならず。でも弟とは問題なくハグしてた。男だからね。私はバカみたいに立ちつくし、パニクって、しまいには泣いちゃった」

「ひどい」目を大きくする。「久しぶりなのにハグもなし？」

「私が泣いていたら、誰かに見られたら僧院から追放されるとか説明し出したの。今、私たちがいる、この市立図書館で。そうそう、誰かに見つかって殴られるにきまってる、こんな場所でもね」

「てゆうか、たぶんそうじゃないでしょ。自分の娘であっても、そのバカげた規則を破れないってだけ」

「その通り。コケにされた感じ。とつぜん、自分の父親がまったく知らない他人になったみたい」

「それで、何か話したの？」

「ううん、大した話はしてない。あの人は、自分の金を私たちでどう分けるかってことを一方的に話しただけ。私はずっと泣いていたんだけど、角を曲がったところで父さんはどうにかコントロールできたと思ったのか、誰にも見られないように、私に手を出して、別れたの」

「それは、ほんとにいや」

クリスティーナは諦めの表情を見せる。

「そう、手の施しようなし。でも弟のほうがもっと辛かったかも。父さんと会えるの、とても楽しみにしていたから。でも、じっさい会ってみて、父さんはもう自分たちのことを気にかけてないのがようやくわかったみたい。多分、今までは、父さんが精神的に落ち着いたら、いつか戻ってくるかもしれないって希望を持ってたみたいだけど」

「かわいそう」

「そう思う。でも、そうなの」

そのあと、クリスティーナは少し黙る。

「けどね、父さんこそ、いつの日か後悔するはず」とクリスティーナ。「手遅れになったころにね。何を失ったか、まだわかっていない。自分と仏教に没頭していて、私たちの人生は手の届かないものになっている。そしてあの人の人生も。そうなると、あとで戻って、直そうとしても、もう手遅れ。もう何ともならない。もう今の人生では間に合わないかも」クリスティーナは自分の見解を披露する。「もしかしたら、来世で気が変わるかもしれない。でも戻ろうとしても、その時には私たちはもういない。もしかしたら、私たちの子どもには会えるかもしれないけど、父さんが誰だかわからないでしょ。父さんはずっと彷徨《さまよ》い続けて、私たちを探そうとしても、けっして安らぎは得られない」

私は手を伸ばして、クリスティーナの肩を撫でる。

「もう一つ、話すことがあるの、でもひどいことだから、早く言って、金輪際触れないことにする」とため息をついた。「父さんと別れた日の晩、ひどい夢を見たの。僧院の掟を破った弟がデパート前の枝付き燭台に吊るされている。でも、父さんは手をこまぬいて見てるだけ。そうやって、何もしようとしない。正義とは何か各自が判断を下せばいいと皆に知らしめているの」

3

それから一週間が経った。図書室の延滞金が発生するので、否が応にも大学に行かないといけない。廊下をこっそり歩いて、クリーマと会わないのを祈る。賑やかな女子学生のグループ、真剣な表情をしている教師連、さらには秘書の女性ともすれ違う。秘書さんは私に気づくと、何か知っているよという風で私ににやりとする。私もにやりとしてみせるが、気分は最悪だ。

研究室の手前の廊下で、化け物に遭遇する。幸いにも、それはクリーマじゃなく、ルボシュ・ノウザークだった。ノウザークを見て、こんなに気分が落ち着くとは思いもしなかった。

「クプコヴァーさん！」手を振って、私に挨拶をする。「今日会えると予感していたんだよね。しばらくだね？」

「そうですね」と同意しながら、廊下の先にあるドアのほうに向かう。

「待って！」前を通り過ぎようとしたら、私を止める。「大丈夫？　具合悪そうだけど」

「ありがとう」

ノウザークは顔を青くする。

「ダメ！　ダメだよ！　いや、言葉は悪いかもしれないけど。まるで幽霊みたいだよ。心のない体が歩いているみたい。何か役に立つことある？」

「最近、あまり具合が良くなくて。でも、心配しないで、だいぶ良くなってるから」

「待って、渡すものがあるんだ」ノウザークはカバンの中をまさぐり始める。「ずっと持っていたんだ。日本学の研究室前の廊下で見つけたから、きっと君のに違いないって思って」

そう言って、〈ヤナ〉と書いてあるペンを手渡してくれた。クリスティーナの母さんがくれた魔法のペンだ。失くしたことすら、まったく気づいていなかった。

「ありがとう」私はペンを上着のポケットに入れる。

「自分の名前が書いてあるものをそう簡単にポケットに入れないほうがいいよ。昔の日本で信じられていたことは知っているでしょ。物には心があり、名前は聖なるもの。あなたの本名を知っている者は、あなたの心をたやすく奪うことができる。あなたを支配することも、魔法をかけることも、破滅させることも。一見、何の意味もないペンが、ふさわしくない人物、たとえば、あなたが嫌っている人の手に渡りでもしたら、とてつもない害をもたらすかもしれないよ」

私はノウザークをじろりと見る。

「えっと、持ってるあいだ、ペンで何かしてないよね？」

「まさか、そんなこと思いもしなかった！　とっても大事にしていたんだ」

沈黙。

「ありがとう、ずっと持っていてくれて」ポケットをポンと叩く。

「どういたしまして」

私が図書室のドアのほうへと歩こうとすると、ノウザークはまた私を止める。まったく、またランチか何かに誘おうって魂胆じゃないの、と一瞬頭をよぎる。

「じつはね」ノウザークが話し出す。「来週から北京に二年間滞在するんだ。政府奨学金をもらうことができたから、前に話した中国の性愛文学をもっと深く研究できそう。だからしばらく会えなくなるね」

最高！　クリーマだけじゃなくて、ノウザークも留学する！　地球の裏側のプラハに残るのは、この私だけ。

「留学？　おめでとう。私も申請出して、日本に行けるのを楽しみにしてるんだけど。でも、まだうまくいってない。満喫してきて」

ノウザークは笑みを浮かべる。

「ねえ。君を見てると、もう片足は日本に行ってるんじゃないかって思うんだ。だから頑張れば、きっと行けるよ」

私もにやりとする。

「それから思ったんだけど」ノウザークが言葉を継ぐ。「北京から戻ったら、一緒にランチでもと思って」

ノウザークをじろりと見る。

「わかった」と私は言う。「考えておく。戻ってくるまで、覚えておくから」

「やった！」ノウザークは明るい顔をしてみせる。「じゃあ、二年後に！」

「気をつけて！」そう言って、私は本を返却しに図書室へ向かう。

すくなくとも、今日、嬉しくなった人が一人いる。

4

「学校の作文で、貴方の事を書いたよ。」或る日、私は清子にそう云った。

清子はぴたりと動きを止めた。

「私の事？」

「そう。」

「でも……。」清子は云い返そうとした。「私の名前は書かなかったわよね？」

「心配しないで。」私は首を振った。「勿論、書いてないから。」

「何、書いたの？　私に面白い事はないでしょう。」

「あるよ。」私は云う。「だって、魔女だから。」

「あア。」清子は頷いた。「其れは事実。」

「何時《いっ》か本に書く。」

「恐らく評判を呼ぶわね。」

「うん、だって貴方の事だから。」

清子は笑みを浮かべた。

「読ませてくれる？」

私は顔を赤らめた。

「考えておく。」

5

ヴィクトル・クリーマが図書室に来るんじゃないかって、少しだけ期待する。でも、私がいるあいだは姿を見せない。私は立ち上がって動き出す。そのほうがいいかもしれない。研究室のテーブルに寄りかかる。十一番の戸棚をじっと見る。中に何があるか見る時が来た。私の探索は、何か意味があるだろうか？ 幽霊が消えた今、棚はその魔力を失った？ 自分で確認しないと。ピェンカヴァ准教授のデスクに行き、定規を借りて、十番と十一番の扉のあいだの隙間に入れてみる。カチッと音がして扉が開く。

不思議な気持ちになる。この場所では、自分と謎の戸棚以外のものは存在しないかのようだ。魔法は消えたみたいだ。東京時間に設定された時計の音が少し聞こえる。これが過去への旅だったらどうする？ それとも、この戸棚は日本に繋がっている？ 扉を開けたら、七年前の渋谷で目覚めているかもしれない。もしかしたら、この扉は門になっていて、向こう側には、日本の暗い地下室があるのかもしれない。誰にもわからない。

そっと扉を開けてみる。板がキイッと軋み、何年も開けられていなかったように、かび臭いにおいが漂う。向こう側にあるのが何であれ、危いものじゃないことだけを祈る。戸棚はようやく開かれ、その謎を露わにした。背中の鳥肌が立つ。まるで死神に触られたかのようだ。時計の音だけが強くなってゆく。

中には、黄色い封筒があった。手を伸ばして、そっと持ち上げてみる。何か入っている。裏返して、何の封筒かがわかった。目にしているものが信じられない。さらに暑さが追い討ちをかける。封筒には、「先生の本、お返しします」と書いてある。それは、何年も前に、先生が亡くなったあと、先生から借りた『行く水に数かく』を封入して、メールボックスに投函した封筒と同じものだった。

どういうこと？　どうしてここに？　文字を見てみるが、理解できない。先生が私に本を返したということ？　私にくれた？　どうして、今？　何かを私に伝えようとしているの？　室内を見回してみる。自分が一人じゃない気がする。でも、ほかには誰もおらず、棚の上の乾燥したセミと大量の本があるだけだ。封筒を開けてみる。紙が硬くなっている。私が封をしてから、誰も開けていなかったようだ。どうにか封を開けると、『行く水に数かく』が床に落ちた。作者不詳の蜘蛛《くも》の歌を開く。

あの人はもう来ないという
蜘蛛が衣の裾に
糸を垂らし
肩を落とすなと
囁いているかのように

「今しはとわびにしものをさゝがにの衣にかかりわれをたのむる」

どうして『行く水に数かく』がここに？　先生の所蔵していた本は、この図書室には一冊もないというのに。詩を何度も何度も読んでいくうちに、失われたものは何もないと先生が伝えているように思えた。

　それとも、この封筒を十一番の引き出しに入れたのは、ヴィクトル・クリーマ？　先生が亡くなった時のことをかれに話したかしら？　あいつの企み？　もう一度、封筒の文字を確認する。クリーマは私の字を知っている。私の翻訳した紙を自宅にいっぱい持ってる。封筒を見てみるが、自信が持てない。ギムナジウムのころは今とは違う字だった。私が書いたかもしれないし、別の誰かが書いたかもしれない。そのことを考えるのはやめた。ふたたび本を封筒に入れ、封筒をカバンに入れる。今、『行く水に数かく』は私のもの。ここで、十一番の戸棚の中で、私を七年間待っていたのかもしれない。

6

数日後、私は清子に作文を見せた。

「街外れに暮らす魔女。」声を出して題名を読むと、怪《け》訝《げん》そうな眼差しを私に投げかけた。隣に坐った私の顔は蟹のように赤くなった。

「作文のお題は、『私に刺激を与えた人』。」

「其れで魔女を書く事にしたの？　先生はよく思わなかったんじゃない？」

「他の連中は、家族とか、先生とか、年長の兄姉の事を書いていた。」

清子は作文を覗き込み、口を開けようとする。

「声に出さなくていいよ。」と私は云った。

「街外れに魔女が暮らしている。」と読み出した。「皆から、そう呼ばれている。でも、普通の魔女ではない。子供ではなく、焼き魚を食べて生きている。橋の下で暮らしている漁師たちから貰ったものだ。」

清子は楽しそうにくすりと笑う。

「笑わないで！」私は声を上げ、作文を取り上げようとする。然《しか》し、彼女は私の頭よりも高く手を挙げる。すると着物の袖が垂れ、白い腕が見えた。家の薄明かりの中で、青く光った様に思えた。真珠の如く。私の心臓はどきりとした。私は囲炉裏に坐り直した。

「魔女は美しい。毎日、筆屋で買った紙に魔法を記している。言葉を書くと何であれ叶う。其れ故、何を望むか慎重にならなければならない。」

　清子は注意深く朗読する。

「厳しい状況にあった人々が助けを求めて祈っている中、彼女は生まれた。希望の一雫《ひとしずく》として。其れ故、名前には三水が使われている。然し、水は人々に困難も齎《もたら》す。落ち着くことなく動き回ったので、彼女が呼び出された火事を思い起こした。其の為、街を追われ、唯《ただ》一人、魔法を記し、空いている時間に河童と戯れている。河童とは仲睦まじい。水と河童は。

　水それ自体の性質は意地悪くはないが殊の外不幸だ。街に戻ることを望んでいるが、人々は歓迎していない。洪水を恐れているからだ。人々は何かを恐れている。炎を恐れ、水を恐れ、風を恐れ、地面の揺れを恐れている。終《しま》いに人々は人々を恐れる。人々が思案した事、人々が遣《や》らかす事、人間の願いから生まれるものを。然し一番恐れているのは魔法。」

　清子は声が詰まったように思えた。

「私は誰よりも水が好きだ。彼女が話す声、其れは小川の細流《せせらぎ》のようだ。彼女の庭に生えている木は、彼女が近附くと枝を彼女へと伸ばす。安堵を齎《もたら》してくれるのを感じているから。其れは、彼女の子供。彼女がいなければ乾いてしまう。にもかかわらず、水が温まる必要がある時には自らが薪となる心構えが出来ている。彼らの間には、人間には理解出来ない魔法の関係があるのだ。」

　清子は大きくため息をついた。

「彼女の許を訪れると、不思議な落ち着きを覚える。私は彼女の傍に何時までも居たい。私以外には誰もいないように思えるから。私は彼女を自分のものにしたい。」

　清子は作文から手を放して膝に置くと頭《こうべ》を垂れた。

7

マチコが電話をかけてきて、兄がプラハにいるから会いたいと言ってきた。古い団地の写真を撮りたいというので、私はコー・イ・ノールの停留所へ急いだ。

寒くて、風も吹いている。地面には、コカ・コーラのカップが二つ転がっている。まるで追いかけっこをしているみたい。触れ合ったかと思うと、また一緒に円を描く。私とヴィクトル・クリーマを思い起こさせる。古い団地を探索するには理想的な日だ。

周りの人たちを眺めながら、寒くて体が震える。二月は、一年でいちばん嫌いな月だ。クリーマとの恋の体験を考慮しても、それは変わらない。マチコと彼女の兄はどこにもいない。もう十五分も遅れている。日付を間違えたのだろうか。

ヴィクトル・クリーマは、今ごろ、何してるだろう？　おそらく今ごろ日本に出発したかもしれない。あるいは一日中、ベッドで過ごしているかも。こんな最悪な天気の中、外に出ようと思う人はいない。風に乗って、カップが一つ飛んできた。私は喜んでキックする。

ほどなくして、黒いブルゾンを着て、カバンをたすきがけに背負っている男に気がついた。ちらちらと周りの人々を見ている。目を細めてピントを合わせてみる。男は、こちらが見ているのに気づくと、私のほうに向かってきた。

「おれは、アキラ」

握手を交わす。

「マチコは急に学校へ行く用事ができたって、謝ってた。急病になったコントラバス奏者の代わりに呼ばれて、夜、演奏することになったんだ」とアキラ。

私はすっかり、マチコが写真で見せてくれたヴィジュアル系バンドの恰好をして登場するのかと思っていた。ほかの人がどんな反応を見せるか興味津々だったのに。けれども、もう何年もバンドで演奏していないアキラは、もちろん、普通の恰好をしている。私よりも背は高く、帽子をかぶり、ダークカラーのジーンズを穿いている。一見したところ、マチコには似ていない。でも、初めて会った瞬間から、どこか気に入った。古い団地を案内しているあいだに、せめて目の保養になるものがあると思うと嬉しくなった。

「じゃあ、マチコは来ないの？」と私は尋ねる。

「残念ながら。まあ、大丈夫でしょ？」

でも、マチコと似ているところがある。目は同じだ。韓国人女性はマチコを羨んで、どこで手術したんだろうっていつも言っている。アキラは何歳年上だろう？　マチコの話を思い出そうとする。たぶん、私と同い年くらい。

「夜、妹のコンサートを観に行こうと思うけど。一緒に来る？　無料だって」

マチコの演奏はしばらく聴いていなかったので、すぐに頷く。

「じゃあ、撮影に行く？」とアキラは尋ねる。話す内容はよくわかる。ゆっくり話してくれるし、東京育ちだから東京の言葉を話してる。語尾は何を言っているのだろうと悩まなくて済む。

「カメラある？」

アキラはカバンをパンと叩く。

「じゃあ、行こう。角を曲がったところに、典型的な団地があるから」

私が幼かったころ、おばあちゃんがプラハ南地区の団地に住んでいた。週末は私の面倒を見てくれてたから、私はそのプレファブ団地で多くの時間を過ごした。毎朝、墓地に出かけて、おじいちゃんのお墓にロウソクをつける。そのあと買い物に出かけ、帰り道には公園で遊んだ。当時、南地区のプレファブ団地は全体的にグレーで、改修されることはなく、醜いまま天高くそびえていた。

浅瀬に座礁し、二度と出港することのない錆びついた帆船のように何列も連なっていた。すべてが角ばっている団地には、曲がり角も、片隅もなかった。どこを曲がっても、目の前には同じ風景が広がっていた。いちばん魅了されたのが、物干し竿にぶら下がり、布団叩きの上に坐っている思春期の子どもたちだった。ほんとうはみんな色のついた服を着ているのに、みんな同じ服を着ているかのようで、グレーの印象しかなかった。

　その後、団地はすべて修復された。建物はカラフルなコートに模様替えをし、社会主義の悪趣味はどこかに消えてしまった。今訪れても、どこがどこだかわからないだろう。矛盾しているように聞こえるかもしれないが、自分が育ったあのグレーの色が懐かしくてたまらない。

　コルベノヴァのプレファブ住宅は古く、手入れがされていない玄関前にある手すりはすべて錆びている。コンクリの中庭はどこからでも丸見えで、夏でも子どもたちが遊ぶ姿はない。中庭と中庭を繋ぐ階段は何十もあり、高木や灌木は剪定されず、四方八方に伸びている。ゴミ箱は壊れたまま放置され、ベンチはスプレーだらけになっている。建物は息絶えたかのようだ。窓の桟は木でできていて、当初は白く塗られていたのに、今では塗料が剝げ、グレーになり、輝きを失っている。もう亀裂は埋められない。中の人たちはとても寒い思いをしているはずだ。こういった団地に足を踏み入れると、懐かしい想いに誘われる。

8

　アキラは私の数歩先を進み、目を輝かせて周りを見ている。時折、放置された一角、錆びついたドアを写真に撮っている。黙示録の映画のセットを歩いている感覚になる。私と、カメラを持った日本人。あとは、どこからか幻影が出てくるのを待つだけ。あるいは化け物か。アキラはベンチに横になって、建物の窓を撮影する。私は隣で手すりに寄りかかって、煙草を吸う。化け物のことを考えたら、すぐにヴィクトル・クリーマのイメージが浮かんだ。まったく。すぐに地面でそのイメージを踏みつける。

「あなたの写真……」私はアキラのほうを向く。これが、停留所から歩きだして私が発した初めての言葉だ。もう二十分も、当てもなく団地を彷徨《さまよ》い歩いている。アキラはこちらを向く。

「写真が？」

「マチコがあなたの写真を見せてくれた」私は煙を吐き出す。「言いたかったのは、とても気に入ったってこと」

「ありがとう」

私は灰を叩き落として、周りを見る。

「ここ、気に入った？　刺激的な場所でしょ？」

「最高！」アキラは頷く。「とても雰囲気がいい」

「まだ、お店にケチャップがなかった時代のね」と私は笑みを浮かべる。

アキラはベンチに坐り、ポケットをまさぐり始めた。

「何探しているの？」

「煙草」

一本勧める。

「ありがとう」火をつけ、背もたれに寄りかかり、頭を後ろに置く。私たちの頭上には、生気のない数百の目がある。そのうち何人かは私たちを観察している、かもしれない。

「窓」私は煙を吐き出す。

アキラは頷く。

「どうして、窓に惹きつけられるの？」

アキラは煙草を口から離す。そして肩をすくめる。

「写真に撮っているのは窓だけじゃないんだ。その向こう側にあるものも、あるいはたどり着けないものも撮っている。窓越しとは違う形でそういうのを見ている。そういうのは触ることができない、だってガラス越しだから。おれが撮ってるのは、近くにあるけれども、遠くにあるもの」

ギムナジウムのころの自分を思い出す。近い人は何人かいたけれども、その人たちの輪には入れなかった。グループのメンバーになったことは一度もない。私とほかの人たちのあいだにはガラスの壁がつねにあった。もしかしたら、アキラも同じ境遇だったのかもしれない。

「ガラス越しに見ていると、突然、見ているものがまったく別の次元を持ってくるように感じるんだ」

「それって、盗撮に近いんじゃない？」

アキラはくすっと笑う。

「それは見方次第」

「でも、カメラ自体は同じでしょ？」

「どういう意味？」

「何かを撮影する時と紙に浮かび上がってくる瞬間は、まったく別の次元じゃない？」アキラはしばらく私のことをじっと見ている。「思い出とか同じじゃない？　記憶に刻まれると、また別の次元になる」

「そういうことはなんとでも言える。ことは簡単だよ。おれが惹きつけられるのは窓、あと、その向こう側にあるもの。それを写真に撮るだけ」

「人を撮影するのは楽しくないの？」

「あまり惹かれない」

「とてもいい肖像画を描く友人がいてね。主に女性の肖像画を描いている。あなたの妹がコントラバスを演奏するのも描いてる。その人は、人を描くこと以外に興味はないって」

「君も描いてもらったの？」

「ううん、私はその人のモデルじゃないから」

アキラは笑う。

「じゃあ、妹はモデル？」

とても打ち解けて、満足している様子だ。まるで、外国人の女性との薄汚れた団地での散歩が、最近でいちばんの出来事だったかのようだ。アキラの陽気さは私にも伝わってきた。もう二週間ほど、ちゃんと笑ったことがなかった。そろそろ真剣に動き出すころかも。その手助けをしてくれるのが、この人なのかもしれない。

「知ってる？　チェコ語にことわざがあってね」私は続ける。「目は心の窓、というの」

アキラは考え込む。

「どういう意味？」

「ううん……誰かの目を見ると、その人がどうか、どういう気分か、何を考えているか、嘘をついているかどうかわかるということ」

「いいことわざだ」

アキラはベンチから立ち上がって、煙草の燃えかすを放り投げる。

「どこかカフェでも行かない？　けっこう寒い」そう言って、アキラはカメラをカバンにしまった。

9

私たちはすっかり冷えてしまった。目に入った一軒目のカフェに入る。壁は、趣味の悪いパープル色だ。こういう店は、前衛的な写真家よりも年金生活者向けだろうなと思う。だがウェイトレスは感じよい笑みを浮かべ、店も暖かい。アキラはチェコ語のメニューを見ているが、理解はしていない。

「アルコールは嫌い？」と私。

「どうして？」

「いや」メニューを裏返す。「グロックでもどうかと思って。寒さ対策にはいちばんいいの」

「グロックって何？」

「ラム入りの紅茶のこと。とても美味しいよ。飲んでみない？」

　アキラも賛同したので、グロックを二杯、注文する。帽子を脱いだアキラは、けっこう髪が長い。ふと、マチコに似ているなと思う。マチコのほうが細身だが、アキラを見ていると、どんどんマチコのことを思い出す。

「マチコとは、よく会ってるの？」上着を脱いで、ポケットから煙草を取り出すと、アキラが尋ねてきた。そして一本、私に勧める。日本の煙草〈ホープ〉だ。

「そうね……二週間に一回ぐらい。マチコはいつもどこかでリハーサルしてるし、私はいつも図書館にいるから」

　アキラは頷き、灰皿を見る。

「妹は、ここで満足していると思う？」

「たぶんね」肩をすくめる。「いや、そうだといいんだけど」

　グロックが運ばれてくる。私が砂糖を入れ、レモンを絞るのを、アキラはじっと見ている。そのあと、私と同じ動作を繰り返す。グロックは熱くて、唇が焼けそう。液体が体を流れてゆくのを感じる。

「写真見せてくれる?」

「もちろん」アキラはカバンからカメラを取り出すと、私の隣の席に坐って、カメラを私の鼻の前に出した。別人が撮影した写真を通して、さっき歩いた場所を眺めるのは興味深い。私がまったく別のことを考えていた時に、その風景をかれがどう捉えていたかはっきり浮かび上がるから。

「これはいい」アキラがベンチから撮影した写真のところで、私は画面を指差す。

「そう? おれもそう思う。ほんとに面白い場所だった。あそこでの撮影はほんとうに楽しかった」

「人の住んでない建物がもう一つ、コルベノヴァにあるけど。中は入れないけど、外から見るだけでも価値があるよ」

「窓はたくさんある?」

「もちろん! 古い工場だから、窓はたくさんある。多くの窓は割れてるけど」

アキラは興奮している。

「そう、それ行ってみたい! でも……」窓を見てみる。「今日はもう撮れないかな。暗くなってるし」

「明日なら行ってもいいけど」

「でも……迷惑じゃない?」

「私は迷惑じゃない」と手を振ってみせる。「正反対。気分転換したくて、ここ二週間、楽しいことなかったから。そこに連れていってあげる」

「わかった。お願い」アキラはにこりとする。

「どうして日本語を勉強したいと思ったの?」アキラが尋ねてくる。

「日本文学に興味あるし、翻訳をしたくて」

「誰が好き？」

川下の話をする。

「知らない」アキラは肩をすくめる。私はカバンから「恋人」を取り出す。

「今はここを読んでいる」と教える。アキラは身をかがめ、いくつか文章を読み上げる。そのあと、翻訳をパンと叩く。

「これ、チェコ語？」とアキラ。

「そう」と私は頷く。

「少し読んでくれない？　どういう音か、気になる」

　作文を置くと、清子の目から涙が零《こぼ》れた。私は吃驚《びっくり》した。

「清子、如何《どう》したの？」私は彼女に近寄った。「如何して泣いているの？」

だが清子は頭を横に向け、袖で顔を隠した。

「僕の作文、気に入らなかった？」

　頭《かぶり》を振った。

「じゃあ、如何したの？」

「お願い、一人にして。もう帰って。」

私は理解できなかった。顔を見ようと、彼女の手をどかそうとした。

「如何したの？」

清子は答えなかった。

「よく書けてる。」と云った。私が作文を提出すると、先生達が怒ったが、それは黙っていることにした。

「清子？」

私は彼女の顔を自分の方に向けた。そして彼女に口づけをした。

「ふん」アキラがにやりとする。「よくわからないな」

「ここ、原文読んでくれる？」テクストを指差すが、アキラは首を振る。

「いや。君が読んでくれた音はとても美しかった。まったく別物だ。それを日本語で読んで損ないたくないから」

「私が日本語で読んでもいいよ。それも別物のように聞こえるから。だって私の読み方は一年生みたいだから」

アキラはにこりとする。でも、関心がないのはわかる。私は「恋人」をカバンにしまう。ヴィクトル・クリーマの、一段落読み終えるたびに見せる笑顔がふと浮かんだ。

10

夜のコンサートに間に合うよう、五時に一旦別れた。アキラは黒い上着だが、白シャツにネクタイをしている。妹の演奏を観るかもしれないとありとあらゆる状況を想定して来たのだろう。似合っている。

「妹の演奏はしばらく聴いていないんだ。最後は四年ぐらい前かな、何かの録音だよ」

「とてもいいよ」

「楽しみにしてる」アキラはエントランスに貼ってあるコンサートのプログラムを読んでいる。

「クラシック音楽は好き？」

　アキラは首を振る。

「全然。君は？」

「私はけっこう好き。詳しくないけど。スメタナとドヴォジャークの区別もつかないぐらい。でもコンサートに行くのは楽しみ。オーケストラがまとまって演奏するのはとてもいい。指揮者がたえず全員を見て、いろんな表情を浮かべたり、手を振ったりするところも。パノラマみたいで素敵。みんなが指揮者を理解し、みんなが一緒にコミュニケーションを取ってる。あとは、第一バイオリンの人が本来とは違う風に演奏した時に、第二バイオリンの女性たちが顔をしかめるのを見るのも好き。競争心が強いから、見ていて楽しい」

　アキラは、おかしい人のように私をじっと見ている。

「バカみたいでしょ？」

「いや、全然。そういう風に捉えられるのはいいことだ」

「小さい時は合唱団にいたの。指揮者のジェスチャーは今でも覚えている。音が合ってない時は耳に入る」

「わかるの？」

「たまにね」

「妹が変な音出したり間違えたら、肘で突いて」アキラは笑みを浮かべる。

　ホールで私たちは着席し、コンサートが始まるのを待つ。少しすると、オーケストラの面々が舞台に上がる。マチコは、スパンコールのついた袖なしの黒いシャツをまとい、腰にリボンのついた、ゆったりとした長いパンツをはいている。いつものように、コントラバス奏者の中で唯一の女性だ。照明が暗転した。ホールの両脇には、青い照明がついている。隣を見てみると、青くなったアキラの横顔が見える。ヴィクトル・クリーマとはまったく異なる横顔だ。

11

コンサートのあとは、別々に帰る。アキラとマチコは長いあいだ会っていなかったので、邪魔をするつもりはない。私は自宅で翻訳の作業をする。ほとんど完成しているが、今一度初めから読み直し、原文と対応しているか、単語と単語、文章と文章を確認する。翻訳が完璧になるように試みる。不安な箇所は先生に相談しよう。幸いにも、そういう箇所は多くはない。その代わりに、もっとうまく訳せる箇所もある。より特徴をつかみ、はるかにいい訳語を思いつく。クリーマの文体と私の文体を統一する。クリーマは「青い」という日本語を青緑《ゼレンカヴィー》と訳し、私は青《モドリー》と訳している。「恋人」には表現が整っていない箇所が多くあるので、集中して丁寧に読まなければならない。

真夜中ごろ、クリスティーナが電話をかけてきた。父さんはスリランカに戻ったという。

「今度いつ会うのかわからない。二度と会わないかもしれない。そもそも私が会いたいと思うかどうか」

「弟は？」

「弟はって」肩をすくめているのが目に浮かぶ。「あいつに何かできると思う？　こないだの一件から、空港の見送りにすら行こうとしなかった。代わりに友だちのところにコンピュータゲームをしに出かけた」

「かわいそう」

「いや、そうでもないよ」電話の向こう側にいるクリスティーナの声に耳を傾ける。「で、そこで彼女を見つけたみたいだし」

「ほんと？　良かったじゃない！　ゲームの中の妖精じゃなければいいけど」

「ううん、リアルみたい」

「なら、めでたい。誰かを見つける人もいるのね」

「まあね」クリスティーナはため息をつく。

「ねえ、私たちも幽霊ばかり追いかけちゃだめだね、いい？」

「そう。人生は男だけのものじゃない」

「その通り」

「私は、彼女でも見つけようかな」電話の向こう側にいるクリスティーナは笑う。

「何？」

「ほかに可能性ないでしょ。男がみんな、ありえない奴ばっかだから」

私は黙る。

「私はだめだからね。自分の問題で手いっぱいだし、そのうえあんたに振り回されたくないから」

12

私は思わず口づけをしたので、自分が何をしているのか意識していなかった。彼女の唇は冷んやりとしていた。和菓子のように脆く、ふんわりとしていた。同時に緑茶のように苦くもあった。私の頬を彼女につけるや否や、私はパニックに襲われた。此の後、如何《どう》したらいいか判らなくなったのだ。清子は、先刻囲炉裏でいじっていた柔らかい煙の匂いがした。突き放されるかと思っていたが、驚いた事に、清子は私を抱き寄せた。私の頬に垂れた彼女の涙は温かった。

13

翌日、アキラはコルベノヴァで私を待っていた。今日は、カメラを首からかけている。バス停の割れたガラスを撮影している。挨拶を交わしてから、私たちは出発をする。

「今日見せたい場所は廃墟なの。だいぶ前から撤去しようとしてるみたいだけど、理由はわからないまま、まだ残っている。中学校のころ、同級生たちと遊んだことがあるけど、すぐに見張りの人に追い出された。この建物のこと、ネットで調べてみたけど、ホームレスの人たちはいないらしくて、見かけるのは写真家か映像作家だけだって。でも、私も中に入るのはやめとく」

アキラは頷いて、にやりとする。スプレーだらけの長い壁沿いに道の際まで歩いてゆく。アキラは昨日と同じブルゾン、ダークレッドのスウェット、ブラウンのパンツ姿だ。日本人はこういういかしたコーディネートをどこで学ぶのだろう。ここの男たちはみんな、寒くなると、カラーのウインドブレーカーと色の落ちたブルーのジーンズを取り出し、とてつもなく趣味の悪いテニスシューズ（せいぜいプレステージ（チェコの靴メーカー）がいいところ）を履いて、街に繰り出す程度だというのに。日本人男子はあまりない組み合わせを選んで、それぞれのスタイルを持っている。


敷地内のゲートのところにたどり着いた。驚いたことに、中に入るのは問題なかった。ゲートの先には自動車修理店とホステルがあるので、宿の値段を聞きに行くふりをすれば、門番は中に入れてくれる。数年前、男子と来た時は寮の裏手の柵にある穴から這っていかなければならなかった。

窓ガラスが壊され、稼働していない巨大工場の輪郭は通りからも見えるが、ゲートの内側に入って初めて、荒廃した建物が何棟もあるのがわかる。アキラは興奮している。シャッターを切る音しか耳に入ってこない。泥だらけの中庭を抜け、人のいない工場の近くを歩きながら、建物の奥に進むと、複合施設のいちばん大きなホールにたどり着く。目の前には、上から下まで四角形の窓が並んでいる大壁面が屹立している。割れている窓もあれば、元は緑に塗装された鉄の枠組みが剥がれ、ひびが入っているものもある。乾いた草もあちこちに生えている。建物前の舗石は亀裂が入っていて、階段からは木が伸びている。私はこの風景に圧倒された。稼働していたころは驚異的な建物だったに違いない。

アキラはカメラを顔に近づけ、ガラス窓沿いにあちこち歩く。窓は、丸い天井の上まで続いている。私は近くに行ってみる。内部はスプレーにまみれ破壊されていた。修復には何千万という金がかかるだろう。

「中を見たいんだけど」アキラはドアの中を覗いている。

「ううん、どうだろう。誰かに会ったらどうする？」

「誰もいないよ」アキラは首を振り、スプレーがかけられているドアノブに手をかける。半開きの十一番の戸棚に挟まれたクリーマの手のことが思い浮かんだ。

「待って！　バカなことしないで！」

この世には、開けてはいけないものがある。

「見るだけ。中はすごいよ！」

「誰か住んでたらどうする？　誰かに会ったら？　もし？」

「だって、ホームレスはいないって、君が言ってたじゃん……」

「ネットに書いてあっただけ。ほんとうかどうかわからない！」

アキラはにやりとして、ドアを少し開ける。

「いいアイデアだとは思わない」

「関心ないの？　中がどうなっているか」

「監視されてるかもしれない。見張りの人が来たら、どうする？」

「入っちゃいけないのを知らなかったと言えばいいよ。英語を話して、観光客のふりをすれば」

こんなことをする人だとは思わなかったけれど、よく考えるべきだった。カレル橋に立ち寄らずに、古い団地や廃屋の工場に関心を寄せる日本人はどこか怪しいに決まっている。

「警察と問題起こしたくないでしょ！　あなたは観光客なんだから！　他人の敷地に侵入して逮捕されたら、面倒なことになるよ！」

私の言葉を理解していないのか、それとも理解を拒んでいるのかわからない。アキラの目はきらきらと輝き、意欲に溢れた表情をしている。芸術家の興奮に取り憑かれたのかもしれない。私はあたりを見回してみる。誰もいない。カメラもない。

「わかんないけど」説得を続けるも、アキラはもう中に入っている。マチコが話してくれたけど、数週間前、東京で私有地の建物に入っていった時もこんな感じだったのだろう。

もう一度あたりを見回してから、私もあとを追って建物の中に入った。

14

ホールとは細い廊下で繋がっていた。不快な臭いがする。泥とカビ臭い壁。タイルや瓦礫《がれき》を踏むたびに軋む音がする。汚い雑巾やビニール袋もあちこちに散乱している。

「ほんとうに、中に入るの？」と私は囁く。だがアキラは宝探しを始めたかのように、躊躇することなく工場のホールへ直進する。余計、気分が良くない。足を踏み入れてはいけない場所にいるのはわかっている。自分たちはここの人間ではなく、ここですることはない。この廊下はそのことをはっきり示している。暗くて汚い廊下は奇妙な感じをもたらしていた。いや、私は絶対ここの人間じゃない。でも目の前にいる黒い姿のアキラは、何もためらわずに前へ前へと進んでいる。

ほんの数歩進むと、周囲がぱっと明るくなった。まるで別世界に、トンネルを抜けて別の次元に出たかのようだ。

ホールの内部は、外から見るよりもはるかに魅力的だった。ガラス窓は床から天井まで壁面全体に設置されていて、汚れたものもあれば、割れたものもあり、室内に光をもたらしていた。床では葉っぱが風に吹かれて舞っている。天井は、腐食した木造の梁で支えられている。窓とは反対側の壁はスプレーだらけだった。どこから持ってきたのか、ソファが壁の前に置いてある。壁には、古い洗面台が取り付けられていて、破片やくずで溢れている。そればかりか、火を燃やした輩もいたのだろう、木の燃えかすが残っている。KFCのカップ。ビラ（スーパー）のビニール袋。

「気をつけて」私は天井を指差した。アキラは頷いて、撮影を始める。まるで黙示録の世界にいるかのようだ。ここで、ミシンや金床、用途のわからない機器が並んでいた様子を思い浮かべる。人もここを歩いていた。汗をかいた男、チェック柄のスカートを穿いた裁縫師がいた様子を心に思い描く。このホールでいったい何が作られていたかはわからない。けれども、この空間には圧倒される。

15

空に少しずつ雲がかかり始め、太陽が隠れつつあった。

「そろそろ行かないと」

いずれにしても、予想よりも長く滞留している。空間に圧倒されていた当初の感覚はなくなった。安全とは思えない。雲が出て、光が部屋から消え、満たされない可能性と忘れられた古い時代の空虚さと虚無感が漂っている。壁は、呻《うめ》いているかのようだ。ここから立ち去りたい。

「怖いの？」

アキラはカメラを下ろし、首にかける。

「怖い。誰かに襲われるんじゃないかって。もう行こう」

私は出口に向かおうとする。でもアキラは動こうとしない。どうしたの？　振り返って何か言おうとするが、アキラは唇に指を当てる。

「シーッ」

「何？」と囁いたけれども何も聞こえないので、耳をそばだてる。

　アキラは鎖に巻かれたように棒立ちになっている。胸が高鳴った。まるで何かのレースを始めるかのようだ。ビクつき、不規則に鼓動する。私はアキラのほうを向いて首を振った。何も聞こえない。でもアキラは動こうとしない。その時、耳に入った。ほかの人の声だ。それから足音もする。線路からこっちへ向かってくる。

　私は目を見開いた。アキラも私のほうを向いて目を大きく開けた。走って逃げる？　いや、そうしたら音が出る。たがいに様子をじっと見ている。どうしたらいいかわからない。足も動かない。

「この忌々しい天気に、クソ寒いし、ちきしょう。キンタマも凍っちまう」はっきりと声が聞こえる。声が近づいてくる。警備員ではないよう。

「おれもだ！　クソサミー！　せめて飲み食いできるだけの小銭でもありゃいいが」

　アキラは私に近づいて、手をとった。ようやく私は動き出すことができた。重々しく、ぎこちなくだけれども。まるで足は床にくっついたままで体だけ動いているかのようだ。

「あのクソみたいな線路は今度から通らない」女性の声が聞こえる。「危うく木の枝が目に刺さるところだった」

　アキラと一緒に、ドアの近くに移動する。

「まだ残ってるって言っただろ。早いとこ売っちまおう、一キロ二百コルナだろ……」

　廊下の薄暗がりで、レンガにつまずく。あっという間に床に倒れる。痛い。肩が何か固いものにぶつかった。アキラは私を起こしてくれる。まるで映画のスローモーションのようだ。頭をぶつけた？　わからない。多分唇を噛んだみたい。

「おい、ここにあるぞ！　これは運べないな。見ろよ、おい」

　アキラは私を持ち上げ、ドアの後ろの片隅に連れていく。ホールからは死角になっている。男の声がする。

「おい、何か聞こえなかったか？」

「何かって？」

「ぶつかった音」

「聞いてない」

「おれも、聞いてない」

「わかんねえ。梁か何かだな。しょっちゅう落ちてくるから。落下してくる前に、早く選んで運んじまおう」

　ホールでは、何人かの男と一人の女が動いている。何かを踏む音や靴の下の瓦礫の音が聞こえる。ここに盗みに入ったのだ。いったいどういう連中なんだろう。暗い廊下の壁に、アキラと寄りかかっている、息ができない。泥とかびのにおいがするし、口の中は血が出ている。それにアキラの香水も。かれのブルゾンからはメンソールのにおいがする。においが奇妙に入り混じっている。突然、においをはっきり感じるようになるのは不思議だ。まるでにおいに包囲されているようだ。

　突然、まずいことを思い出した。携帯の呼び出し音を切ってなかったのだ。万が一鳴ったらとんでもないことになる。ポケットから携帯を取り出し、電源を切る。でもすぐに、それはいいアイデアじゃなかったと気づく。もしここで何かあったら、どうやって救急車を呼べばいい？　アキラにはできない。

「めんどくせえな。こいつマジ重いんだけど」

「お前のクソみたいにな」

連中はどっと笑う。

「だべってないで、早くしろ」

「よう！　やっちまえって！　時間がないぞ！」

アキラはホールのドアのほうにそっと動く。私はブルゾンをぎゅっとつかんだ。

何をしようっていうの？

アキラは首にかけているカメラを指差した。

頭おかしくなったの？　私は激しく頭を振る。アキラはカメラを手にした。

やめて！　かれを小突く。

でも、アキラはカメラを目のところに近づけ、ドアのガラス越しにファインダーを当てる。こいつを連れてきた私がバカだった！　マチコ、あんたも殺す！　兄貴が自殺願望を持ってるって、なんで言わないの！

その一秒後、カメラはカシャッと音を出した。

「おい、何だ？」すぐにホールから反応がある。

静けさが広がる。

「ちょっと、あっち見てきなよ」女性の声がする。

私は目を閉じ、ポケットに手を入れる。指先で何かに触れた。

「必要ないって、ネズミかハトだろ」

「わかんない。ちょっと誰か見てきて」

ポケットには、魔法のペンがある。クリスティーナの母さんからもらったやつだ。手を震わせながら、そのペンを握る。アキラの手も。見つかる時は一人でいたくない。自分の心臓音、それから足音がこっちに近づいてくる。ポケットのペンをぎゅっと握ると、目から涙がこぼれた。怖い。最近、うまくいかないことばかり。それもここでおしまい。暗い、気持ち悪い廊下で。もう誰も私たちを見つけることはできない。

　悪魔が別世界から私たちのところにやってきた。

16

「どう？　何かあった？」

　私たちの隣のドアのところに、嫌悪感を誘う生き物が姿を見せる。爪がドアの枠をつかみ、アルコールのにおいがする。顔は見えない。ぼさぼさの髪だけだ。

　アキラの手は汗だらけになっている。胸のカメラははっきりとしたシグナルを送っている。おれは高価だ。それなりの価値がある。

　自分のだけでなく、アキラの心臓の音も聞こえる。宙を舞い、道を示す二本の旗のようにユニゾンで鼓動している。ここだ。こちらにきて。こちらに気づかないで。

「何もねえよ。言っただろ」

「ほんと？」

「ああ」

「じゃあ、早く済ませてずらかろうぜ」

　男はドアのところから立ち去る。

「ドブネズミばかりだな……」

「無駄口叩いてねえで、こっちを手伝え。早くしろって！　来いよ。こんなに時間かかってって、マーラがぶち切れるぞ」

　声がだんだん遠くなっていくのがわかる。

その後もしばらく、私たちは廊下で黙ったまま立っていた。

17

連中がいなくなったのを確認すると、急いで外に出る。人のいない建物を抜けて、通りまで出た。

「大丈夫か？」文明の香りがする場所に出ると、ようやくアキラは尋ねてくる。周りには車が行き交い、人が歩いている。

「頭おかしいの?!」返事をする代わりに私は叫んだ。「いったいどういうつもり？」

アキラは膝に手をつき、ゼーハーと肩で息をしている。そのあと、ポケットから煙草の箱を取り出し、一本、私に勧める。私は目に入っていないかのようなふりをする。

「あんた、バカ？　どうして写真撮らないといけないの？　何考えてんの？　見つかってたらどうなってたと思う？　奇跡的に見つからなかっただけ！　あんたのカメラ盗られてたかもしれないんだよ。まあ、それはそれでよかったんだろうけど」

煙草の箱が、私の顔の周りであいかわらず動いている。和解を促してるつもり？

私はポケットに手を入れ、自分の煙草を取り出す。

「帰る」と私はアキラに告げ、地下鉄に向かおうとした。

「待って」私の手をつかむ。

「触らないで！」私は手を追い払った。

声が震え、煙草を持っている手も震えている。手すりに寄りかからないとだめだ。アキラは火をつけてくれる。そのあとティッシュをくれる。

「血が出てる」私の唇を指差す。私の煙草のフィルターは真っ赤になってる。

「あんたのせい！」

私は口を拭く。そしてポケットにティッシュを突っ込む。

「ごめん、申し訳ない」

よく言うよ。

「あそこに行くべきじゃなかった」

震えが止まらない。アキラは隣で手すりに寄りかかって、私の肩を撫でようとするが、私はその手を払う。触ってほしくない。

「すごい写真が撮れた」

「マジで？　それはほんとうにすごい。きっと私も体調良くなる！　グッゲンハイムにでも飾ってもらったら？」

「見たくない？」

「見たくない」

ふと、とてつもない寒さを感じる。怒りで震えているのではないのかもしれない。いや、単に寒いだけなのかもしれない。吸い終わると、吸い殻を踏んで立ち上がった。

「じゃあね」地下鉄に向かう。アキラは私の後ろから二歩のところにいる。

「もう、怒らないでくれ」

「かまわないで」

「ほんとにごめん」

「もう！」私は立ち止まる。そしてもう一本、吸い始める。

「いったい、どうなっていたかわかる？　あいつがレンガを拾い上げて、あんたの頭にぶつけるだけでことは済むんだよ！　どうしたらいい？　どうやって私は救急車を呼ぶの？　どこに呼べばいいの？　コルベノヴァの廃屋に来てくださいとでも言うの？」

アキラは申し訳ないという表情を見せる。

「あそこで殺されてたかもしれないんだよ！　そのカメラのせいで！　わかる？　いや、私が殺されていたかも。それか、あんたを殺して、私をレイプする！　簡単な話！　関係ないふりしているのが理解できない」

「だから、申し訳ないって言ってる」

「いったいどうして写真を撮ろうなんて思うの？」

「止められなかった」アキラは手を投げ出す。「こんな写真、二度と撮れないから」

「どうかしてる」

アキラは返事をしない。

「あんた、バカ！」私は今一度地下鉄に向かう。アキラは私のあとをついてくる。

「せめて、飲み物をおごらせて。このまま家に帰れないだろ。帰り道で何かあったら、おれは」

私は歩道に視線を落とし、少し考える。

「わかった。ウイスキー飲む。そしたら帰る」

「わかった」アキラも同意する。「おごるから。もう怒らないで」

18

地下鉄の車内でアキラは坐ろうとせずに、ずっとドアの脇に立ったまま、ヒクヒクしながら棒につかまっていた。顔は硬直し、拳をぎゅっと握り、付け根の関節が白くなっていた。床をじっと見たまま、ほかのものには目もくれず、耳も傾けず、数駅のあいだ、まるで私などいないかのように何も話そうとしなかった。

私たちは〈ブカーチ〉に入った。アキラはウイスキーを二杯注文する。店内は薄暗く、壁の棚にはロウソクが灯っていた。

「大丈夫？」

「ああ」

アキラはグラスを持ち上げ、乾杯をする。そしてグラスに口をつける。ウイスキーは美味しく、口の中が燃え、体を流れるのがわかる。その上、唇が殺菌される。突然、酔いたい気分になる。ありとあらゆることがどうでもよくなった。すべてを頭から追い出したい。

「あんた、ほんとにイカれてる」頭を振って、グラスから少し飲む。アキラはテーブルにカメラを置く。

「写真を見せて」好奇心が勝る。アキラは笑って、画面をタップして、私に体を寄せる。またメンソールのにおいがした。

写真には、ガラス張りの天井の下、巨大な工場の誰もいないホールのガラス張りの壁を背景にして、ホームレスの連中が言い争いながら、廃品回収所へ運ぼうと力を合わせて、ガラスのない大きな鉄の枠を持ち上げようとしていた。

ウイスキーを三杯飲んだころには、今日の出来事は大したことじゃないように思えてきた。さっきはヒステリック過ぎたと自分でも思う。アキラが話す同僚のことで笑ってしまう。仕事中に疲労のあまり、地上数十メートルのところに吊るされながら居眠りしてしまい、そればかりか洗うべきオフィスの窓にたっぷりよだれを垂らしていた人。ほんとうかどうかわからないけれども、アキラは話がうまい。私も笑いを求めていた。

毎日、地上数十メートルのところにいる人間は、安全について私とは異なる尺度を持っているのだろうと思った。

「それにしても、不思議。どうして窓にそんなにこだわるの……」私は首を振る。「いつからそうなの？」

「うん」アキラは考え出す。「高校を卒業してからかな。この清掃会社に勤めたのは。ほんとのことというと、窓とは因縁があるんだ」

「インネン？　どういうこと？」

「ある出来事があってね。それで死ぬまで、窓と関わることになると思ってる」

私はよく理解できず、アキラを見ている。

「窓拭きは、ある種の治療なんだ。精神科の先生に勧められてね」

「精神科に通ってるの？」

「最近は行ってない。でも、一時期は定期的に通っていた。〈ワッシング〉で働く前までは」

「〈ワッシング〉って何？」と私は尋ねる。

「おれが働いている会社」アキラはにやりとする。

「ああ、そう、知らない単語かと思った。そう、意味わかる。英語の〈ウォッシング〉からね」

「ぶっちゃけ話すと」アキラは続ける。「うちの親は、おれが、法律家か、教師か、医者にでもなると思ってたみたいなんだ。だから高校のあと大学には行かず、職を転々としているのが納得できなかったみたい。妹がおれのことを話したかわからないけど。同じ職場に数か月といられなかった」

「どうして？」

「窓のせいで」

「何……？」

「このことはあまり話したことないんだけど、君には話すよ。借りがあるように感じるから」アキラは一口飲む。グラスは空になりかけている。顔が赤くなっている。一般的に日本人はあまり酒には強くないが、アキラも例外ではないようだ。

「閉所恐怖症なんだ。窓のない閉鎖空間にいると、具合が悪くなって、落ち着かなくなる。天井が今にも落ちてくるんじゃないか、壁が迫ってくるんじゃないか、世界が螺旋状に波打ってくるんじゃないかって思うんだ。汗をかき始め、卒倒することもある。だから地下鉄は苦手なんだ。十七の時から。それまでは大丈夫だったんだけど」

「何があったの？」

アキラはウイスキーを一口飲む。

「十七の時、くだらないバンドで演奏してたんだ。そのころは、どうやって有名になるかってことばかり考えていた。あのころはとてもひどかったってマチコなら証言してくれるはず。君が見た写真の通りだよ。当時はヴィジュアル系がとても流行っていて、クラスの女の子たちも化粧した男の写真を交換してた。それでおれもやってみたらどうだろうって思ったんだ。ずっと一人だったし、メイク・アップをすれば、うまくいくと思った。それに途中でギターも弾くようになった」

「効果はあったの？」

「女の子に？　初めてのライブのあと、女の子と初めて寝た。オーディエンスの一人だよ。だから効果はあったんじゃない。窓の話に戻ろうか」アキラは灰皿に灰を落とす。「で、少しは練習しないといけなかったから、渋谷の倉庫に練習場を見つけた。若い連中に寛容な人がいてね。週に二回そこに通ってた。そこは、ドラマーの親父《おやじ》さんの会社が所有していた缶詰の保管倉庫だった。笑いたくなるぐらいの小額で、練習場として貸してくれた。地下の深いところだったので、演奏しても気にする奴はほとんどいなかった。

そのころのうちの生活がどうだったかはマチコが話したと思う。父さんは北海道で、母さんは家で一人暮らし。そのころ、おれたちは鬱憤を晴らしてばかり。おれらは、いっつも友人たちのところに泊まってばかりいたから、母さんは死を考えるほどだった。かわいそうに、ずっと、おれたちのことを心配していた。携帯は繋がらないし、妹は、あのひどいクリスチャンの学校を休んでばかりいたしね。おれはいつもバンドの連中と外出していたし、家には帰らなかった。何日間も連絡をしないこともざらにあった。初めのうち、母さんは怒っていたけど、じきに慣れたみたい。でも、そんな生活がしっかりと復讐してくれた。っていうのも、この練習場でほんとにひどいことが起きたんだ」アキラは一口飲む。

「それは、夏休みのことだった。父親が倉庫を所有していた奴は、夏休みが始まった三週目に家族旅行にいく予定になっていた。そいつの父親は会社も長い週末休暇にして、家族と温泉に出かけた。おれたちはかれらが出発する前日にリハーサルした。で、練習を終えて別れてから、おれは財布を忘れたのに気づいた。そう遠くない場所だったから戻ることにしたんだ。地下かよ、とその時思った。ギターを持って階段を降りるのはめんどくさかったし、財布を取ってくるだけだからと思って、ギターとカバンを階段の上に置くことにした。階段を降りてドアで暗証番号を入力し、中に入って電気をつけてみた。財布は、コンポを置いた木箱の下にあった。

　財布を拾って、外に出ようとした瞬間、倉庫全体の電気が消えた。どうなったのかわからなかった。電気は消え、ボタンを押せば開くはずのドアも動かなかった。携帯も階段の上に置いてきたから、完全な闇の中にいる羽目になった」

「大変」

「うん、でも、初めは大変だとは思わなかった。ちょっと待てば、どうにかなるだろうと思ってたんだ。でも、どうにもならなかった。二日半、何も起きなかった。叫んでみても、誰にも聞こえない。狂ったようにドアを叩いても、何の役にも立たない。しばらくして、階段の上に置いたカバンから携帯が鳴っているのが聞こえた。母さんが探してたんだ。でも、そのころは何日も家に帰らないこともあったから、そんなに心配していなかった。だけどそれから二日間、誰も来なかったんだ。休日だったから。

箱の上に二日間坐り、ツナ缶を食べた。それからというもの、ツナ缶は口にできない。これはけっこう、日本では大問題なんだよ」アキラは笑う。「しばらくして、時間の感覚がなくなった。それに風邪を引いた」

「誰が助けたの？」

「別れたばかりの彼女。おれを見つけて、練習場に閉じ込められてるっておれの母さんに電話したんだ。その時の彼女はとってもヒステリックだったみたい。発見された時、おれはツナ缶を食べまくってぐったりしてたから、彼女に電話をかけることもできなかった。彼女もおれに電話をかけてこなかったし、じっさい別れてたからそのままになったんだ」

19

「暗闇の中で閉じ込められたことある？」

「ない」

アキラは顔をしかめる。

「初めのうちは、すぐにどうにかなるって思う。助けを求めて声を上げて、外に出ようと試みる。それがうまくいかないと、待てばいいじゃないかと思う。でもすぐに自分を見失い始める。横になれるように箱を蹴ったりして、どうにか方向感覚を保とうとする。

そして強烈ににおいを感じるようになるんだ。音も。音のすべてのスケールが耳に入ってくる。引っ掻く音。隙間風の音。叩く音。こんな音を出す動物は何かって考え始める。ネズミは苦手？

倉庫には何匹もいたよ。

そのあと、絶望に暮れて光を探し求める。どこかに光がないかって。電球の点滅。部屋の物にぶつかり、坐っているほうがましだと理解する。その後全身が痛み、また歩こうとする。腹が空いて、喉はカラカラになる。でも、あるのはツナ缶だけ。初めのうち、何もないよりかはマシかなと思う。選択肢としてツナ缶はまだいいほうだ。ラディッシュのカット缶だったかもしれなかったから。それでツナを食べる。だが、だんだんおかしくなる。部屋中、ツナのにおいが漂う。それからトイレに行きたくなる。それがどんな問題をもたらすかは言う必要はないだろう。

で、けっきょく待ち続けるしかない。階段の足音をひたすら待って、待って、待ち続ける。でも、誰も来ない。それがとてつもなく長く続くんだ。

その時、おれが求めたのは窓だった。せめて小さな窓があればって思った。通りを歩く人の姿、公園を歩く人の姿が見えたらって。いろいろな窓の形を思い浮かべてみた。汚れた窓、きれいな窓、壊れた窓、家の窓、オフィスの窓、ショーウインドー、天窓、地面近くの窓、倉庫の窓、庭園に面した窓、西洋の窓、日本の窓。それからドア。いろいろなドアの形を」

アキラは一口飲む。

「倉庫から運び出されて経過観察で二日間入院した。そこはとてつもない光が輝いていた。いたるところに蛍光灯があった。担架で運ばれた時、蛍光灯の光がチラチラ光っていたのが見えた。天井の蛍光灯だった。二日後、おれは退院して家に戻った。

それから始まったんだ。寝られなくなった。暗いところにずっといることができず、小さい子どもみたいにランプを灯さないとだめだった。夜、トイレに行くのも怖かった。夜に目を覚ますのが何十日も続き、昼間は集中できない。歩きながら眠っていた。それで閉鎖空間を避けるようになった。あまり人に気づかれないように。エレベーターの代わりに階段を使う。健康だし、自分のためだと自分に言い聞かせた。それから、地下鉄やバスを使わなくていいように、長い距離を歩くようになった。しまいにはタクシーにも乗れなくなった。日常生活から完全に疎外されてしまったんだ。どうやって高校を終えられたのかもよくわからない。バンドはやめた。倉庫にはあれから二度と行かなかった。大学に進学しないのははっきりしていた。仕事に就こうとしても問題が生じた。夜は眠りにつけず、歩くのは遅いし、何かを倉庫に取りに行くこともできない。エレベーターを使うこともできなかった。で、いつも首になったんだ。そういう生活が続いた。ある精神科医に出会うまでね」

「それは大変！　何て助言されたの？」

「それで、今みたいにすべて打ち明けると、もちろん、今以上に話すのに苦労したけど、すると、職場が閉鎖空間でない仕事を見つけなさいって助言してくれた。ホテルの受付、レストランの厨房は論外だった。造園業も提案されたけど、この職種で何かを見つけるのはけっこう大変だった。歩道を掃くのは気が進まなかったし。それで、運命的なことに、窓の清掃に落ち着いたんだ。部屋を覗くんだよ、外側からね。逆転の発想だった。だが、おれにはちょうどよかった。それで、窓を撮影しようと思ったんだ。今はエレベーターも、地下鉄も乗れるようになったし、そればかりか飛行機も一人で乗ってきたんだ。普通の生活に戻りつつあると思う」

20

居酒屋をあとにして歩いている時、私たちはそうとう泥酔していたと思う。いちばん近くの交差点で立ち止まる。アキラは、ここからそう遠くないホステルに泊まっていて、私はプラハを横断してカチェロフに向かう。でも、そんな気分になれない。

「今日は楽しかった」アキラは笑みを浮かべながら、ポケットに手を突っ込んでいる。「何から何までありがと。いつか会えるといいね。いつか君が日本に来たら」

「もちろん。窓掃除の足場に連れてってね。高層ビルの上から吊るされているところに。今日のコルベノヴァの恐怖体験に勝る唯一の選択肢だから」

「まだ怒ってる？」

私は首を振る。

「試験うまくいくといいね。応援してる」

「ありがと」アキラがにやりとする。「入試用の最高の候補作はもうできてるから」とカメラをパンと叩く。「感謝してる」

「いいえ、こちらこそ」

アキラは目をこする。

「どうして、そんな顔してるの？」

「どんな？」

「憂鬱そう」

「どんな風に憂鬱そうなの？」

「ここにいるのに、いないような感じ。考えていてもすぐにどっかに行ってしまう感じ、時々、宙を見つめては顔をしかめてる。今日だけでも何回かあったよ。何かあった？」

「ホームレスの連中にレイプされそうになった以外に？」

アキラは顔をしかめる。

「また、その話」

「わかんない」私は肩をすくめる。「最近、どうも悲しいことばかりで」

「何か手助けできる？　何かいいアイデアを提供するとか？」アキラは近づいてくる。

「じつは」私は考え込む。「今日はうまくいったと思う。ホームレスに犯されるんじゃないかってずっと頭をよぎってたけど、少しは気分が紛れた」

「それはあまりいいアイデアじゃないね」アキラは近づいて、私の髪に触れる。

そして頭を撫でる。背は高くて、恰好がよく、あの細い目をしている……。でも、ゼロから付き合い始め、ジシュコフのホステルでイカれた日本人と一夜限りのセックスをして、ヴィクトル・クリーマとの関係をすっぱり断ち切るのもありかもしれない。セックスするっていう言葉を出して、心の中で笑う。でも、そんなに可笑しいことでもない。そう、私は酔っている。

「何してるの?」私は囁く。

「だめ?」

そう、問題はこれだ。恰好いい男子で、たしかに楽しい奴で一緒にいて退屈ではない。でも、マチコの兄。一晩の逃避行に異論はないけど、たった一晩の出来事で何時間も延々と言い訳する羽目になる。その一方、私が兄と寝たと知っても、そんなに困惑しないんじゃないかとも思う。でも、誰もたしかなことはわからない。

「髪、きれいだね」

そう。黒じゃなくて、ブロンドだから。日本じゃ見られないでしょ? バーラと一緒に東京を歩いている時に「これはプラハにはないんだ。これはプラハじゃ見られない」とペパが言っていたのを思い出した。ったく。どうして、この瞬間にペパのことを思い浮かべるの? すぐにその考えを忘れようとする。

「ホテルで休んでいかない?」アキラが尋ねる。

その時、ヴィクトル・クリーマのことが思い浮かんだ。あの笑顔、手でいつも掻いているボサボサの髪の毛。辞書で漢字を調べているあの指。ヴィクトル・クリーマのぼろぼろのジャケット。ヴィクトル・クリーマのガタがきたメガネ。自宅でギターを弾くヴィクトル・クリーマ。足をふらつかせ、永遠に風に吹かれているヴィクトル・クリーマ。一緒に歩いていると、端に寄ってくる癖があって、いつも私を建物の壁側に押し付けるヴィクトル・クリーマ。大学の廊下を彷徨《さまよ》っている化け物。

「ごめん、家に帰る」アキラににやりとする。アキラは肩をすくめ、笑みを浮かべて、数歩下がる。

「わかった。好きなように」

「ごめん」

「大丈夫。このほうがたぶんいいから」

アキラを見ていると、突然、かわいそうに思えてきた。数年前、倉庫で何かを忘れてきたようにも見える。自分の一部を。自分の感情の一部を。心の中の安定を。それからずっと探しているのだろう。極端な状況を探し求めることで、元に戻れるかもしれないと。自分で自分を試しているのだ。私が関係を始める相手はこの人じゃない。これ以上、近づいたら、私は永遠に守護者の立場になるだろう。倉庫から現実の世界へ引きずりだす役目を担うだろう。それは私の未来じゃない、別の誰かが担うべきことだ。

「一人で家に帰れる？」アキラは尋ねる。

「うん、ここでトラムに乗るから」

「わかった」

「日本で、足場に行けるの楽しみにしてるから」私はにこりとする。

「もちろん。貸りがあるしね」

21

帰り道で、午後ずっと携帯を切っていたのに気づいた。コルベノヴァの工場でオフにしてから電源を入れるのを忘れていた。電源をオンにすると、母さんからの山のような着信履歴が画面に表示された（家に帰ってから、一日中、どうして返信をしないのってこってりしぼられた）。それと、クリーマからの着信履歴が二件あった。

22

手際良く、清子は私の着物を解《ほど》いた。此れから如何《どう》なるか、私は思い巡らした。

「清子さん？」と尋ねたが、彼女は何も答えなかった。私の背中から着物を脱がし、其の後、自分の着物も解いた。

此れ迄に女性の裸を見た事は幾度かあった。母、叔母、温泉で一緒になった人、湖で水浴びをしていた女性。ただ、裸の女性に触れた事はなかった。清子は私の手を取り、胸に置いた。先端が軽く突起し、小さく柔らかい胸だった。私は熱を感じた。胸を少し押すと、清子は小声で呻《うめ》いた。恐る恐る、頭を彼女の方に持ち上げた。彼女の気分を害したのではないかと怖かったのだ。何か言葉を発するかと思ったが、其の代わりに私を抱き寄せ、首元に口づけをした。此の世のものではないかの如く、彼女の体は冷たかった。床張りの木も冷たかった。

其の日、私は初めて女性と交わった。黒い梁のある高い天井を眺めながら、この儘《まま》、家には帰りたくないと思った。だが帰らなければいけないのは判っていた。清子が何故私と交わろうとしたのか、私にはよく判らなかった。私の作文のせいなのか、其れとも、ただ、私は彼女と一緒にいて、彼女が淋しいと感じていたからなのか。

若し私の作文が引き金になったとしたら、私の文章が全く異なる感情を人々に呼び起こしたのが信じられなかった。私の先生達は気分を害し、理解できないという態度を見せたが、私が愛した女性は優しさと愛を示した。其の時、私は作家になろうと決意した。人々に感情を呼び起こしたいと意識したのだ。

「屹度《きっと》、貴方は大作家になるわ。」清子は静けさの中で言った。

「そう思う？」

「約束する。」

「そういう事は約束できないよ。」

「出来るわよ。私は魔法使いだから。」

第九部　渋谷

1

三月になった。桜が咲いている。日射しが暖かくなっている。渋谷の書店は窓を開けている。ミステリーの棚の前に立ち、東野圭吾の最新作をぱらぱらとめくる。店内には賑やかな音楽が流れ、客が入ってくるたびに、店員たちが声を出す。「お母さん、お父さん、私、結婚します」――女の子の震える歌声がスピーカーから聞こえる。東野を棚に戻す。こんな騒音のなかじゃ集中できない。

　マンガコーナーの細い通路を散策する。純文学のコーナーとは異なって、ここには大勢の人がいる。通行の妨げになるので、通路での立ち読みはおやめください、と従業員のアナウンスがスピーカーから流れても、無視を決め込んでる。制服姿の女子がいちばん奥に立っている。私と同じくらいの年齢だろう。金髪の少年が愛を告白して、女の子が顔を赤らめるという少女向けのマンガを読んでいる。ページはバラの蕾に縁どられていた。

　その女子の隣では、スーツ姿の男性が江戸時代の歴史マンガのページをめくっている。細部まで書きこまれた侍の生首を見つめている。私は、数百ものカラフルな表紙と背表紙が並んでいる棚を横に見ながら歩く。こういう通路をぶらついて数年を費やす人もいるだろう。白黒のページに目を釘付けにして、じっさいに生きている世界とは別の世界に逃避している。私がしていることも同じだ。そうでもしなければ、孤独のあまり、とっくに頭がおかしくなっている。

　通路の端に、グレーの上着を肩にかけた男が立っている。長髪で、鼻先にメガネが見える。近くを通ると、その男は頭を上げ、私のことが見えているかのように、こちらを見つめる。外国人だが、手塚治虫のマンガを手にしているから日本語ができるのだろう。私はそこを通り過ぎて角を曲がる。振り返ってみると、そいつは棚から頭だけ出している。視線で私を追いかけ、私の姿が見えているのが信じられないという表情を浮かべている。ミステリースリラーを読んだばかりだから、私もおかしくなっているだろう。新鮮な空気を吸わないと。

　外に出ると、活気あふれる渋谷が出迎えてくれる。角にある煙草屋で新聞を手に取って、文化欄を見てみる。近くで村上隆の展覧会が数日後に始まるみたい。これは見逃せない。渋谷の常設展はぜんぶ見たので、久しぶりに新作が見られるのは嬉しい。

　道を渡ろうとするが、ド派手な恰好をした女子グループが邪魔で歩けない。「マジで？」一人が仲間に訊いている。「で、いくらだった？」靴のことを話している。女子は、ちょうど私の目の前でタクシーを止める。運転手は白い手袋をはめ、車のシートにはレースのカバーが掛けられている。彼女たちは笑いながら車に乗り込む。渋谷からタクシーで移動するくらいだから、そうとうお金があるんだろう。どこに行くのかと思って体を倒すと、背後に誰かが立っているのがタクシーの窓ガラス越しに見えた。振り返ると、さっき書店で私を見ていた男と視線が重なった。一瞬、私のことが見えているようだったけれども、すぐに相手は視線を隣の建物へ逸らす。高齢者向けランチデリバリーのメニューが気になったのだろうか？　手にしているカバンは、パッと見ただけでも十キロはありそうだ。

　女子チームを乗せたタクシーが音を立てて発進すると、歩行者用の信号が青に変わった。信号はピーピーと音を出しながら、そのあいだ、反対側まで歩行を続けてよいと合図を出している。私が横断歩道を渡り始めると、男もあとを追ってくる。私は土産物ショップの前を通り、さらにマクドナルド、自販機をいくつか通り過ぎる。男はずっと私を尾行してる。歩く速度を速めると、向こうもスピードを上げてくる。まったくもって不愉快だ。いったい何者だろう？　立ち止まって声をかけるべきか？　ありえない。私のことは見えてないのだから。ここに来てから、私の姿を見たのはあの女ただ一人。しかも、かなり特殊な状況だった。七年が経って誰かが私に気づく、そんなことを考えるのはどうかしてる。とにかく、あいつの視界から消えるのがベストだろう。いつも同じ方向に向かってるのにイライラする。角にあるパチンコ屋でフェイントをかけ、店をいくつか通り過ぎてから道の反対側に出る。

男が私の視界から消えたのを確認して、胸を撫で下ろした。でも同時に虚無感に襲われる。せめて一人でも友だちがいれば、最高だったのに。もう一人の彷徨《さまよ》える〈想い〉との出会い。それは、きっと自殺か、テロ攻撃を思い立ったとてつもなく気の滅入る〈想い〉に違いないだろうけど。

2

あの奇妙な尾行男をまいてから三日が経つというのに、ついあいつのことを考えてしまう。この世界で私は一人じゃないって感覚が久しぶりにもてた。もちろん、単なる感覚だけど、仮に眠ることができたら眠れないぐらい、人が恋しくなった。

バス停の手すりに腰かけて日光浴をする。もちろん、肌が黒くなることなんて、これっぽっちもない。仮に日焼けしたところで、それを見てくれる人がいないのだから、そもそもこんなことに意味はない。まだ言ってなかったけど、私は顔に太陽光線を感じることすらない。だから日焼けする理由はどこにもない。でも、日を浴びているあいだは少しだけ生きているって感じがする。ふらつく影としてではなくて。

目の前でバスがけたたましいクラクションの音を鳴らした。私は目を見開く。バスは渋滞した道路のど真ん中に停止している。あやうく後続車が衝突するところだった。何が起きたのだろう。状況を理解するのに、長い時間はかからなかった。
「気をつけろ！」運転手が窓から声を張り上げる。よく見ようと、私は目を細める。バスの前で男が一人、地面に散乱した本とノートをかき集めている。左右を確認しないまま、車道に出てしまったようだ。本をカバンに懸命にしまっているが、そのあいだも、すいませんとお辞儀をしている。怪我人が出なくてよかった。もし、目の前で誰かが車に轢かれたら、私はどうするだろう。もちろん、応急処置を施すだろうけど、それが役立つか、あるいは最終処置になってしまうのかはわからない。

　男が本をカバンにぜんぶ片づける前に信号は青になり、大量の人が道路になだれ込んできた。男は首をぴんと伸ばして、通りの反対側に向かう。少しずつこっちに近づいてくる。歩道まであと一メートルのところで、どこかで見たことがあるのに気づく。それほど前のことじゃない。もし日本人だったら、見かけたことすら気づかないはず。でも、こいつは西洋人。三日前にまいたあの男だ。

　信じられない。待ち合わせてもいないのに、同じ人間と三日間で二回も会う可能性は、かぎりなくゼロに近い。これは運命にちがいない。男は自販機の前を通って、書店へと向かっている。少なくとも四メートルの距離を置いて、私は追い始める。

　あいつは何者？　何歳くらい？　二十五？　三十？　年上の男性は実年齢より上に見えてしまうから、自信が持てない。男は書店の前で立ち止まると、外から美しい挿絵と注釈つきの漱石の作品を少しのあいだ物欲しそうに眺めているが中には入らない。代わりに今度はコンビニ目指して歩き出した。

　ガラス越しに店内を見ていると、頭をカクカク揺らしながら、化粧品、オフィス用品、そして缶詰の棚を通り過ぎ、食品の冷蔵庫のほうに歩いていった。いちばん安い百円のおにぎりを手に取り、レジで支払いを済ませて外に出た。手すりに腰かけ髪をゴムでまとめると、買ったばかりの昼食に喰らいつく。

顔は角ばっている。こういうヨーロッパ人はタイプじゃない。自分の顔だって好きじゃないけど。鏡やガラスに映った自分の顔が偶然目に入ると、自分の異質ぶりに驚く。どれだけ浮いていて、どれだけ場違いか思い知る。街中を歩いたり、本を読んでいる時には、日本人と私とのあいだに違いがあるようには思えない。それは、自分自身の姿が見えてないから。ここで話されている言葉も、私には異質に感じられない。ラジオもニュースも理解できるし、映画館で字幕のない映画も観るし、カフェで話されていることもわかる。自分もそこにいる人たちの一人のような感じがする。それでも、ふとした瞬間、何かの弾みで自分の姿を目にすると、こっちをじろじろ見てくる化け物は何者だってびくりとすることがある。もちろん、私はここで唯一の外国人ってわけじゃない。それでも、自分に驚いてしまう。自分がフランスやイタリアのブティックのショーウインドーに飾られているマネキンのような感じがする。それほど美人でないのは別として。

あの男も、ここでは浮いている。髪が黒いとはいえ、体格と大きい鼻のせいで間違っても日本人には見えない。そう思うと、急に好感を覚える。自分しかいないと思っていた無人の惑星で、もう一人の宇宙飛行士に出逢う感覚とはこういうものなのかもしれない。

男はおにぎりの最後の一口を口に入れると、頭を上げた。視線が重なる。私は気が動転する。声をかけるべき？　いや、私が見えないんだから、それはバカげてる。でも、どうしてこんなにはっきり見ているのだろう？　よくわからない。何かが起きたのだ。私の理解できない何かが。私は周囲の世界から見えない存在ではなくなっている？　男は立ち上がり、おにぎりの包装ビニールを放り投げると、こちらに向かってきた。

こんな事態を予想してなかったから、私は走って逃げる。縁石をジャンプして、コーヒーの自販機の前を通って、ブティックを過ぎ、わき道にそれる。

「ちょっと！　待って！」

　後ろを追いかけてくる足音が聞こえる。目の前には、「この界隈では変質者が出没するのでご注意ください」という看板がある。この人、誰？　何の用？　通りの右手にある家電量販店に逃げ込んで、一階を駆け抜ける。男は追いかけてくるが、そうすんなりとはいかない。客が道を遮るのだ。逆に私のことは避けてくれるので、シェーバーの棚の裏に隠れることにした。

「ヤナ！」目標を見失った男は、最新モデルの携帯の山の中から声を出す。「ヤナ！」

　どうして、私の名前を知っているの？　携帯のコーナーを覗いてみると、追跡者は息を整えようとしている。男はあたりを見回している。けれども、周囲にはどこもかしこも日本人しかいない。ロングヘアの女の子はiPhoneのキラキラしたケースを眺めているし、年配の男性はシニア向け携帯のカタログを見つめていて、女性販売員は気持ちのこもっていない笑みを浮かべながら子どもを抱いた母親に何か説明している。

「ったく《ド・プルデレ》」男は悪態をついた。もちろん、私の耳にも届いた。チェコ語だったからだ。ギムナジウムの同級生？　でも、そんなやつが日本で何してる？　同学年だったとしたら老けてないか？

　男は何度も見回しながら、私を探している。しまいには場当たり的に掃除機のコーナーに向かった。どうしたらいいか、私にもわからない。そもそも、何でさっきまで逃げていたのかもわからない。私がここに来てから、あの人は、私の姿を捉えた初めての人。なのに、私は何をしてる？　逃げてるだけじゃないか。

　私は四つん這いになって、シェーバーの棚から電子レンジのコーナーへ移動する。掃除機脇の男は困惑した様子でキョロキョロしている。私の金髪が人混みの中で見えないかと思っている。もしかしたら、あの人が、私がここから脱出する唯一のチャンスかもしれない。それなら、利用しないといけない。私の名前を知ってるんだから、何か関係があるはず。

　私は立ち上がって、膝の埃をパンと払う。セール中のガス・ホットプレートのほうへすばやく移動すると、追跡者がうろついている扇風機コーナーに向かう。扇風機の風力がわかるように、それぞれの機器にはシルバーとグリーンのアルミ箔のテープがつけてある。ゆらゆらと揺れるテープは水中を漂う海藻のようだ。空中で渦をつくりながら、さらさらと音を出している。さっきまで私を追っていた男は、心を奪われたかのように、一階の反対側にあるゲーム機を見ている。

「あなた、誰？」背後から、私は姿を見せる。「どうして、私のこと知ってるの？」

　男はびくりとして飛び跳ねる。

「ヤナ？」男は眉を上げる。「君だろ？」

　顔全体に笑みがこぼれる。

「君なんだろ！　やっぱり！」そのあと私に飛びつき、抱きしめてきた。スピーカーからは、〈革命的なアイロン〉の広告が流れていた。

3

　私たちは店の外に出て、縁石に二人で腰かけた。コーヒーの自販機が近くでブーと鳴っている。どのドリンクも百十円。男はシャグを取り出すと、煙草を手巻きする。自己紹介をしてきた。名前はヴィクトル・クリーマ。

　あいつに見られているせいで、ぜんぜん落ち着かない。そればかりか、さっき、私に抱きついてきた！　やめさせることもできなかった。クリーマは二十六歳で、カレル大で日本学を専攻している。

クリーマは煙草を巻きながら、顔をしかめている。私が押し返したことがどうも気に入らないようだ。自分に会えて私が喜ぶとでも思っていたのだろう。それどころか、いきなり取っ組みあいが始まり、並べられていた扇風機を倒してしまったのだから。

私は説明を試みた。自分は、七年前からここに閉じこめられているヤナ・クプコヴァーが抱いている日本への〈想い〉なのだと。理解はしてなさそうだった。それから、〈閾《いき》〉を越えられないこと、食べることも飲むこともできないこと、電話ができないことも伝えた。クリーマは怪訝《けげん》そうな顔をした。私がからかっているとでも思ったのだろう。とはいえ、私にしてみればいちばんわかりやすい方法で説明したのだ。もちろん、こういう事柄がたやすく頭に入らないことは承知している。とはいえ、わざわざおし黙ることはないだろう。相手の話のうち、どうにか理解できたのは、本物のヤナ・クプコヴァーはかれと同じカレル大で日本学を専攻してるということだった。帰国してからも、私はあきらめることなく日本語を勉強しているらしい。クリーマには訊きたいことが山ほどあるけど、私が〈想い〉なのだという事実を受け止めることができるまでは、いろいろと質問するのは控えておく。

縁石に腰掛けているクリーマは、読み始めたばかりの本の結末を明かされたような表情をしている。あるいは、図書館で借りた本の最後のページを誰かが破いたのに気づいたような表情だ。がっかりしているのか、いらだっているのか、それとも困惑しているのか、言い当てるのはむずかしい。おそらくこういう感情のすべてが入り混じっているのだろう。目の前の歩道を見つめたまま黙っている。

「なあ」クリーマはようやく口を開いた。「プラハでいい別れ方をしなかったのはわかってる。あれからよく考えてみたけど、おれは最低だったと思う。お前と関係を始めるべきだった。おれはどうしようもないバカだよ、あのころ、お前がどれだけ素晴らしいかがわかってなかったんだから」

私は、ぱっと目を見開く。この男、ここで私に愛の告白をしてる！

「ずっと考えてたんだ」クリーマは独白を続ける。「電話しようかしまいかって。初めは、何回か電話してみたけど、一度も繋がらなかった。厚かましい奴にはなりたくなかったから、しまいには電話をやめた。でも、ずっとお前のことを考えていた。ここに来てからも毎日、お前が来ないかなって祈っていた。ここで何をしても、これやったらお前は喜ぶかなとか、何て言うかなとか、この味は気にいるかなとか考えてばかりいた。いつも思っていたんだ。『このことはヤナに話さないと』って。でも、あの時喧嘩をしてから、一度も話していないのを思い出す。そうなって、ますます手紙やメールを書くのがしんどくなったんだ」

　何かふさわしい言葉を探しながら話しているのを聞きながら、思いを巡らす。私たち、プラハで喧嘩したの？

「三日前にお前を見かけた時」クリーマは続ける。「頭がおかしくなったんじゃないかって本気で思った。あまりにもお前のことを夢で見てたから。お前は本物じゃないって。単なる幻覚だって。おれの想いが形を取っただけだって。すると、突然、お前は幽霊みたいに姿を消した。それでついにおれもおかしくなったって思ったんだ。それが、今日、また会えるなんて！」

　クリーマはにやりとして、頭を振る。

「ほんと信じられない。ほとんど奇跡みたいなものだ」

「奇跡なんかじゃない。私は閉じこめられてるの、わかる？　外に出られないし、動けるのは渋谷のなかだけ。だから、偶然でもなんでもない」

「まだ怒ってるんだろ？　だから、こんな茶番をしてるんだろ？　わかる。いらついて、ムッとする権利がお前にはある」

　私は返事をしない。

「だから、もう許して……」

呑み込めた気がする。つまり、私はこの男と何か関係がある。あるいは、かつてあった。その後、何かが原因で喧嘩して、こいつは別れの言葉も告げずにチェコを去ったということ。二人のあいだに何があったのだろう？　すぐにでも尋ねたい。けれども、必死で謝っている姿を見ていると、傷つけてしまうような気がする。こういう状況はどうやって切り抜けたらいいんだろう？

「こっちに来るなんて、思ってもみなかった」クリーマは独白を続ける。「奨学金か何か、もらってるの？　どっかの大学の招聘《しょうへい》？　それとも、単なる旅行？　ぜんぶ話して。具合はどうで、ここで何をしているか！　お前のことはぜんぶ気になるんだ」

目の前にとてつもなく大きい鳥が飛来して、ゴミ袋をつつき出す。大きな嘴《くちばし》で揚げ麺をほじくり出し、路上に散乱させる。

「私は……」自分の靴に目をやる。この靴を履いて毎日歩いているにもかかわらず、七年前にこの町で買ってから全然変わっていない。大きい靴で、色は赤と緑とピンク、きらきらしている。今時、若い日本人女性は、こんな靴、誰も履かない。もうとっくに流行遅れだから。私は顔を上げ、隣のクリーマを見る。

「ねえ」私は言う。「ほんとうに申し訳ないんだけど、私、あなたのこと全然知らない」

「わかる、失望したんだろ」

私は目をこする。これは手こずりそう。

「いい」もう一度、試してみる。「バカみたいに聞こえるのはわかってる。この状況、ほんとにおかしいから。でも、誓って言うけど、私は嘘をついてない。誓ってほしかったら言って、そうするから」

男は額に皺を寄せる。

「ねえ」私は続ける。「私のこと、まだ好きなんだよね？　あなたの話から、そのことは伝わった。もし私のことが好きだったら、私が言うことを信じて。お願い。私、嘘がつけないの。ほんとに。嘘をついたら、みんな、すぐわかるから。学校でカンニングもできない。何か書こうものなら、先生にすぐ気づかれるし。全然演技ができないの。学生制作の映画で演技したことがあるけど、散々だった。何かを偽り通すことができないの。すぐにあなたも気づくはず。私はほんとうのことを話している。名前はヤナ・クプコヴァー、でも、あなたがプラハで知っているヤナとは別人なの」

黒い鳥がカーカーと鳴きながらゴミ袋から残飯を取り出し嘴でつつくと、羽を力強くはばたかせて空に飛んでいく。そして、頭上の電信柱の上に留まる。クリーマは横の自販機に背中をもたせかけている。何かよくないものを食べて、具合が悪くなっているみたい。何はともあれ、私が日本への〈想い〉であることをどうにか咀嚼しようとしているようだ。だが、うまくできていない。そのあいだに何度も〈幽霊〉を口に出す始末だった。

「でも、さあ……」クリーマは首を振る。「お前のことが見えるんだよね。それに感触もある」そう言って、私を指でつつく。「お前は現実にいる。ほんとうにからかってない？　何か仕返ししようとしてない？」

私は首を横に振る。

「そうか、今日の今日にいたるまで、日本に首ったけになっているというわけか」クリーマは頭も自販機にもたせかける。「でも、そうなら、お前は精神的にとてつもない衝撃を受けたはず。それは不思議に思う。からかってないっていうのは確実なの？　ほんとうに生きていないの？」

私は頷く。

クリーマはもう一本煙草を巻く。

「これが夢だとしたら」少ししてから話を続ける。「これまでで、いちばん変な夢だ」

「脱出するの手助けしてくれる？」私は尋ねる。

「脱出を手助けできる方法は、わかってるの？」

「それも手助けの一部、でしょ？」と私。「どうすべきか判断することも」

　クリーマはふうっとため息をついて煙草に火をつけた。

4

「プラハでおれたちはうまくいってなかった。残念だけど」クリーマは私に伝える。

「ここで助けてくれれば、今度はうまくいくかも」

「ヤナがここに来れないのは、ただ単に、一度来たことがあるからなのかもしれない」間を置いて、独り言をぶつぶつ言う。「ここから出るためには、まずここに来なければいけなかった」

　私は理解できずにクリーマを見る。

「お前が日本への〈想い〉だとしたら、ここにいたいと願い続けたから、それが生まれたんだ。だから、ここから出たいと思うのは、つまり、自分で自分を否定しているようなものだ」

「どういうこと？」私は首を傾げる。哲学的すぎる。

「いちばんいいのは、日本で奨学金をもらい、またここに来れるようにすること。そうすれば、君たちは出会って一つになるはず。でも、そのためには、日本の人たちにとって魅力的な研究をしないといけない」クリーマは顔をしかめる。

「私、何か研究しているの？」

「もちろん。これまでは日本の推理小説を研究していた。でも、今や川下にのめり込んでいる。多少なりとも、発見はしているけど、何か意味あるものをまとめるにはまだ足りない。短篇小説五篇だけでは、博士論文には足りない。しかもその半分が戦争中に失われているのだから」

「カワシタ？」私は繰り返す。

クリーマはため息をつくと、背中のリュックを下ろし、一冊の本を取り出して、私に手渡す。私は手に取ってみる。緑のカバーがついていて、図書館から借りてきたものだ。最近の本ではない。見返しには大きな漢字が四つ、金色の文字で印字されている。

「カワ、シタ……キヨ……マル」私は読み上げる。

クリーマは私の様子を観察している。まるで何かの呪文を唱えたかのよう。まるでこの名前で呪いから解放されないか、奇跡が起きないか、と待ち構えている。

「知らない」私は首を振る。「誰？」

クリーマは、はあっと大きなため息をつく。ようやく、私が話してきたことが真実だとわかったようだ。手で髪をまさぐり、天を仰ぐと、電線にはあいかわらず黒い鳥が一羽留まっている。クリーマは熱がないか額を触る。

緑の本を膝の上に置き、ページをめくる。古い文章なのだろう、最近の散文と比べると、文章がより濃密で長い。文のあるところ、漢字があふれかえっている。目が痛くなりそう。今時、こういう文章を読む人はほとんどいない。クリーマはこんな本をいったいどこで発掘してきたんだろう。あとがきを開いてみる。着物姿の男性のスケッチが半分を占めている。

「この川下って人は、いったい何者」私は尋ねる。

「一九三八年に自殺した日本の作家。お前は、この人にすっかり熱を上げていたのに。いや、つまり……プラハにいるお前のほうだけど。まったく。声に出すと、変な感じがする。こんな変な言葉は、これまで発したことは多分ない」

「どうして、私はその人に惹かれているの？」

「『分裂』という短篇に魅了されたんだ」クリーマはそう言うと、しばらく私のことを見ている。

「たぶん、わかってきた」

「その人、『分裂』って作品をほんとに書いたの？」

「そう」クリーマが同意する。

私は考え込む。

「それ、借りてもいい？」

クリーマは一瞬返事をためらう。

「汚さないから」と私。

「じゃあ、いいよ」ようやくクリーマも承諾する。

5

二日後、クリーマとハチ公前で会う約束をする。クリーマはそれまで時間が取れない。早稲田大学のゼミがあって、レポートをたくさん書かないといけないらしい。ほんとうに来るのかとやきもきする。だって、私は生きていないから。そのあいだに考え直して、異質な〈想い〉やら、幽霊やらと会うのはやめようという結論にいたってもおかしくない。膝の上には、読みかけの川下の本がある。

私達が愛し合ったあの日から、清子の姿を見ることは暫《しばら》く叶わなかった。彼女の処を何度か尋ねてみたが、終日在宅していなかった。其れに街外れまで毎日放課後に通う訣《わけ》にもいかなかった。友達と遊びに出掛けていないのを、母が勘づくのではないかと怖れもした。二三日は清子を想い乍《なが》ら家に閉じ籠り、書の練習に励んだ。私が突然熱心に書道に取り組み始めた事に、母は吃驚《びっくり》していた。だが執拗に懇願すると、父の書斎で書くことを許してくれた。父の机に向かうと、不意に清子の事が頭に浮かんだ。此の世の凡《あら》ゆる言葉の中から、彼女の名前だけを繰り返し繰り返し書きたいと思った。勿論、其れが出来ない話であるのは判っていた。そこで、私は、一心不乱に、水、水、水、水と書いた。此の字が最も彼女を想起させたからだ。何故他の字を書いてみないのと叔母が尋ねてきた。私は答えた。水という字には、基本的な筆遣いが幾つもあるので、しっかり習得しないと先には進めないのです、と。其れは事実であったので、叔母は其れ以上何も言わなかった。ただ此方《こちら》の機械的な返答に面喰らった様子だった。

この二日のあいだに、「分裂」を最後まで、それから「恋人」を三分の一ほど読むことができた。正直、読むのに苦労する。義務感から読んでいるので、時間がかかっている。でも、プラハにいるヤナが関心を寄せているとしたら、この話にも何かあるはずだ。今度クリーマに会ったら、いい印象を与えたいとも思う。ぜんぜん目を通さないのに、本を借りるのはバカげてる。

「分裂」は長ったらしい、冗漫な描写はどうも好きになれない。四国の畑でどういう花が咲いているかなんて、誰が関心を持つのだろう。でも、作家が二つに分離していくというモティーフは私自身の例のようだ。川下は、私と似たようなものとうまく格闘している。すくなくとも、私の〈想い〉に似た状態は、かれにとっては遠いものではないのだろう。おそらく考え込むタイプなのだ。あとがきのスケッチからは十分に窺えないが、ある種の郷愁の念は見て取ることができる。

清子は自身の行動を悔いているのではないか、此れ以上逢うのを望んでいないのではないか、と私は気を揉んだ。何《いず》れこのような事態に苦しめられる事になるのは判っていた。清子に結婚を申し出る決意はあった。嫁に迎え、彼女に相応しい美しい物で満たしたいと思っていた。美しい着物を買おうと。然《しか》し、そう思う度に己の無力さを痛感した。己が十五歳の中学生である事実を。

「聡、顔色が悪いですよ。外に出て新鮮な空気を吸わないと。」家に籠って四日が経つ或る日、叔母は私に声を掛けた。

「そう？」と叔母に尋ねた。「そうしてみようか。」

「屹度《きっと》、為になりますよ。」

直ぐに清子の処へ向かった。陽光が樹々の隙間で煌めいていた。川の水は石の上を激しく流れていた。三月で街道沿いの雪が溶け、水位が上昇していた。釣人達が川の流れと格闘しているのが見えた。小舟が押し流され、互いに声を掛けて転覆しないよう苦心していた。

腕時計を見る。三時半になったのに、クリーマはどこにもいない。顔を上げてみる。頭上には背の高いビルが何棟もそびえている。雨が降りそうだ。

6

急ぎ足で清子の処へ行くと、戸が開いていた。家の中に急いで入ると、清子は机で書を書いていた。黄色の着物姿だった。

「清子さん！」私はそう呼び掛けると、蹴るように靴を脱いだ。清子は冷ややかな視線で私を見た。

「お帰りになって。」

墨汁を顔に浴びせられたような気がした。

「清子さん？」

「そんな風に私を見ないで！　一緒には居られないの！」

「でも。」私は抗議した。

「でももへったくれもない。」彼女は首を振った。

「世間を気にしているのなら、誰が何と思おうと僕は構わない！」私は大声を出した。

「世間なんて気にしてないわ。ただ、如何《どう》する事も出来ないの。」

「何故？」私は彼女の方へ詰め寄った。「僕が幼いから？」

其れから彼女の前に置かれた和紙に目を遣《や》った。

上田《うえだ》清子。見事な文字で、そう書かれていた。清子は頭を上げて此方を見た。石のような冷たさを瞳に湛えていた。

「苗字は上田なの？」私は尋ねた。清子は頷く。「僕も上田だ」私は何か悍《おぞ》ましい事を感じ始めた。

「存じてます。」女は言った。「貴方の父上は私の叔父です。」

私は理解できずに彼女を見詰めた。清子は何故、此れ迄、私に黙っていたのか。

「そして貴方から父上を奪ったのも、此の私なのです。」彼女は言い添えた。


まわりにいる人たちが傘を取り出す。雨が降ると、周囲の世界の動きが速くなる。皆、雨の射程から逃れようと走り出す。三分としないうちに土砂降りになる。文字通り、バケツをひっくり返したようだ。

ヴィクトル・クリーマは姿を見せない。受け入れないといけない。私を救う唯一のチャンスは消えた。おかげで不機嫌きわまりない。かれを脅迫すべきでなかったかもしれない。向かい側にあるハチ公の銅像が、水滴を反射してキラリと光った。

「おたがいツイてないね」私は犬に声をかける。「二人とも、ぜったい来ない相手を待ってるんだね」

　犬が起き上がって体をブルブルふるわせ、駆けてゆく。あの子ですら雨の中で待ちたくない。私は一人ぼっちになる。改札の上にある時計は、三時四十五分を示している。待っても無駄だ。


「どういう事？」私は尋ねる。

「叔父さんがヨーロッパに発ったのは私のせいなの。此処にもう居られなくなったから。一族の名誉を守るべく、日本を去ったの。そして私と母を此処へ追い遣った。」

「判らない！」私は腕を振り上げた。「何故貴方をこんな処へ？」

　清子は目の前の紙を見詰めた。それから筆を墨に浸し、自分の名前の「子」という漢字に丸をした。


　私は本をパタンと閉じ、立ち上がる。交差点に向かって歩き始めようとすると、すっかりずぶ濡れになっているクリーマとぶつかる。

「ごめん、ごめん！」クリーマが謝る。「講義が長引いたんだ！」

「傘、ないの？」私は尋ねる。

「ない。お前は？」

「必要ない」肩をすくめて言う。

「何で？」

「私、濡れないから」

7

私たちは駅近くの居酒屋に移動した。クリーマはビールを飲み、箸でタコの刺身をつまんでいる。目の前の水槽では、魚が一匹だけ泳いでいる。遠からず食べられてしまうのかと思うと、かわいそうに思える。私も、その魚も、ガラスの水槽に軟禁されているようなものだ。

クリーマに対しては、慌てないで接するのが最善だ。前回はまくし立てすぎた。もうここに七年も閉じ込められているから、一日ぐらい無駄にしてもかまわない。そもそも、この人が私の役に立つかどうかもわからない。まずは、私の側についてもらうよう努めないといけない。それもあって、本を借りたのだ。ある種の共感を抱いてもらわないと困る。自分から私のことを助けたいと思わせないと。ある種の洗脳と言えるだろうけど、ほかに作戦はある？　できることはぜんぶ試したのだから、どうにかしてここから出なければ。

「講義はどうだった？」私は尋ねる。

「よかった」クリーマはビールを一口飲む。「興味深い人たちが何人も入れ替わりで講義するんだ。たとえば作家の高橋源一郎とか。もしかしたら、知ってるかもしれないけど。テーマは、現代日本文学における逃避について。なかでも最高だったのが、そのうちの一人が〈帽子〉って名前だったんだ」

私は思わず吹きだす。

「え？　今日、〈帽子〉さんが講義したの？」

「そう。漢字もほんとうに〈帽子〉と書く。おかげで講義の内容にまったく集中できなかった」

クリーマはまたビールを一口飲む。それからカウンターに置いてある本をトントン叩く。

「で、川下のほうはどう？」クリーマは尋ねる。「少し読んだ？」

「『分裂』は全部、『恋人』は四分の三ほど。最後まで読めなかった」

「やるじゃない。かなり読みにくいからな」

「ほんとうにそう。ちょっと読み飛ばしたかも」私は白状する。

クリーマは少し考えてから話す。

「逃避についての講義は、お前も関心を持ったかもしれない」

「うん、でも、そこまではいけないだろうけど」私は渋谷から離れられないのをクリーマに気づかせる。かれはこちらを見て頷く。まだ講義のことが頭から離れないのだろう。

「とにかく、研究計画書を書いて、大使館に奨学金の申請をして、どこか日本の大学と連絡を取ることが必要だ。計画書はよく練られていて、かつ圧倒するものでないとだめだ。先駆的で、卓越したもの。それがうまくいけば採択される」

「その計画書の手助けもしてくれるの？」

クリーマは眉をひそめる。

「おれが知っているお前は手助けを求めない。きっと一人でやりたいと言うはずだ。それだけの能力があるし。ただ、研究対象としてはあまりよくない」

「川下はだめってこと？」

「いい作家ではある。けれども、寡作なんだ。後世に残している作品はごくわずかで、研究対象としては弱い」

「どういうこと？」

「川下の死後、妻が遺品を全部処分したんだ」

「ほんとうに？　それはついてない」

「まさしく。せめて一冊くらい長篇小説を残してくれていたら。あるいは、執筆していた時代と関連づけられる何かがあればよかった。でも、ほとんど残っていない。それに、川下は社交性のないアウトサイダーだったから、ほかの人がかれについて書いた文章も多くはない。関係しているものがほとんどなかったから」

「でも、これを書いたでしょ」テーブルの本を指差す。「これじゃ不十分なの？　ちゃんとした研究をするためには、かれの生涯についてちゃんと知ってないとだめなの？」

「三つの短篇を研究するだけでは、博論には不十分だね」

「つまり」私は要約する。「川下に関する資料をもっと集めてプラハに送り、あとは、それをもとに優れた計画書を書く必要がある、そういうこと？」

　クリーマはため息をつく。

「そうなると、いいけど。ただ、川下について何か革新的なものを発見できるかどうか。おれもここに来て一月半《ひとつきはん》だけど、そのあいだ、都心の図書館のほとんどを調べてみたけど、たいしたものは見つからなかった。望みは薄いかも」

「面識があった人と会うのは？」

　クリーマは首を振る。

「もう存命の人はいないんじゃないかな。同世代なら、ゆうに百歳を超えてる。後継者を育成する時間もなかったみたいだし」

　料理人が向かい側の水槽に近づき、一匹しかいない魚を取り出し、厨房に運んでいった。

8

「じゃあ、私たちはプラハで付き合っていたの？」私は尋ねる。

「まあ……一緒に翻訳をしてたんだ。川下の」

「だから、いつも川下の本を持ってるの？　私と一緒だったころを思い出すから？」

クリーマはこくりとする。

「ちょっと感動的じゃない」

クリーマは返事しない。

「だけど、私たちってもしかして、もう……なんていうか……わかるでしょ？」と私は尋ねる。

クリーマは首を振る。

「安心した」と私。

「どういうこと？」

「どう言ったらいいかな」私は考える。「あなた、私のタイプじゃないから」

「じゃあ、どういうのがタイプ？」クリーマは尋ねる。

「たとえば……三船敏郎とか。あるいは、仲代達矢」

「つまり、日本人」

「そんなところ」

「だから、七年間、ここで毎日、日本人の顔を見る羽目になっても、嫌気が差さなかったというわけ？」

私は首を横に振る。

「嫌になるとかならないの話じゃない。単純に好みの問題だから」

クリーマは顔をしかめ、視線をテーブルに落とす。

「まあ」少ししてから話す。「なんとなく気づいていたけど」

「どういう意味？　そのこと、一緒に話した？」と私。

「いや、ない」クリーマは首を振る。「でも、火をみるよりも明らかだ。携帯の待ち受け画面には、馬に乗っている三島がいるし、フェイスブックでは、窓の写真ばかり撮っているイカれた日本人の写真に〈いいね〉ばっかりしているから」

「ほんと？　面白そうじゃない！」

「いやいや」クリーマは手を横に振る。「ただのアマチュアだ。写真もたいしたことないし」

「見てみたい」私は言う。しかしクリーマは首を振る。

「携帯はまだネットに繋がってないんだ」

「あ、そう」私は頷く。

「電話、持ってないの？　八〇年代じゃあるまいし、ハチ公の前でずっと待っているよりは、携帯で連絡を取り合ったほうが簡単なんだけどな」

「残念だけど」私は首を横に振る。「私は携帯とは波長が合わないみたい。家にも電話できないから」

クリーマはため息をつく。

「だから、あなたと会う時も、正確な時間を決めて待ち合わせしたの。そうでもしないと会えないから」

9

私は携帯を持ってないので、話し合いの結果、私がハチ公前で毎日五時にクリーマを待つことになった。

「川越の図書館に勤務している若い男性と連絡をとってるんだ」クリーマは私に言う。「『恋人』と『揺れる想い出』に出てくる清子という女性について尋ねてみた。そしたらさ、『恋人』の出来事はすべて、川下家にほんとに起きたことだった。火事とか、いろんなことが。でも、清子という人物だけがそこから抜け落ちている。『恋人』では、川下の従姉となっているが、川越図書館が送ってくれた家系図ではそういう人はいない。そこで、彼女の資料を直接請求してみた。で、何がわかったと思う？　上田姓で生を享けたのに、そのあと、戸籍から除籍されてたんだ」

クリーマはカバンからファイルを取り出し、上田家の家系図を私の前に広げる。

「世帯から削除されなかったら、上田家の家系図はこうなっていたはず」とクリーマが話す。

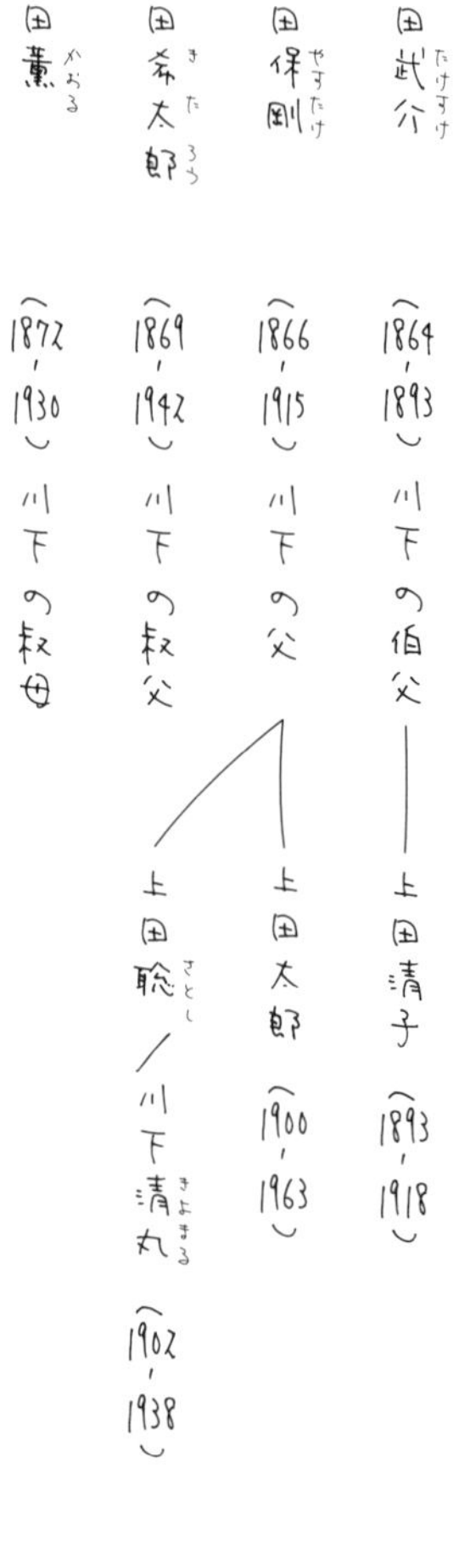

「つまり清子は川下の従姉だってことね」と私。

「どうしたら戸籍からの除籍という暴力的なことが起こるのか調べてみた。いちばんよく見られたのは、一家をめぐる醜聞とか、家名を汚すような事例の場合。清子が除籍されたのは一九一三年だった」

「川下の父親が海外へ発ったのと同じ年！」

「まさしく。この二つの事件は繋がってる。『恋人』でそのことが仄めかされてる。まだ読み終わってないんだっけ？」

私は頷き、「恋人」をテーブルに広げる。

「一体何を云っているんだ！」私は叫んだ。「如何《どう》いう事なんだ！」

清子は私を見詰めた。

「清子さん。」私は息を吐いた。「何故云ってくれなかったんだ！」

「云ったでしょう。貴方は若くて、何も判ってないって。」

裏切られたと思った。突き刺すような、痛ましい裏切りだ。恰《あたか》も清子が簪《かんざし》で私を刺したかのようだ。清子は筆を置いて起ち上がった。彼女は私より背が高かった。

「隣近所の眼に一家が如何《どう》映るか、皆が気にかけていたのはそういう事だけ！　私が如何なろうが誰も気にしていなかった！　母が苦しんでいた事も。それで、母さんと私は此処に追い遣られたの。」手を振り上げる。「百姓の所に。私達から凡《すべ》てを奪って。」

私は返事が出来なかった。水の深みで溺れるように感じた。

「私が出産して、生まれてきた赤子は息をしていなかった。あの人達は如何《いか》に安堵したことか！　幸せそうな顔をしてた。貴方の母上。叔母。揉め事は凡てあの人たちに都合が良いように解決されたの！」清子は私に近附いた。

気が触れたのかとの考えが頭をよぎった。私は数歩、後退《あとずさ》りした。

「今度はあの人達が辱めを受ける番。私達の営みを世間に知らしめてやるわ。」

私の眼は涙に溢れた。何故、此れ程激しい怒りが清子から発せられたのか、理解出来なかった。否、寧ろ今に至るまで其の怒りを斯くも巧妙に隠し通せたのは何故なのか。私を斯様に利用しようと思い附いたのは何時なのか。清子が私を好いていた等と云う事は微塵も無かったのか。

私は踵を返し、川へ駆け出した。

私はクリーマのほうに視線を上げる。

「つまり……」本のページの上に頭を傾ける。「これがほんとうに起きたことだと思ってるわけね？」

クリーマは頷く。

「まあ、『恋人』は単なるフィクションだ。川下本人に起きたことなのか確かめるには、当時の地方新聞を見ないといけない」

「どこかで入手できる？」

「川越から送ってもらったものがある。スキャンしてある。ただし、想像できないくらいの量だけどね」

「なるほど」私は言う。「なら、私たちには運が味方してる。私は寝なくてすむから」

10

私の足は冷たい泥濘《ぬかるみ》に何度も埋もれた。私は橋を目指して駆けた。どうしたらいいか判らずにいた。家に帰るのか？　母の腕に抱かれ、身を隠すのか？　誰にも見られず、布団に隠れるのか？　何も私を守る事は出来ない。何をした処で元の鞘には戻れない。内から湧き上がる疑念の影を拒む事は出来ようが、此の影が消える事は二度とない。何よりも私には、清子の裏切りを理解する事が出来ないのだから。

駆けていると、風が眼を突き刺した。釣り人達の舟は既になかった。川の水はうねり、岩に打ち附けては砕けていた。私は川岸で立ち止まった。

「聡！」

私は振り返った。黄色の着物を着た清子が追い駆けてきた。

「独りにしてくれ！」私は叫んだ。

「聡！」

「来るな！　放っておいてくれ！」

それでも清子は近附いてくる。

「許して！　許して！」

私は首を横に振り、一歩後ろに下がった。清子は此方に腕を伸ばした。

「此方《こつち》に来て。」

「どっちみち、僕達は一緒に居られない。」

「そんな事ないわ。約束する。私は貴方を待ってる。誰にも話さない。」

一瞬、躊躇《ためら》いが生じた。清子を信じるべきか？　怯えきった表情をしていた。本当に私の事を案じているのか？　それとも新たな仮面に過ぎないのだろうか？

「信じられない！」突然涙が溢れ出た。「もう貴方の事は信じない！」

清子は此方に駆け寄り、私の腕を摑んで川岸から引き離そうとした。彼女を振りほどき、手の届かない所へ飛び跳ねようとするも、よろめき平衡を失い、川に落ちてしまった。私は溺れ、肺は水で一杯になった。

清子が私に手を伸ばす姿が目に映った。水から手を出そうとしたが、余りにも距離があった。私は恐怖と共に自覚した。溺れ死んでしまうのではないかと。服が重くなる。私は川の濁流に流されつつあった。

「聡！」

清子は川に沿って走った。

「助けて！」

「聡！」清子は叫ぶ。私はどんどん押し流されたが、川の中央の二つの岩の間に片足が挟まってしまった。私は腕を激しく振り回した。水を飲み込んだ。そして奇跡的に挟まっていた足を外し、其ればかりか一方の岩に這い上がる事が出来た。

「聡、堪えて！」清子は「助けを呼んで来ます！」

「駄目！」私は叫んだ。「誰も来てはいけない！」

清子は絶望した様に辺りを見回した。それから木の棒を摑み、川岸に寝そべり、出来る限り遠くへ棒を伸ばした。

「摑まって！」

私は其の棒に手を伸ばした。それでも届かなかった。

「もっと手を伸ばして！」清子が大声で云った。

「駄目だ、落ちる！」

清子は岸から渦巻く水の上へ体を出した。棒は濡れていたので、指が滑る。だが漸《やっ》との事で握る事が出来た。

「しっかり！　今引き寄せます！」清子は棒を引き始めたが、私は攀《よ》じ登った岩から飛び降りるのが余りに恐ろしかった。私が岩から離れた際に棒を引く心積もりだった清子は、先の私の如く川へと落ちてしまった。

清子の白い腕が泡立つ水の中に消えて行くのが見えた。彼女の方へ身を屈めようとしたが、岩が酷く滑った。

「清子さん！」

黄色い着物が呑み込まれ、黒髪は其処此処で渦を巻いていた。暗い水の中、私は徒《いたずら》に清子を捕らえようとしたが白泡を摑むばかりであった。

「清子さん！」私は声を上げた。然し、流れは女を早瀬へ運び去り、水中に引き摺り込んだ。

「誰か！」私は叫んだ。「誰か助けて下さい！」

だが誰もやって来なかった。釣り人達は朝早くに街へ出払っていた。

母が探し始めて二時間後、私は発見された。更に二キロ下流では泡立つ川の中で黄色の着物が見つかった。着物は弧を描きつつ、水面に浮かんだと思えばまた水中へ消えた。

私は風邪を引き、肺炎に罹った。母と叔母が入れ替わりで氷嚢を時間毎に替え、汗を拭った。私は熱に浮かされていた。夢の中で清子の名を何度も呼んだ。手を伸ばし、泡立つ川中の彼女を摑もうとした。

「聡、泣くのは止めなさい。」母は私を落ち着かせた。「大丈夫。貴方に手は出せなくなりましたから。」

母は私の頭を撫でた。その手は氷の様に冷たかった。

「あの魔性の女が。」叔母は首を振って云った。「危うく二人の命を奪う所だった。兄さんと聡と。あの女は、私らには永久に厄介払い出来ないのかも知れないね。」

11

何日も図書館で、クリーマがフラッシュメモリに保存した地方新聞に目を通しながら過ごす。パソコンは動かないんじゃないかと心配したけれど、どうにか動いてくれた。ただ両親には連絡できないようだ。睡眠が不要なのは大きなメリットだ。目が痛くなることもなく、一日中パソコンを見ていられる。皆、退館して、司書さんが鍵をかけても、私はここで粘る。金曜の夜、クリーマはようやく姿を現した。

「見て」私はクリーマの前に紙を置く。

「何か発見はあった？」

「まあ、少しね」私は頷く。「たとえば、二月十日付の『読売新聞』には、特派員の上田保剛がヨーロッパで死亡したことを伝える記事が載っている。この人物に関するスキャンダルは何も見つけられなかった」

「う〜ん」クリーマは頭を掻く。「たぶん見当違いなところを探してるんだろうな」

「それか、川下の父さんにはスキャンダルなんてなくて、川下がぜんぶでっちあげたとか」

「それもありえる。でも、この件については何か真実味がある気がする」

「なあ」クリーマは言う。「おれたちの状況をあらゆる角度から検討してみたんだけど、どう考えても、お前のいるのは、古典的なおとぎ話の筋書きみたいに思えてくる。お前はつまり、魔法をかけられたお姫さまで、自由になるのを待ち望んでいる」

「で、あなたが、私を助ける王子さまってこと？」

クリーマは頷く。

「で、これからどうしてくださるわけ？　性懲りもなく私の現状を分析して、川下の過去を掘り起こしても、どこにもたどり着かない気がするけど」

「理論の土台を甘く見ちゃいけない」クリーマが低い声で言う。

「わかってる。でも、あなたが今言ったことはぜんぶ単なる仮定でしょ。それだけでは何にもならない。何かをじっさいにやってみるべきなんじゃない」

クリーマは頷く。

「まずは、正しい方法を選択しないといけない。目標を設定しないと」

「目標ははっきりしてる。私が日本に来ること。で、そのためには奨学金が必要。だから目標も方法もはっきりしてる。これからは、その先どうするかを考えないと」

クリーマは目の前のハチ公像をじっと見つめる。

「思いついたことがあるんだ」クリーマはぼそっと言う。「当てずっぽうみたいなものだけど」

「話して。何を思いついたの？」

「うん、川下は川越霊園に埋葬されてる。お墓を訪ねてみるのはどう？」

「どうだろう」私は地面を見つめて言う。「何かの手掛かりになると思う？」

「少なくとも興味をそそるよ。川下の墓、おれはかなり見てみたい。墓の写真を撮ってプラハにいるお前に送ろうと思った」

「つまり、いろいろ議論した挙句ようやく思いついたのが、墓の写真を送ることなわけ？」

クリーマは確信がない。

「まあ、そういうこと。ちょっと妙な提案かもしれないけど」クリーマは自分でも認める。

「でも」私は言う。「どっちにしても、私は一緒に行けない、めちゃくちゃ行きたいけど。〈閾〉を越えることになるから」

「墓地にたどり着ける方法がきっとあるはずだ。手を繋いでいけば、川越まで連れていけるかもしれない」

「手を繋ぐ？」私は目を見開いて言う。「ずっと？　どのくらいかかるの？」

「一時間くらい。乗り換えは一回だけ。和光市で。全体として簡単なルートだよ」

私はため息をつく。

「これよりマシな案ある？」クリーマは私に尋ねる。
渋谷から川越までずっとこいつと手を繋ぐのは気が進まない。でも、どうやらそうするしかないみたい。

12

渋谷の地下鉄の駅は巨大なアリ塚のようだ。火曜の午後三時半、人が押し合いへし合いしている。改札からホームへ向かう人の流れで離ればなれにならないように、クリーマの腕をしっかりつかむ。人々は洪水のように地下へ流れ込んでいる。クリーマは券売機のところに行き、日本円を投入する。

クリーマがチケットを買っているあいだ、頭上の壁に設置された東京メトロの巨大な路線図を眺める。こういうのに精通してる人がいるのは信じられない。私は地下鉄に乗らないから、都市の路線図を理解したことは一度もない。さまざまな色の十数本の路線が頭上の路線図の中で蛇のように絡み合っている。漢字の駅名は、想定したものとは異なる読み方をするものばかり。クリーマは切符を一枚握ったまま、私を改札に連れていく。私たちがチケットを買ってるあいだに、背後にはイライラして足踏みをする人たちの長い列ができていた。

改札は問題なく通り抜けた。人であふれかえっているホームへ、エスカレーターで降り、列に並ぶ。スピーカーからはロボットのような声で、まもなく一番線に電車がまいります、とアナウンスがある。乗客は安全のため黄色く塗られた線の内側で待ち、出発直前の電車に駆け込んではいけない。誰かに私の足が踏まれる。まわりの人たちはひとかたまりになり、混雑に備えている。

「がんばれ」クリーマが言う。

ちょうど一分後、電車がホームで停車すると、乗客の群れがどっと降りてくる。次いで、私たちは乗車する。乗車したばかりの客は空席目がけて突進するが、大半の人はうまくいかず、うんざりして立つことになる。吊革には、何十本もの手がぶら下がり、天井からは、英会話学校、インスタントスープの新商品、北海道の高級ホテルの広告が吊るされている。乗客はどんどん詰め込まれ、私は気絶するかと思った。そして電車はガタガタと次の駅に向けて出発する。この先、電車が揺れますのでご注意ください、と親切にもスピーカーから注意を促す声が響く。

クリーマの腕につかまっているが息もつけない。あともう少ししたら、この電車を降りる。クリーマは痛いほど私の手を強く握っている。年長の分だけきつく握っている感じだ。二十六歳の男性の手を握る日が来るとは思いもしなかった。この姿をクリスティーナに見せてやりたい。嫉妬に打ちのめされるはず。あの子、いつも年上と付き合いたがってたから。彼女いわく、人生経験がある人と。

〈閾〉はもうすぐ。またハチ公のところに舞い戻ったりしないように、心の底から願う。私はこの場所から離れなきゃいけない。もっと遠くへ、どこか違うところへ、別の世界へ。こういう願いを最後にしたのがいつなのか、思い出すことすらできない。〈閾〉の先に何があるのか見てみたい。たとえそれが墓地であったとしても。でも、心のどこかでうまくいくはずないと思っている。これまで一度も渋谷の境界から出ることはできなかったから。今この時になってうまくいくと考えるのはバカげてる。

心臓の鼓動を感じる。一メートル進むごとに〈閾〉に近づいている。私は目を閉じる。

「お願いだから、置いてかないで」

川越霊園が死ぬほど遠くに感じる。

13

私たちは並んで坐っている。窓越しの景色がすばやく通り過ぎていく。手を繋いだままで、クリーマは眠っている。和光市で乗り換えを済まし、電車で川越へ向かっているところだ。あと十八分もかからないはず。〈閾〉を越えられたのが、いまだに信じられない。夢じゃないらしい。

窓の向こうでは、タイル壁の住宅が果てしなく続き、さらに階段、駐車場、野球場、お寺が次々と過ぎ去っていく。時折、ささやかな森林で街は中断されるが、それも長くは続かず、街並みはどこまでも続く。どこで東京が終わり、どこから埼玉が始まるのか区別がつかない。

クリーマは一定の間隔で息を吐く。私たちの車両には、年配の女性二人と、携帯でゲームをする女の子しかいない。ほかには誰もいない。

私たちは川越市で下車する。クリーマは疲れているように見える。大学で忙しいのだろう。夜中に川下の過去をグーグルで検索したり、古い資料を掘り起こすのも、かれ自身のためにはなってないだろうから。自販機で、クリーマはコーヒーを買った。それから出発だ。

一見したところ、街はさほど興味を呼び起こさない。駅の周辺は、日本のほかの多くの街と同じに見える。

「古い家屋が並ぶ観光地区があるって、言わなかった?」私は尋ねる。

「あるよ」クリーマは言う。「手を放すなよ。そこまで行かないと」

小さな戸建て住宅やマンションが並んだ長い通りを歩く。ベランダには洗濯物が吊るされ、鶏の唐揚げの匂いが漂ってくる。ガソリンスタンドを通り過ぎ、長い自転車の列を通り抜ける。道路には、平凡な車が停車しており、窓にはセール品の平凡なカーテンがかかり、私たちとすれ違う人たちも文句なく平凡に見える。

二十分ほど歩くと、まわりの風景が変わり始める。新しい住宅に囲まれて、明らかに古い家屋があちこちに現れる。重々しい瓦をのせた黒っぽい屋根。クリーマは、かつてこの街が大火事で灰になったこと、後にすっかり再建されたことを話してくれる。すると突然目の前に、古い日本家屋が軒を並べる道が開ける。暗く塗られたレンガの壁、黒っぽい屋根瓦、木の店看板。大半の家屋では土産物を売っている。この界隈は人通りも比較的多い。近くの露店でレンタルした着物を着る西洋人、ここが歴史博物館さながらの通りだということすら意識せず自転車に乗っている日本人、伝統的な服装をした売子たち。それぞれの店の門の上には店の名前が書かれた暖簾が掛けられている。日本家屋に囲まれて、小さな塔や西洋風のバルコニーがあちこちに突き出ている。

「素敵なところだね！」

通りは長く、店は隣りあわせでずらりと並ぶ。扇子を売る店もあれば、和菓子を売る店もある。

「ここが、川下が生まれ、暮らした街だ」クリーマはまわりを見回して言う。「かれの家も似たような店舗兼住宅だったはず。商人の家だったから」

私は頷く。

通りを最後まで歩く。そうとうに長い。そのあいだ、私たちはずっと手を繋いでいる。誰かが見たら、デートに来てると思うだろう。

「それで、これからどうするの？」私は尋ねる。「例の墓地に行く？」

クリーマはあたりを見回す。

「ああ。それから図書館に寄ってみよう。僕が連絡を取ってる男が、ひょっとしているかもしれないし」

「いいアイデア」私は賛成する。

14

私たちの頭上では、背の高い桜の木がたくさんの花を咲かせ、枝を伸ばしている。クリーマと一緒に道幅のある砂利道を歩く。ここは沈黙が支配している。ほとんど人はいない。さっき歩いた中心地と比べると、すぐ近くにあるこの墓地は別世界のようだ。異なる世界と繋がっているからだろう。つまり、死者の世界と。虫の鳴き声や羽音が聞こえる。カゲロウがそばを飛んでいく。いちばん近くの墓石から、石造の仏陀の顔がこちらを見ている。先へ進んでも、墓地はさらに奥に続き、花咲く木の下で果てしなく広がっている。

「地図を持ってくるべきだった」クリーマがぼそっと言う。私たちはまだ手を繋いだまま。大きな道から脇に入り、外柵で仕切られた墓石と墓誌を通り過ぎる。身動きしない菩薩像が、草が伸びた墓から私たちを覗いていることもあった。よく手入れされている墓石もあれば、苔を生やしている墓石もある。墓石の後ろには、法要の年月が記された細い木の板が立っている。風が吹くと、板と板がぶつかってカタカタと奇妙な音を出す。地下に埋められた死者の霊と交信しているかのようだ。

「ここ、ぜったい何かいる」クリーマは目の前に広がる数百もの墓石を見回して言う。

「探すのに一週間はかかるね」

バケツに水を注ぐ音が聞こえる。誰か墓を掃除しているようだ。私たちは捜索を始める。クリーマは次々と故人の名前を小さな声で読みあげる。線香の匂いが漂ってくる。二十分間ほど、墓から墓を歩いたが、川下の墓はどこにもない。

「見つけたっぽい！」クリーマがついに私をつつき、二つの大きな墓石のあいだを通り抜け、かなり小さなお墓へと連れていく。

「ちがう人のお墓でしょ」私はクリーマに言う。

「いや、確実にこれだ」

「だって、上田って名字じゃない」私はイライラして言う。「別人の墓だって！　川下って漢字でどう書くか、知ってる？」

「ああ」クリーマは頷く。「でも、あれは筆名なんだ。これがほんとうの名前だ。上田聡という名前」
川下の墓の上には、二本の細い松の木が絡み合って立っている。幹は苔におおわれているが、苔は墓石まで及んでいる。見捨てられた墓という印象を与える。ちゃんと世話ができる人間がいなくなったかのようだ。とはいえ、周囲のほかの墓のように雑草が生い茂っているわけではないが、遠目から見ると、よく手入れされてるとは言えない。一九四一年にこの墓は建てられた。そのうち苔の絨毯に呑み込まれてしまうかもしれないが、これからもここにあり続けるだろう。すべてを呑み込む生きた苔と、微動だにしない御影石の墓石の対比は、奇妙ながらもほとんど心を落ち着かせる印象を与える。

墓の形はまわりの墓石と違わない。立方体の台座に乗った御影石の直方体に、川下の名前が刻まれている。側面には死亡年月日も記されている。

上田聡之墓

「上田聡の墓」クリーマは読み上げる。

「この墓に筆名を彫ってあげることだってできたはずでしょ、自分で選んだ名前なんだから」私は言う。

「ここしばらく考えてるんだ」クリーマが言う「遺族の誰かが、川下の死後、かれが有名になることを望まなかったんじゃないかって」

15

私たちは立ったまま、黙って墓石を観察する。作家たちも死んだら、ほかの人間と同じような墓に入ることになる。なぜだかわからないけれど、川下の墓が何か特別なものであるような気がしていた。

川下を知ったのはたった一週間前のことでしかない。でも、かれの最後の安息の場所を前にすると、奇妙な哀惜の念が私の心に押し寄せた。他界して八十年近く経ってから、夭折《ようせつ》し、多くの作品を書き残せなかったことを不憫に思う二人の外国人が墓を訪れる。うち一人は幽霊だ。そんな予言を聞いていたら、川下は何と言っただろう？

近くの車路に一台の車が停車した。ピンクの服を着た若い女が降りてくる。彼女は後部座席に向かい、暗い色の着物を着た老婦人が下車するのを手助けする。老婦人はゆうに八十歳を超えているだろう。白髪をひとつに束ね、クラッチ杖で体を支えている。

若い女は運転手に何か伝えてから、老婦人を墓に通じる小道へ連れていく。

クリーマはポケットからボールペンを取り出し、墓石の上に置く。敬愛する作家を追悼するため、お気に入りのボールペンを捧げる。これ以上の敬意の表明はないだろう。

16

「ゆっくりね、ゆっくり」なじみのない声がする。杖をついた老婦人がピンクの服の女に連れられ、こちらに近づいてくる。二人はこちらへ続く横道に入る。少しずつ近づくと、私たちの傍らで立ち止まる。紺の着物には灰色の帯が締められ、袖には細やかな花柄の刺繍があり、手には白いハンカチを持っている。一九三〇年代に撮影されたモノクロ写真の女性を思い起こさせる。若い女はトートバッグを持っている。控えめな着こなしの老婦人の隣にいると、少し甘ったるく見える。

「こんにちは」クリーマが挨拶する。二人はお辞儀する。老婦人は川下の墓前に置かれたボールペンを指差す。

「ボールペンですよ」若い女はにこりとする。「きっと誰かがご主人のことを思い出してくださったんですね」

「化け物だわ」老婦人は断定する。

「いいえ、上田さん、化け物なんていませんよ」

「幽霊よ、幽霊」老婦人は頷く。

「何言ってるんですか。幽霊なんていません」若い女はにこりとする。彼女のワンピースに名札がピン留めされてることにようやく気づく。夏子という名前で、青山の高齢者施設でヘルパーをしているようだ。

「幽霊よ、幽霊」老婦人は言葉を何度も繰り返す。「いつも夫は幽霊が来るって言っていた。幽霊が夫を溺れさせたの」

　ヘルパーは首を振る。

「まさか。また、ご主人が書かれたことと混同なさってるんですよ」

　ヘルパーは墓の後ろから箒とちりとりを取り出し、かたちだけだが、墓石の前の小枝を掃いた。それから二人は掌を合わせる。だが老婦人はあまり集中できているようには思えない。それどころかずっと、私に探るような視線を送っている。皺が刻まれた婦人の顔は、火を点けるために丸められた新聞紙のようだ。口がどこで、細い目がどこにあるかほとんど判別できない。

「あなた、幽霊でしょ？」

　私はゆっくりと頷く。

「やだ、ごめんなさい」ヘルパーはクリーマに向かって謝罪する。老婦人がクリーマに声をかけたと思ったからだ。

「遅かったわね」老婦人は私に言う。「あの人はとうに亡くなったの」

私はまた頷く。

「ほんとうに申し訳ありません」ヘルパーは頭を下げる。「この墓地のせいなんです。ここに来るといつも、化け物や故人のことをしょっちゅう話すんです。たいして驚くようなことではないですけど。ここにはそういう陰鬱な雰囲気が立ちこめてますから」

上田夫人は答えない。その代わりクリーマのボロボロのリュックを興味深げに観察する。

「あなた、私の夫をご存じね？」老婦人は尋ねる。

「個人的には、知りません」クリーマは言う。「でも、書かれた作品はとても好きです」

老婦人はクリーマの言葉など聞いていないようだった。クリーマの上着の襟にあるほつれたボタンに注意が奪われていた。

「さて、そろそろ行きましょうか。どうです、上田さん？」ヘルパーは老婦人に笑いかける。婦人は頷き、それからまた私のほうを向く。

「私を訪ねていらっしゃい」老婦人は私に言う。「十一号室におりますから」

「いいえ、だめです」ヘルパーは首を振る。「この方もきっとお忙しいんですから、お部屋になんて呼ばないで。さあ。ちゃんとお別れして、戻りましょう。今日の夕食が何か知ってますか？　大好きなおうどんです！　楽しみでしょう？」

上田夫人は頷く。

「それでは、さようなら」ヘルパーがクリーマにお辞儀し、私たちもヘルパーにお辞儀する。

「幽霊が遅れてやってきたのよ」私たちから離れると、上田夫人がヘルパーにそう告げるのが聞こえる。「もっと早く来るべきだったのに。主人はずっと待っていた」

「もうそのことは忘れてください、いいですか？　その幽霊のせいでまた眠れなくなりますよ。そうしたら、夜中にあなたをなだめに来るのは誰ですか、ね？　ほら、ここは気をつけて。段差がありますよ……」

17

「悪いけど、これってバカげてるよ。あのご婦人、自分が何を言ってるかもわかってないんだから」図書館への途中、クリーマは首を振って言う。

「でも、私のこと見えてたし、部屋に来るように言った」

「だけど、あの人がどこに住んでるかもわからないじゃないか」

「青山の老人ホーム。十一号室」

「ああいう類《たぐい》の招待は真面目に受けとっちゃだめだよ」クリーマは首を振って言う。「あの気の毒なご婦人、五分経てば、お前のことも忘れてるに決まってる」

　私たちはずっと手を繋いでいる。クリーマの手は、スポンジでできているような感じがする。

「だけど、この招待を使わない手はないでしょ！　チャンスには違いないんだから！」

　クリーマは黙っている。

「ただ、頭がはっきりしていない老婦人に、八十年近く前に自殺した夫のことを話すよう強《し》いるのが、はたして賢明といえるかどうかはわからない」

「気の毒な人」私は言う。「想像できる？　朝、目が覚めて、夫に棄てられたのを知り、あの人がどう感じたか」

「たぶん、とてつもない怒りを感じた。だからこそ、そのあと遺品をすべて処分したんじゃないかな」

　墓地を出て、住宅地に入る。壁はタイル張りで、どの家の前にも花や灌木の植木鉢が置かれている。まるで、自分たちはコンクリート地獄に住んでいるんだという事実を地元住民が隠そうとしているかのようだ。

「ねえ」私は言う。「なんにしても、私はあのおばあさんを訪ねるべきだと思う。このまま何もせず放っておくのはもったいない気がする。電話して、彼女と訪問の日取りを決めて、お花かお菓子を持っていけばいいじゃない」

「どうだろう」

「ご主人のことをこちらから聞く必要はぜんぜんない。自分から話さないなら、お別れして部屋を出ていけばいい。なんだかんだ言っても誰かが訪ねてきたら嬉しいと思うはず」

「どうだろう」

私たちは黙り込む。

「あなた、日本語で電話するのがイヤなだけでしょ。はっきり言ってよ」

「だって、大変だよ」クリーマはぶつぶつ言う。「死ぬほど敬語を使わなきゃならないし、相手側も訳のわからない言葉を話すから、何を言ってるのかほとんどわからない。日本語の敬語はほんとうに地獄だよ。電話の相手をよく知らない場合は、それこそマジで自殺行為だ」

「私が電話してもいい。だけど電話してる時、私がどんな様子かしっかり見とくことね」

クリーマは深いため息をつく。

「あなたは、お姫さまを救う王子なんでしょ、違った？　眠りの森の美女を助けるのもそんなに簡単じゃなかった。あと、たとえば白雪姫も」

「日本語で老人ホームに電話をかけるよりは、ドラゴンと闘うほうがマシだね」クリーマがぼそっと言う。

川越市立図書館に着いたが、今日は閉館日だった。

18

「例の老人ホームに電話したよ」クリーマが三日後に報告する。「夫人に会いたいと言ったら、面会の許可はできないってさ」

「許可できないって、どういうこと？」

「向こうが言うには、容態が悪化しているから、訪問して不必要に興奮させたくないって」

クリーマはベンチに坐って、あずきのアイスを食べている。

「ほんとうに？」私は尋ねる。「でも、杖に寄りかかって墓石のあいだをよろめきながら歩いてたところを見ると、体がかなり弱っているのはたしかだね。夫の墓前で幽霊と出会ったところで、具合が良くなることはないだろうし」

「幽霊であることに、お前は何の責任もない。墓地で川下の妻に会うなんて、誰にも予期できなかっただろ。それに墓参りをしたあと二日ほどはいつも、現実との繋がりを失くしてしまうらしい。だから、あまりあそこに連れていきたがらないんだ。とはいえ、それがあの人たちの仕事だからね。週に一度、彼女の望みを叶えてやるのは」

雑草の茎を見つめる。それは、私たちが坐るベンチの前、アスファルトのひび割れから突き出ている。クリーマはアイスのコーンをバリバリと噛みくだいていた。

「電話で、彼女と墓地で会ったので面会したいって言ったの？　それなら怪しまれたって仕方ないわ」

「何か言わなきゃいけなかったんだよ。そうだろ？　おれが七世代下の甥で、とつぜん親族の絆を強めたくなったって言っても、信じてもらうのは難しいだろ」

「何かでっちあげればよかったのに。日本の高齢者の生活を調査してる、とか」

「あるいは、七年前から渋谷に閉じこめられている同級生の幽霊に取り憑かれてしまってるとかね。

そう言ったほうが信じてもらいやすいのかもな。フィールド調査の受け入れに関しては酷く厳しい規則があって、大学と指導教員の承諾が必須なうえに、対人調査が認められるまでうんざりするほど時間がかかる。手続きを進めているあいだに彼女がぽっくり死んじゃう可能性もある。もう九十五歳を越えてるからな」

「彼女、ほんとうに具合悪いと思う？」

「まさか」クリーマはアイスをたいらげ、カバンから煙草を取り出す。「まったくの健康体だよ」

「何でわかるの？」

「電話に出た職員は言い繕っているように思えてね。そこで調べたら、十二時から五時までのあいだ、あの施設の老人はグループで公園へ散歩に出かけるんだ。向かいのカフェに陣取って、二日間、エントランスを監視した。もちろん川下夫人も見かけたよ。若者みたいに杖を持って跳ねまわってたよ。死の床につくのはまだまだ先の話だね」

「まさか」私は頭を振る。「偵察に行ったなんて言わないでよね」

「いや、その通り。それでおれは、あの施設の職員たちは劣等感と偏見のかたまりだって確信したね」

「でも、そんなことわからないじゃない。ほんとうに彼女の健康状態を心配してるだけかもしれないし」

「そうかもしれない」クリーマはそう答えるが、さほど説得されているようには見えない。「だけど、似たような言い逃れは何度も経験してるんだ。今友だちのところに間借りしながら、必死に部屋を探してる。契約を結べるっていう段になると毎回、大家が言葉を濁すんだよ。じつは状況がとても複雑でとか、必要事項が確認できたら知らせるとか言って取り繕うんだ。それで、二度と連絡しないってわけ。それもこれも、ぜんぶ、おれが西洋人の顔をしてるからというだけの理由で。日本語を話して、日本の大学で勉強して、日本の政府から金をもらってるというのに。老人ホームの職員も似たようなものだよ。もしおれが日本人だったら、状況は異なっていたはず」

「そんなふうに捉えちゃだめ」私は言う。「いちばん大事なのは、おばあさんが元気だってこと。夫人と会うほかの手立てを考えよう」

クリーマは返事しない。今日はあまり気分が良くないみたいだ。

「ねえ、何かあったの？　老人ホームで断られたこと以外に」

クリーマはため息をつく。

「お前、昨日の夜、窓ばかり撮ってる例の日本人の写真を十五枚くらい〈いいね！〉してただろ」

「で、それが不満なわけね」

私たちは黙り込み、クリーマは煙草を巻く。

「たしかに、おれはバカだ。お前をむざむざ手放してしまったんだから。それで今や、窓拭きのものになっている」

「その人、窓拭きしてるの？　写真撮ってるだけだと思ってた」

「〈ワッシング〉って名前の会社で働いてるみたい。高層ビルの窓を清掃する会社だ」

「でも、あなたは、私がその人と会ったことがあるかないかも知らないでしょ。知り合いの知り合いかもしれないのに。あるいは、まったく面識のない人かもしれない。私はただ写真が好きなだけかもしれないじゃない」

けれども、クリーマは首を振る。

「あいつの最新の投稿はプラハからだった。そいつの写真にけっこう長いコメントをしただろ。あいつがどんな返信をしたか、わかるか？　素晴らしい夜をありがとう、だ！　一晩中一緒にいたに決まってる、クソ！」

「たぶん、プラハの居酒屋に連れていっただけじゃないの。それか、旧市街を観光したとか。だからって特別な意味は何もない。窓の清掃をしてるただの男なんだから」

「そうやって、おれも洗い流すんだろ」クリーマはぶつぶつ言う。「しくじった」

「私を見くびっている。そういう一夜限りの関係を結んだことは一度もない」

クリーマは顔を上げる。

「ちょっと待て」とクリーマ。「十七歳の時点で、何回そういう機会があったの？」

「二、三回、そういう機会はあったけど、行動に移したことはない。付き合ったら長いほうなの。最初の彼氏とも八年付き合ってる」

「だから、渋谷に七年も閉じこめられてるわけだ！」

19

「ようやく、川下の父親のことが少しわかった！」次にクリーマと会った時、紙を顔の前でひらひらさせながら私は言った。

「見せて！」クリーマは私の手から紙を奪いとる。「何が書いてあるんだ？」

「高田早苗の日記のコピー。誰だかわかる？」

クリーマは首を傾げる。どこかで耳にしているはず。

「早稲田に記念図書館があるでしょ」

「そうだ！」クリーマは頷く。「どこかで聞いたことがある名前だと思ってた。明治時代の政治家だ。大正の初めに文部大臣を務めている」

「その通り」

「で、上田とはどんな接点があるんだ？」

「一八九〇年に初めての選挙があった時、高田は国会議員として当選した。その時、どこから立候補したと思う？」

「川越？」

「ご名答。そのころ、上田と知り合いになったはず。もしかしたらまさにそのお陰で、上田は教育にたずさわったのかも」

クリーマは、目の前の日記を覗き込む。

明治四五年三月三日

土曜。八時半頃、上田が来訪。珈琲を淹れて遣る。氏は十五分黙したまま坐り込む。話題の見当は附いていた。醜聞は既に耳にしていた。かといって此方から水を向ける気も無かった。上田と其の姪との関係を信じていた訣《わけ》では無い。然し、今朝彼が門に現れた時、噂は事実であるのが判然《はっきり》した。


上田の事は良く知らない。殆《ほとん》ど見知らぬ人間のように見えた。然し、其れも私の彼に対する見方が変わっただけかもしれなかった。二十分の沈黙の後、上田は顔を上げた。

「私はどうすべきでしょう。何かお考えは有りませんか？」

私は溜息をついた。

「国を発つべきでしょうな。そうすれば世間も忘れるでしょう。」

今度は上田が溜息をついた。

「『讀賣新聞』に知己が幾人か有ります。海外特派員の口がないか尋ねる事も出来る。何とかなりますよ。」

上田はもう一度溜息をついた。

20

「それで、上田夫人のことはこれからどうするの？」私は尋ねる。「彼女と接触できるほかの方法はない？」

「不法侵入しかない」クリーマはため息をつく。

「あなたの手を四六時中握ってなくてもいいなら」私は顔をしかめる。「ことは簡単なんだけど。誰も私のことは見えないから、一瞬で中に入れるはず。でも、いつも手を繋いでないといけないとしたら、何もかもがすごく面倒になる」

「現場におれがいるのを想定しているわけ？」

「もちろん」

「万が一、あそこに忍び込むとしても、身長一八〇センチの訛りのある外国人が、日本人の老人集団に紛れこむのは無理。もちろん、ただの仮定の話だけど」

「たしかに、ただの仮定の話だね」私は同意する。「私たちの不法侵入を助けてくれる日本人がいればいちばんでしょうね。きっとそんなに怪しまれないはず。問題は、どこにそういう人がいるかってことでしょ？」

「早稲田に知り合いはいるけど、こういうことを頼むのは難しい。というか、無理だろ」

「できるんなら、私が窓から侵入するんだけど」私はため息をつく。

「窓から」クリーマは眉をひそめ、向かい側にあるバス停に目をやる。ドア全面に貼られたガラス看板には、神田の美術学校主催の習字、水墨画、写真の公開講座が五月開講と書いてあった。

「こないだ話したあの男はどう？」私は提案する。

「どの？」

「あの、窓の写真を撮ってる男。窓の清掃か何かをしてるって言ってた」

「そいつが、どうしたんだよ？」

「その人を利用するのはどう？　かれなら、屋根から下りて部屋に入る機材か何か持ってるはずでしょ。そう思わない？」

　クリーマは目を見開く。

「気でも狂ったのか！」

「なんで？　危機的な状況なんだから、危機的な解決法が必要でしょ」

「だって、その男のこと、ぜんぜん知らないだろ！」

「でも、私が知ってるんでしょ！　私たち、プラハで素敵な夜を過ごしたんでしょ？　たぶん私のためにやってくれるんじゃない」

　クリーマは身震いする。

「お前が頼みさえすれば、男が窓から飛び降りてくれるっていう確信はどこから生じるの」

「窓から飛び降りるんじゃなくて、窓に飛び降りるの」

　クリーマは顔をしかめる。

「いや、無理」頭を振って言う。「この計画に部外者を引きずりこむのは危険だ！　ましてお前があいつと一緒になるなんて！」

「でも、それが大事なんだって！　部外者と一緒に部屋に入ることが！」

「揚げ足をとるなよ！」近くを歩いている人たちが振り返るくらいの大声をクリーマが上げる。

「とにかく、そいつとは一緒にやらないからな！」

「お願いだから、怒鳴らないで！」私は怒鳴り返す。「まわりの人にどう見えるか考えてよ！　誰も私のことは見えないの！　ただでさえ、日本人は外国人のこと、バカみたいにじろじろ見ては驚いてるじゃない！」

　私たちは黙り込む。

「その男に嫉妬するあまり、私を救えるかもしれない最後の希望も犠牲にするのね？　かれと会いたくないいってだけで」間を置いてから、私は尋ねる。

　クリーマはため息をついた。

「フェイスブックで連絡して」私は言う。

　クリーマは顔をしかめる。

「いいから。自分はヤナの友だちで、助けてほしいって。私がプラハできちんと相手をしてたら、ぜったい返事が返ってくるから」

第十部　渋谷

1

暗くなりつつあった。私たちは下北沢を歩いている。服屋、飲み屋、煙草屋を通り過ぎる。ここは活気がある。この街にやってくるのは、おもに若者だ。

「こんな計画に自分が言いくるめられるなんて、信じられない」クリーマはぶつぶつ言っている。

パチンコ店の前を通ると、騒々しい音楽が聞こえ、それにジムのようなつんとするにおいがした。ここで、皆、あれやこれやのゲームの記録を塗りかえようと汗を流しているのだ。

「このあたりのどこかのはずなんだけど」

焼き魚の匂いがした。

「待ち合わせは、あなたが知ってる場所ではだめだったの？」

「ああ」クリーマは頷く。「奴がここで待ち合わせしたいって。職場から近いんだろ」

チカチカ光る看板のある店をいくつか通り過ぎ、〈とりとんくん〉という店の前で、私たちは立ち止まった。螺旋階段を降りて入口へ向かう。

「いらっしゃい！　どうぞ！」中へ入ると、店員がクリーマのほうに飛んできた。「一名様？」

「三人」クリーマは答える。「いや、二人で」とすぐに訂正する。

店員は奥の席へ案内した。私たちは並んで坐り、クリーマはビールを注文する。手はずっと繋いだままだ。

壁にはメニューが貼ってある。焼き鳥の盛り合わせ、レバカツ、イカの丸焼き。ぜんぶ食べてみたい。食べることができれば、だけど。クリーマはタコの唐揚げとポテトサラダ、それに表面をさっと炙っただけの鳥刺しを注文する。店員がいぶかしそうな視線を注ぐ。

「バット・ディス・イズ・ロー」店員はそう言うと、メニューに載っている鳥刺しの写真をトントンと叩く。

「知ってます」クリーマは日本語で答える。「生でかまいません」

店員は笑って頷き、厨房にオーダーを伝える。クリーマはゴムバンドで髪をまとめ、テーブル上の漆塗りの小箱から箸を取り出し、ビールと一緒に運ばれてきたお通しに手をつける。

少しすると、店の入口にショートヘアの日本人が姿を見せた。袖の短い青のTシャツを着て、黒いスポーティーなショルダーバッグを肩にかけている。店をぐるっと見回すと、クリーマが手を振った。男はこちらにやってきて、椅子の下にバッグを投げ入れる。

「やあ」クリーマに言う。「待った？」

クリーマは首を振る。

「いや。今来たところ」

自分の目が信じられない！　私、この男知ってる！　地球外生命体に記憶を抹消されても、この顔は忘れない！　髪は記憶よりも短いし、耳のピアスはない。それでも、同じあの人。アキラって自己紹介してたけど、私にとっては何と言っても、仲代だ。七年間も見かけなかった、あの仲代。私が渋谷の地下から救い出した、あの仲代だ。

2

「時間をつくってくれてありがとう」クリーマはかれに言う。

「全然いいよ」仲代はおしぼりで手を拭く。「このすぐ近くで働いてるんだ。だからほんとうに、まったく問題ない。呼ばれてなくても、ここには仕事帰りによくビールを飲みに来てるから」

店員がテーブルにやってきて、目の前に鶏肉が載っている皿を置く。

「で、君はヤナの知り合い？」仲代はそう尋ねると、鶏を食べていいか訊く。クリーマは取るように勧める。

「ヤナは大学の知り合いだ」クリーマは答える。「ここ数か月のあいだ、ある日本人作家の翻訳を手伝ってた」

「川下のこと？」

「知ってるのか？」クリーマは目を見開く。

「ヤナが作品を訳してるって話してくれた」仲代は答える。「でも、君のことは何も言ってなかったな」

「そのころ、もうこっちにいたからだろう。で、彼女とどうやって知り合ったの？」

「妹経由で。チェコでコントラバスを習ってる」

仲代はテーブルに運ばれたばかりのポテトサラダを取る。

「で、おれに相談したいことって、何？」それから尋ねる。

「ああ、それが……面倒な話なんだ」クリーマはため息をつき、箸を置く。私はクリーマに向かって、親指を立てて合図する。

「窓に関係することで、相談したくて。窓の仕事をしてるんだろ？」

「屋根から窓に降りる装備が、どこで手に入るか知りたいんだ」

仲代は頷く。

「窓の清掃をしたいってこと？」仲代が尋ねる。「もしそうなら、おれに言ってくれれば、やってやるよ。なんの問題もない。わざわざ装備を探す必要もない」

　クリーマはもぞもぞする。

「窓拭きじゃなくて、降りるほうが問題なんだ」

　仲代は理解できないというふうに首を傾げる。

「ある場所まで降りていく必要があるんだよ」クリーマは言う。

「どこに？」

　クリーマはじっとテーブルを見つめ、頭の中で言葉を整理する。

「ある部屋に行きたいんだ」

「屋根を伝って窓へ？」

「うん」

　仲代は顔をしかめる。

「そこ、ドアはないのかよ？」

　仲代は少し頭がかたい。とはいえ、それは驚くようなことじゃない。クリーマの要求は、窓清掃の通常の業務内容にはないものだから。

「ドアはある」クリーマは言う。「ただ……面倒なんだ」

　仲代は箸を置く。クリーマは頭を掻く。足場がぐらぐら揺らぎ始めている。これまで一度も会ったことのない男に対して、ともに好意を寄せる女の幽霊のために、老人ホームの窓から侵入するのを説得するのが簡単じゃないのはわかる。でも、話が通じるようにちゃんと情報を与えさえすれば、どうにかなるはずだ。

「盗みとかをしたいわけじゃない。そこで暮らしている女性と会いたいだけなんだ」

「女の子の部屋に忍び込みたいってこと？　その子の両親が近づくのを許してくれない、とか？」

「女の子というより婦人だな」クリーマは言う。

「おいおい」仲代はどっと笑う。「お前、バカか！　屋根から降りて女のところに行くなんて。お前、アクション映画好きだろ、なあ？」

「いや、そんなに好きじゃない」クリーマは首をすくめる。「ただ、これよりマシな方法が思いつかなかったんだ」

「で、その女性はどこに住んでる？」

「老人ホーム」

仲代は目を丸くする。

「老人ホーム？　そんなに年寄りなのか？」

「で、その女性と会いたいのは、おれが好きだからじゃないんだ」

「じゃあ、なんでだよ？」

「なぜかって……」クリーマは考える。「おれにも、よくわからない。その女性がおれを呼び寄せてるんだ、何か用事があって。それで、何があってもそこに行かないといけない。深い意味があるんだけど、説明はできない。話したら、ほんとにおれがおかしい奴だと思うだろう」

まったく上手く進まない。私たちの状況に関するレポートを書けという課題を出されたら、クリーマは、口頭で、しかも日本語で話すよりはるかに上手くやってのけるだろう。仲代は黙っている。

「本気で言ってるのか？」

「ああ」

「老人ホームの窓に降りていきたいから、おれからアドバイスが欲しいってわけ？」

「そう」

仲代はこめかみをさする。

「そうか、わかった。じゃあ専門家として言わせてもらうよ。まず第一に、今君が話していることは違法だ。おれも時々入るべきでない場所に忍び込むことはある。写真のためにね。それでもつねに別の逃げ口を用意している。もし捕まったとしても、そこに入っちゃいけないって知らなかったと口実を考えているんだ。ただ屋根から降りて、こういう言い訳を聞かせるのはそうとう難しい。それから許可証も必要。窓清掃のための運転免許証みたいなやつ。あと、建物がどういう屋根かも知らないだろ。どうやって屋根まで行く？　エレベーターで？　ロープを引っ掛ける場所さえないってことも十分にありうる。高層ビルの窓は外から清掃することを前提で作られていて、そのために特別な構造をしてる。だけど老人ホームの場合は、そういう設計がなされているかどうかも疑わしい」

クリーマは黙っている。私たちの計画が粉々に砕けてゆく。

「それから」仲代は続ける。「まさか、老人ホームの窓に転落防止の柵があるのを忘れてないよな？」

3

私は、仲代がふたたび箸を手に取り、肉を食べる様子を見ている。

「そこに電話して、面会を申し込んでみた？」仲代が尋ねた。

「もちろんした。知り合いでもない人を会わせるわけにはいかない、医者から禁止されてると言われた。向こうに言わせると、彼女は頭がおかしくなり始めていて、そこらじゅうに幽霊が見えると言ったり、訳のわからないことを口走ってるらしい。それに、もうかなりの歳だから、外国人が訪問したら、容態が悪化するんじゃないかって心配してる」

「それでも、君は彼女に会いたいってわけ？　彼女に害が及ぶかもしれないとわかってても？」

「おれは、みんなが言うほど彼女はおかしくなってるとは思えないんだ」

仲代は首を傾げて考え込む。

「その女性は、いったい何者なんだ？」

「上田という名前で、川越霊園で出会った」クリーマは言う。「青山に住んでる」

仲代の体がこわばる。

「もしかして、川下の娘とか……」

「いや。奥さんだ」

仲代はテーブルをじっと見つめる。心の底ではピンと来たにちがいない。

「なあ」それから顔をしかめて言う。「この一件、ヤナと何か関係あるんだろ？　まだ話してないことが何かあるだろ？」

「そうとうに面倒な話だ。そうとうに信じられない話でもある」

「話してみないか？　屋根から侵入するって計画よりバカげたことも、そうそうないだろうから」

仲代は煙草を口にくわえて火をつける。

「そうだと、いいんだけど」クリーマはため息をつく。

「いいから」仲代は煙草の煙を吐き、灰皿に灰を落とす。

「おれのこと、イカれたやつだと思うだろうな」

「いいから、じらすなよ」

クリーマはまた大きくため息をつく。

「そうか、わかったよ。だけど一応警告はしたからな。勘づいた通り、すべてはヤナと少し関係してる。いや、かなり関係してる。ただ、君のヤナとは少し違う。あるいは、同じヤナだけど、形は異なる」

仲代は困惑した様子で首を傾げる。

「じつを言うと、二週間ほど前、ヤナの幽霊に会ったんだ」

仲代は眉ひとつ動かさない。ただ無言で坐っている。手に持つ煙草からは、煙が垂直に上がっている。仲代はすっかり固まったみたいだ。

「何？」ようやく口を開く。クリーマが言い間違えたとでも思ったのだろう。それか、言葉の選択を間違えたか。

「今言った通り。ヤナの幽霊に会ったんだ」

「正確には〈想い〉だよ」と私は訂正を入れる。仲代は身動きせずクリーマを見ている。奇妙だ。仲代の頭がどうなってるか見当がつかない。こんなバカにどうして日本政府は奨学金を出したのかって考えてるのかもしれない。精神病院に電話すべきか思案してるのかもしれない。クリーマは危険人物だって！

「ヤナの幽霊、〈想い〉って言ってもいいけど」クリーマは続ける。「それが、七年前からここに閉じこめられていて、渋谷の外に出られないんだ。彼女の姿は、おれ以外は誰にも見えない。なんで、おれにだけ彼女が見えるのかわからないけど、彼女をここから助け出してやりたいと思ってる。そのために、川下夫人と会う必要があるんだ。ほんとうのことを言えば、彼女に会う必要があるのはヤナだ。だけど渋谷の外に出るためには、おれと手を繋いでないといけない。おれなしでは川下夫人のところまでたどり着けない。わかるだろ、ほんとうに面倒な話なんだ」

仲代は灰皿に煙草をこすりつける。

「で、その幽霊は今君の横に坐ってるってわけだ」

「そう」

仲代は大笑いしてビールを飲みほす。

「まったく、お前の想像力と演技力には頭が下がるよ」

クリーマは答えない。

「なあ」仲代は続ける。「ヤナはとてもいい奴だ。プラハにいた時、おれをもてなしてくれた。もし彼女が助けを必要としてるなら、おれはもちろん喜んで手助けするよ。だけど、こりゃあ、おれから見てもちょっとおかしすぎる、マジで。お前の目的はよくわからない。お前がもし、おれがこの話を信じることに金でも賭けてるなら、マジでご愁傷さまって感じだけどね」

「でも今、話したのは真実だって！」クリーマは勢いづいて言う。仲代は顔をしかめて、テーブルの下から黒いバッグを取り出す。ポケットから財布を出し、テーブルの上に千円札を置く。

「待てよ」クリーマは仲代を引き止めようとする。「めちゃくちゃな話に聞こえるのはわかってる。でも頼むから、信じてくれ。ぜんぶヤナのためだと思って！」

仲代は席を立つ。

「私に借りがあるって言って」私はクリーマに言う。

「ヤナからの伝言だ。借りがあるでしょって」クリーマは言う。

「七年前、渋谷の地下から救い出したのは、私だって言って」

4

仲代はぎくりとして立ち止まり、クリーマに射すような視線を向ける。

「おれが練習スタジオに閉じ込められたのをヤナはお前に話したのか？　女ってやつは、ほんとうになんでもしゃべっちまうんだな」

仲代が何の話をしているのか、クリーマにはわからない。私が仲代に言ってることも、まったくわかってない。

「私の言葉を繰り返して」クリーマに命じる。「あとで説明するから」

仲代はバッグを肩にかけ、店を出ようとする。

「あなたのお母さんに電話をかけたのは私よ。早く、かれに言って」

「お前のお母さんに電話したのは、ヤナらしい」クリーマは従順に繰り返す。

「あなたを助けたのは、あの元カノだと思ってたんでしょ？」私は続ける。「ミエコって名前だったよね？」

仲代はまた驚いて立ち止まり、バッグを椅子の上に置いた。あの事件の細部を隅なく思い出さないと。じっさいに私があそこにいたと、仲代に信じてもらうために。

「あなたは当時髪をジェルでツンツンに固めて、胸に白字で大きく〈幻〉って書いてあるTシャツを着てた」

仲代はおろおろして周りを見回す。

「おいおい……」絞り出すように声を出す。

「あなたたちは道玄坂のあるラブホテルにいた。とても安い部屋に入った。ミエコは耳にニンジンのピアスをしてた」

「なんで……それを知ってるんだ？」仲代がクリーマに尋ねる。

「あなたがミエコと口喧嘩して、彼女が転んだ時にも、私はそばにいた」私は続ける。「あの娘があなたに『死ね』って言った時もね」

仲代はゆっくり席に戻る。

「ありえない」仲代は首を振る。「お前、そんなことどこで調べたんだ？」

「初めて聞いた話だよ。おれはヤナが言うことを繰り返してるだけだ」

仲代は目を閉じ、こめかみを指で押す。目を開けると、今度はこちらを見ている。もちろん、私の姿は見えてない。かれの表情が一変した。まるで、口にしたフグに毒があるのに気づいたみたいな顔をしている。

「ありえない」かれは息をつく。「助けを呼んでくれたのはミエコだ」

「まさか」私は首を振る。「ミエコはお母さんからの電話に出たけど、すぐにその場を離れた。お母さんが誰も出ない電話に向かって小一時間、あなたの名前を呼ぶことになるのを承知で。あなたが閉じ込められている場所をお母さんに告げたのは、私なの」

仲代は空になったビールのグラスをじっと見つめる。かれの頭は今にも爆発しそうだ。私が坐っていると思われる場所を、横目でちらっと見る。

「どうかしてる」仲代は頭を振る。

「たしかにどうかしてるよ」クリーマはそう言って、説明するよう私に仕向ける。でも、今は何も訊かないでと合図する。まずは仲代が自分で思い出す時間を与えないといけない。

「こ、こんなこと……こんなことって……」仲代は言葉に詰まりながら、困惑した様子で目の前のクリーマを見つめる。

「まったくめちゃくちゃな話だ！　こんなこと、どこで調べたんだよ？　誰にも話してないことだ！」

「今横に坐ってるヤナの言うことを繰り返してるだけ」

「おれは……」仲代は言う。「おれは……こんなこと……いや……ありえない」

クリーマは返事をしない。仲代は席を立つ。

「悪いな」それからクリーマに言う。「でも、こんなこと、どうしても信じられない。悪いけど、もう行かなきゃ」

仲代はバッグをつかんで肩にかける。それからよろよろと席を離れる。眉間に一発くらったかのように。

5

クリーマと一緒に、両側に自転車が停めてある狭い道を歩く。手を繋ぎながら、人々が眠っている家々の電気の消えた窓を横目に通り過ぎる。時々大きないびきが聞こえてくる。布団にくるまっている人ではなく、まわりの家がいびきをかいているようだ。

「最悪だな」とクリーマ。

雲は黄色がかり、星はどこにも見えない。目の前の歩道に影が現れる。影はレモンの木の下の塀に飛び乗り、足を舐め始める。深夜の時間帯、この地区には人通りはない。世界が滅んだ後の景色みたいだ。

「あいつはおれたちの話を信じてない。驚きはしないけど。おれだって、お前がこの目で見えてなかったら信じてないだろうから」

交差点に着き、クリーマは左に曲がる。目の前には、さっき通ったのとまったく同じ道が開ける。住宅街をぐるぐると回っている。あらゆるものが整然としているように見える。車は玄関の前の小さな駐車スペースにレゴのおもちゃみたいにきちんと停められている。植物の鉢が大きさごとに塀に並べられている。窓台にはセラミックの動物、玄関前にはドアマット、そしてレースのカーテンがある。門の表札には名前が彫られ、ツタが竹の柵に絡まっている。

「あいつのこと知ってるって、なんでおれに言わなかったんだ？」

「一度も話題にあがらなかったから。でも、今日、かれを見た時、あの人だってはっきりわかった」

「ほんとうにお前があいつを地下から助け出したのか？」

私はこくりと頷き、仲代がスタジオに閉じ込められていた時のことをクリーマに話した。

「かわいそうなやつ」クリーマは顔をしかめる。「いい経験とは間違っても言えないね。川下夫人の件は、何か別の方法を考えなきゃいけないな。アイデアはもう枯渇しつつあるけど」

私は頷く。

「いい考えがきっと浮かぶはず」

「たとえば、アキラが考え直して、何か思いつくとか」

「それはわからない」私は言う。「そのためには、何かないと。何かが……」

言葉を言い終えることができなかったのは、地面が揺れ始めたからだ。誰かに肩をつかまれ、体を乱暴に揺さぶられたみたいだ。こんなに強い揺れは頻繁にあるものじゃない。たいていの場合、気づかないくらい小さなものだ。でも、今回の揺れは大きい。

「何？」クリーマが振り返って私に訊く。

「地震よ」私は肩をすくめる。クリーマは警戒してあたりを見回す。

「大きいやつだよな？」

向かい側の家の明かりがつく。遠くでは犬が吠えている。そばに置いてあった窓台のセラミックの小人は踊りながら縁まで進み、自殺するかのように歩道へ落ち、バラバラに砕け散った。私は時間を数える。一、二、三、四。すると、世界が静まった。地震があったことを示すのは、地面に転がった小人の死体だけ。クリーマはためらいながらも、小人の残骸を見つめる。

「こんなふうに死にたくはないな」それから顔をしかめて言う。

「落ち着いて。今どきの日本の建物の大半は鉄筋コンクリートだから」

また歩き始める。けれどクリーマはすぐ立ち止まる。

「どうしたの？」私は尋ねる。

「どっちだろう」クリーマは首を傾げて言う。「夢かな、それともまた揺れてる？」

私は立ち止まる。

「私は何も感じないけど」

「変だな」クリーマは頭を振る。「また足に震えを感じるんだ」

「足に震え？」

クリーマはポケットに手を入れ、振動している携帯を取り出す。待受画面には〈窓拭き〉という文字が光っている。仲代が、ちゃんとした名前で登録されていないのを知ったら、クリーマに腹を立てるにちがいない。

6

三日後、また同じ居酒屋で落ちあった。店内へ入ると、仲代はすでに席についている。頭に黒いバンダナを巻き、紺色のユニフォームを着て、テーブルには同じ色の作業グローブが置いてある。隣の長椅子には黒いカバンと黄色いヘルメットが置いてあった。

「やあ」クリーマが仲代に挨拶し、私たちは向かいの空いている長椅子に坐る。

「やあ」仲代は挨拶し、二人はビールを頼む。仲代は鶏皮ポン酢、豚レバーの串焼き、枝豆を注文する。店員が食べ物を運んできてからも、私たちはどの皿にもまったく箸をつけない。二人は黙っている。私は仲代が話を切り出すのを待っている。

「これを持ってきた」仲代はようやくそう言って、カバンから紙の束を取り出した。テーブルいっぱいにそれを広げているあいだ、私の心臓がバクバク鳴る。何かの地図だ。私たちの役に立ちそうな何かを見つけたみたい。

「これ、何？」クリーマは目を細めて紙を見つめる。

「君が侵入する建物の図面だ。ネットで普通にダウンロードできる」

「なるほど」クリーマが言う。「それで、何に使う？」

「確認のためだよ、もちろん」仲代は笑う。「老人ホームの内部がどんなふうになってるかを。どんなところか知らない場所に、闇雲に忍び込むってわけにもいかないだろ」

　クリーマは仲代に疑いの眼差しを注ぐ。

「おれたちを助ける決心をしたってこと？」

「そう」

「ほんと？」私はクリーマと声を揃えて言う。

「ああ」仲代は頷く。

「ありがたい！」と声を出すが、仲代に私の声は届かない。クリーマは私の興奮を伝えてくれない。仲代とテーブルの上の紙を交互に見ている。仲代のアプローチの変化に何か怪しいものを感じているのはたしかだ。

「それじゃ、おれの話をぜんぶ信じてくれたんだな？」クリーマは尋ねる。

「そうだ」仲代は何度も頷いて言う。「とんでもない怪奇幻想だよ。だけど聞いた話をぜんぶよくよく考えると、お前が前回話してくれたことは誰にも話してないことだった。〈幽霊〉がおれを守ってくれたって主張は、ある意味で成り立つ。で、ほんとうに守ってくれていたのなら、おれはそいつに借りがある。そいつが助けを必要とする時に手を貸さないのは身勝手だってことになる」

　クリーマは注意深く頷く。

「だが、一つ条件がある」仲代はつけ加える。

「どんな条件だ？」クリーマは尋ねる。

　仲代はビールを少し飲み、カバンのジッパーを開けると、少なくとも五百グラムはある石を取り出した。それを、テーブルの真ん中、青山老人ホームの内部構造が描かれている図面の上に置いた。

「もしこれがぜんぶ作り話じゃないって証明する気があるなら、お前を……いや、お前らをこの建物の中に連れてってやる」

「おれにどうしろって言うんだよ？」クリーマは顔をしかめて言う。「ぜんぶ真面目な話だって証明するために、この石で頭をかち割れって言うのか？」

「頭じゃない」仲代は笑って言う。

「じゃあ、何だ？」

仲代はにやっとする。

「うちの会社は、窓の清掃だけじゃなくて修理もやるって話はしたかな？」

クリーマの顔が青ざめる。仲代は石をどかしてテーブルの上の紙を指差す。

「いいか。この窓の真向かいに歩道橋がある。昨日チェックした。例の窓から三メートルくらいの距離しかない。つまりこの石で窓を割るのは難しくないはずだ」

「だけど」クリーマは反対する。「それって違法行為だろ！　もし捕まったら、強制送還させられる！」

「屋根から侵入する計画と比べて、こっちが違法ってわけでもないだろ」仲代は煙草に火をつける。

クリーマは眉をひそめる。

「まあね」それから言う。「でも窓から降りていく場合、他人の財産を破壊する必要はない」

「ああ。ただ私有地に侵入しようとしている。考えてみろよ。もしヤナの幽霊がほんとうに助けを必要としてるなら、おれはお前らの面倒をみる。でも、それには何かの保証が必要だ。おれが手助けするのは人々を操りたいとかいうお前の異常な欲望を満たすためではないって保証だ。心配するな。おれの計画では、割られた窓にもちゃんとした役割がある。大丈夫だ、ただ割るってわけじゃない。フェアな条件だと思わないか？」

仲代の本心がわからない。クリーマをからかっている？　それともクリーマが嘘をついてないか確かめたいだけ？　クリーマが怖気づいて、ぜんぶでっち上げだって白状するのを待ってる？　クリーマが条件を満たすとして、ほんとうに仲代が約束を守り、私たちを助けてくれると信用していいんだろうか？

　クリーマは催眠術にでもかけられたようにテーブルの上の石を見つめている。本心では断りたいのだろうけど、仲代に一切合財話したあとで断るのは難しい。

「石が誰かに当たったらどうする？」

「窓は廊下に面してる。夜は誰もいない」

「やる必要ないよ」と私は言うが、クリーマには聞こえない。

「よし、わかった」目を上げて言う。「やるよ。そしたら、どうやって中に入るつもりか教えてくれよ」

　仲代は頷くと、計画を話し始めた。

7

　青山老人ホームの歩道橋の脇には桜の木が植えてある。この季節は花盛りだ。じっさいにはピンク色だが、暗闇では白く輝いている。歩道橋に照明はないが、足元の車道には光が当たっている。時折、車が行き交う。とはいえ、今は午前二時なので、交通量は最小限しかない。ナイトライフは街の別のエリアで繰り広げられている。バー、ディスコ、クラブがあるところだ。青山通り沿いには、オフィスビル、明かりの消えたカフェや事務所が並んでいる。ほとんどすべての窓の電気は消えている。私たちの向かい側にある窓を除いて。

　目を細めて見ると、降ろされた蛇腹のブラインド越しにピンクの服を着た女性の介護スタッフがランプのついたデスクで何かを読んでいる。老人ホームは就寝時間だが、クライアントが助けを求めた時のために待機しているのだ。スタッフ待機室の隣の窓にも明かりがついている。黄色い柔和な光が長い廊下を照らし出している。

「このことが誰かに知られたら、おれのキャリアもおしまいだな」窓は閉じられているので、介護スタッフに聞こえるはずもないのに、クリーマは小声でつぶやく。

「大丈夫。誰にも気づかれないから」

クリーマは桜の花よりもさらに白い顔をしている。私は、柵の隙間から、通りの端の建物と建物のあいだの暗闇を見つめる。仲代はそこに立っていて、おそらく私たちを観察している。いや、クリーマを観察しているのだろう。この状況を楽しんでるのか、それとも、私たちと同じで緊張してるのだろうか。

「お前にとっては、どうでもいいことだろうな。だって誰にも見られる心配はないんだから」クリーマは囁く。「だけど、もし捕まったり、ここにカメラがあったりした日には、おれはもうおしまいだよ」

手に持つ石の重さを確認する。

「したくなければ、やらなくていいよ」私は言う。「怒らないから」

不思議だ。二週間前には面識のなかった男が、私のために窓を割ろうとしている。傍《はた》から見れば、変にロマンティックに思えるだろう。少なくとも、クリーマが私のことを好きでいるのはたしかだ。

窓の向こう側にいるスタッフは立ち上がると、部屋を出て長い廊下を通って、奥へ向かっていく。おそらくトイレだろう。

「今だ」と私。「今がチャンス！」

クリーマは腕を上げて振りかぶるが、いつまで経っても投げない。

「早く！」と私。「帰ってくる前に！」

「お前は言うだけだけど」クリーマがこちらを向く。「言うほど簡単じゃないんだよ」

「何よ、こっちに渡して！」

「だめ！　お前が投げたら、おれは自分の約束を果たせないじゃないか！」

「小難しいことを考えるのやめて、いいから、投げなって！」

クリーマはまた柵の後ろ側から頭を入れる。

「屋根から降りたほうがよっぽどよかった」それからまた腕を高く上げる。

「とにかく片目を閉じて」私は助言する。「狙いを定めて。銃を撃つ時みたいに」

「銃を撃ったことはない！」

「もういいから、とにかく投げて！　あの女が戻ってくるよ！　下手したら、彼女に当たっちゃう！」

クリーマは片目を閉じる。

「破壊行為だ」また泣き言を言っている。

「何？」

「なんでもない。ちょっと思い出しただけ」

「なんなのよ！　もう帰ってきたじゃない！　早く！　投げて！」

クリーマは腕を振りかぶる。さほど優雅でもない軌跡を描いて、石が宙へ飛んでいくのが見える。

そしてガラスが砕け散る音がする。私たちは屈んで、手すりの下に隠れた。

「やったぞ！」窓が割れたのを確かめようと、クリーマは頭を上げようとする。

「バカなことしないで！」と叫ぶと、クリーマの頭を思いっきり下げさせる。「見られたらどうするの！」

クリーマの心臓の鼓動が聞こえる。気絶しないか心配だ。ここで蘇生するのだけは勘弁してほしい。私をつかんでいる腕がガタガタ震えている。私は頭を上げて、クリーマが窓を割ったのかどうかを確かめてみる。

「あの女、殺しちゃった？」

「いいえ」

「狙った窓に当たってる？」

「右下の角。ほら、行くよ！」四つん這いになって、クリーマを連れていく。歩道橋の向かいにある老人ホームからは、動揺した人たちの声が聞こえる。ガラスの割れる音で、老人たちが目を覚ましたのだろう。

8

仲代は黙っている。近くの公園の白い鉄の手すりに、クリーマとともにもたれかかって坐り、二人は地面をにらんでいた。クリーマの手は震えている。

「あの石で誰かを殺してたかもしれないんだぞ！」

アドレナリンも治まり、自分がしたことで自責の念に駆られているようだ。仲代もそれほど潑剌《はつらつ》としてるようには見えない。クリーマがこの計画を断念すると直前まで思っていたのだろう。けれども、クリーマは投げ出すことなく、ヤナ・クプコヴァーの幽霊がこの世にいるのを証明したのだ。

「強いお酒か何か持ってこようか？」私は二人に訊く。「コンビニから」

「この上、盗みまで働こうってわけか。素晴らしいアイデアだ」

仲代はカバンのジッパーを開き、勤務先の会社の折り畳んだ制服を取り出す。

「これを着るんだ」クリーマに声をかける。「同僚の服だから、汚すなよ。明後日には返さないといけないからな」

クリーマは制服をパタパタと振って広げてみる。

「うん、完璧だ。あとは、つなぎだな」

「何だって？」クリーマがチェコ語で話したので、仲代にはわからない。

「何でもない」クリーマはズボンのチャックを開けるが、一瞬動きを止め、私を見る。

「ちょっと、目を閉じててくれない？」

「ああ、ごめん」そう言って、私はすぐに目を閉じる。でも、だめと言われると、つい薄目を開けてしまう。クリーマの下着に興味があったわけじゃない。私の右手を放さずに、どうやって着替えるのか、そこに興味があった。クリーマが無意味に複雑な動きをしてズボンを脱いでいる様子を、仲代も見ている。

「手伝ってくれない？」

私は手助けしようと立ち上がる。

「お前じゃない」クリーマは私を押し退ける。「あいつに言ったんだ。お前は目を閉じてて」

もし、今、サラリーマンがふらつきながらやってきて、クリーマの踊りの儀式を目にしようものなら、あいつは限界以上に飲んだんだな、と思うだろう。私は笑いをこらえるのに必死だ。クリーマはバランスを取ろうとして、私の手を振り回す。クリーマが片足立ちでズボンに足を入れようとする時、仲代は穿きやすいようにズボンの反対側を持ってくれている。事情を知らない人物がこの状況を見たら、二人がじっさいにしていることとはまったく別のことを想像するにちがいない。その上、クリーマは半分裸なのだから、それ以外のことを考えないわけがない。

「二人の姿を傍から見たらどうかって、言うまでもないね」

「黙れ」クリーマが唸る。「こんなことしてるのも、お前のためなんだからな。余計なコメントはいらない」

クリーマが右手を袖に通す際、残りの部分を着るために、私たちはおたがいの体にしがみつかないといけない。すり切れた黒いジーンズ、革のベルト、ダークグレーのストライプのベスト、黒いシャツ、それにクリーマのジャケットも地面に転がっている。仲代は服を集めて、カバンに入れる。

数分のあいだにクリーマは大学生から清掃作業員へと一変した。制服のサイズは合ってない。ズボンと袖の丈は短かく、背中に十センチほど生地を足す必要がある。テカったローファーも窓の清掃員にはあまり似つかわしくない。仲代は懸命にチャックをクリーマの首まで上げようとする。

「壊れるって！」

「でも、チャックを開けっぱなしにしておくわけにもいかない。お前がこんなに太ってるとは思わなかった」仲代は考え込む。

「太ってない。痩せ型じゃないだけだ」クリーマは抗議する。どうにかチャックを上げることができた。

「あんまり体を動かすなよ、服が破れるから」仲代が忠告し、それからクリーマに帽子を手渡す。

「これもかぶらないとだめ？」

「ああ。怪しい人物だと思われたくないだろ」

クリーマは髪をほどいて帽子をかぶる。

「どう？」クリーマは尋ねる。

「素晴らしい」と私。

「とにかく、その鼻をどうにかしないといけない」仲代はそう言ってマスクを手渡す。日本人は、病気なのに仕事に行かなきゃいけない時、マスクをつける。クリーマもマスクをつけた。

「だいぶよくなった」仲代は判断する。クリーマはこちらを振り返った。哀れな姿だ。

「そのキャップはもっと深くかぶらないと、目が吊りあがってないのがわかるよ」

私のアドバイスに従うと、クリーマの顔はすっかり帽子に隠れてしまった。

「完璧だ」仲代はポケット付きのベルトをカバンから取り出して、クリーマの腰に巻きつける。

「とにかくしゃべらないこと。話はぜんぶおれに任せろ、いいか？」

想像の翼を少しばかり広げると、クリーマは熱と寒気があり、何よりも声が出なくなる病気にかかった仲代の同僚に見えてくる。クリーマの変身が完了し、仲代は腕時計を見る。

「少なくとも九時半までは、このまま待とう」仲代は言う。「先に別の業者が呼ばれるのは勘弁してもらいたいけど、逆にこっちが現場に早く着くのも賢いとは言えないからな」

9

時間が無限に続くように感じる。私たちは階段に坐っている。クリーマは頭を膝に乗せて眠っているが、仲代は携帯をいじりながら、巨大な水槽にいる魚の写真を眺めている。

「あなたが撮った写真？」私は尋ねるが、もちろん、仲代には聞こえない。クリーマをまだ起こしたくない。私は二人のあいだに坐っている、変な気分。この二人は私のために頑張ってくれている。変な気分だ。クリーマのことは理解できる。私のことがほんとうに好きだから。不規則な寝息に耳を澄ませる。夢を見てるのかもしれない。老人ホームの窓に石を投げる夢かも。

それに比べて、仲代に私を助ける理由はないはず。もちろん、七年前、私に助けられた借りを返すとは言っている。でも、まだこの人からは聞いていないけど、プラハで私たちのあいだで何かがあったんじゃないかと疑ってしまう。私の頼みを断れないような何かが。はっきりとはわからないけど。

仲代は写真を次々とスワイプしていく。まったく新しい世界が広がっている。仲代の人生の世界。

水族館に行った時の写真。超高層ビルの足場から撮った東京。ローソンのレジに立っている老婦人。仲代はその老婦人をフライドチキンのショーケース越しに撮っている。それからプラハの写真。私は近くに寄ってみる。プラハの中心のどこかにある古い団地の写真を次々見ている。この場所、私の子ども時代を思い起こさせる。それから、私の育った街も。仲代が画面上で指を動かすと、一枚また一枚と写真が現れる。錆びた枠にはめられた窓ガラス。バス停の割れたガラス。瓦礫《がれき》だらけの巨大な古い工場のホール。この場所、知ってる！　一度、クラスの男子と一緒に忍び込んだことがある。あのころはまだこんなに荒れ果ててなかった。仲代のほうを見る。いったい、こんなところで何をしてたんだろう？　そして画面にはまた別の写真が現れる。私にまったくそっくりな女が写っている。いや、待って。これは完全に私。仲代が私の顔のところをタップすると、写真が拡大される。写真の中の私は、今の私よりだいぶ痩せている。仲代はたっぷり三分ほど、私の顔を眺めている。それから携帯をポケットにしまい、私越しに眠るクリーマを見る。

　そしてため息をつき、前髪を払う。七年前と同じくらい、今でもかっこいい。よりイケメンになったと思う。かれが元気でいてくれて、三日間地下に閉じ込められた経験が深刻な痕跡を残していないようで私は嬉しい。じっさいどうかはわからないが、少なくとも外から見るかぎりではわからない。私は手を伸ばし、触れてみる。

「アキラ？」

　怒りの波が押し寄せてくる。こんなのフェアじゃない！　数センチしか離れてないところに坐っているというのに、私たちのあいだには乗り越えられない壁がある。あの人は私を見ることができない。こんなの不公平だ。この七年間に、何があったのか訊いてみたい。何をしてたか、写真を始めた理由とか。だけど、できない。私が知ることはない。いや、もしかしたらありえるかも。またプラハで会ったら、仲代はぜんぶ話してくれるかも。でも、その時この私はいない。

奇跡か何かが起こって、私の分身と一緒になれるなんて、どうやって信じることができるだろう？　それは、私たちが直接会えるかどうかと関係しているのだろうか？　仲代の横顔を眺めながら、このままずっと一緒に坐ってられたらなあ、とふと思う。もちろん、声を出すことはない。したくてもできない。私は頭をかれのほうにもたせかける。姿が見えないことにも利点はあるのだ。

　隣でいびきの音がする。クリーマはますますぐっすり眠っている。それでもまだ手は繋いだままだ。かわいそうに。私はかれを利用してる気がする。私を助けようとしてくれてることには、もちろん感謝してる。でも、クリーマが私に寄せているのと同じ感情を、私は持ち合わせていない。クリーマと話すのは楽しいし、愛らしいところもある。でも、クリーマが惹かれているのは、私とはまったく違うヤナ・クプコヴァーだ。私じゃない。私には誰もいない。二人に挟まれて悲しくなる。私は、二人のあいだで囚われ、どこへも行きようのないこの世界に囚われている。脱出しようとしているけれど、どうして、そうするのかもよくはわかっていない。ああ、とため息をつく。仲代からメンソールの匂いがする。メンソールの香りの整髪ジェルでも使ってるのだろう。

　いろいろとやってきたけれど、どうして私がここにいるのかははっきりしない。私のまわりでは、いろいろなことがただ進行している。最近の展開は驚くほどのスピードだ。上田夫人と会ったところで、どうなるかもわからない。彼女と会ったら、何を話せばいいのだろう？　まったくわからない。

　仲代が腕時計を見る。五時半。あたりが白み始めた。

10

「起きろ」仲代が肘でクリーマを小突く。「朝七時だぞ。腹がペコペコだ」

　クリーマは目をこする。一瞬、居場所がわからない様子だが、少しして夜中にしたことを思い出す。

「マックにでも何か食いに行こう」仲代は立ち上がって伸びをする。私たちは大通りに向かって歩き出す。ここのマクドナルドはちょうど五分前に開店したばかりだ。男たちは朝食を買い、そのあと喫煙ルームに閉じこもる。クリーマはエッグサンドを頬張っている。

「いる？」私にフライドポテトを差し出す。

「いらない。食べないから」私は首を振る。

「ああ、そうだった。まだ慣れてないんだよな」クリーマは息を吐き出す。


九時になり、二人はもぞもぞと動き出す。

「お前ら」仲代は私たちの計画をもう一度――これでもうたぶん三回目だ――繰り返す。「お前ら、ぜんぶ、わかってるな？」

会話の中で複数形を使って話しかけたのは、これが初めてだ。私は妙に嬉しくなる。

「とにかく」仲代は続ける。「お前は黙っていること、忘れるなよ。話すのはおれがやる」

「わかってる」

「あと、マスクは外すな」

「外さない」

「もし誰かが話しかけてきても、無視するんだ」

「ああ！　わかってる。それ、この一時間で百回は聞いたよ！」

仲代は頷く。かれも急に緊張してきたのだ。

「よし、じゃあ行くか」コーラの残りを飲み干すと、仲代は席を立った。

青山老人ホームは目と鼻の先にある。私たちは黙って歩く。割れた窓の下を通りかかると、仲代は立ち止まって見上げ、昨晩、クリーマが引き起こした惨状を確認する。クリーマはじっと地面を見つめて、その場にいないふりをする。

「ちょうどいいころだ」仲代はそう囁き、クリーマを玄関のチャイムの前へ押し出す。

「鳴らせ」仲代は言う。

「いや、君が鳴らせよ」クリーマは首を横に振る。「おれは、もうたくさんだ」

計画を行動に移す前に、口喧嘩を始めそうな気配だ。しかもこんな些細なことで。妙だ。昨晩みたいなことをやってのけたクリーマにしてみれば、チャイムを押すことなんて、なんの問題もないと普通は思うだろう。けれども、私にはわかる。電話をかけたり、見知らぬ場所のチャイムを鳴らすといった、人と濃密に関わることは、内向的なインテリのクリーマみたいな人間には、根本的な意味があるため、それが障壁になっているのだ。結局、チャイムを鳴らしたのは仲代だった。

「しばらくお待ちください」女性のロボットのような声が返事する。「すぐに、お繋ぎいたします」

仲代が咳払いする。この瞬間、すべてが決まる。介護スタッフが向こう側で受話器を取るまで少し間がある。

「青山老人ホームです。ご用件は、何でしょうか？」

「〈きれいな窓〉の阿部です」仲代は偽名を使う。「破損した窓の件で今朝お電話を頂いた者です。弊社の者と、現場の確認に参りました」

「そうですか？」向こう側の声は驚いている。「少々お待ちください」

私たちは皆、息をひそめる。仲代はクリーマに同情の眼差しを向ける。モニターの声がするまで、永遠のような長い時間が流れる。

「どちらの会社からとおっしゃいましたか？」

「〈きれいな窓〉です」仲代は繰り返す。「私は、阿部和也と申します」

「こちらからの電話は何時ごろありました？」

仲代は考える。

「七時半ごろでしょうか」

「七時半ごろですか？」女性は繰り返す。「ほかの職員からは何の連絡も受けていませんが」

「それは変ですね」仲代は答える。「連絡ミスということはありませんかね？　七時半ごろ、そちらから電話を頂いたのはたしかなんです。それで、こちらの青山老人ホームの窓の破損の連絡を受けたものですから」

向こう側の女性が受話器を手のひらで覆う音が聞こえる。

「ユキ、今朝、窓の修理の電話した？」

「してない。でも、夏子がしたかもね。早くなんとかしなきゃって言ってたから」

また女性の声が聞こえる。

「電話した職員の名前を覚えておられませんか？」

自分の言葉に真実味を与えるためだろうか、仲代は頭をぽりぽりと掻く。

「申し訳ないんですが、似たような電話は毎日十件以上受けるので、お名前もよく忘れてしまうんです。名字はたしか……よくあるものでした。ただ下のお名前は『な』から始まっていたかと。田中夏子さんじゃなかったでしょうか？　それとも渡辺さんでしたか？　はっきり覚えていません」

沈黙。

「佐藤夏子ではありませんでしたか？」

「はい、そうだったと思います」仲代は頷く。

向こう側の女性は黙り込む。

「時間は、どのくらいかかります？　もうすぐ午前のプログラムが始まる予定でして。あなた方がいらっしゃることは、こちらの不備で共有されておりませんでした」

「長くても、十五分か二十分です」仲代はクリーマをちらりと見る。「割れた窓ガラスの大きさを測って、窓枠の種類とか、そういう細かい点をいくつか確認するだけですから。新しい窓ガラスを持って、またこちらの従業員が参ります。最短でも二日後になりますが。それまで空いた穴は塞いでおきます」

「二十分ですか？」女性はため息をつく。

「まあ、十五分ぐらいで」

「わかりました。立ち話もなんですし、お入りください。我々は三階にいます。エレベーターは玄関の右手にあります」

11

エレベーターの中で、仲代は息を潜めている。緊張しているのが伝わってくる。

「外でのアキラの対応、見事だったね？」私はクリーマに話しかける。やつは返事をしない。話すことを禁止されているんだった。あまりにも深く帽子をかぶっているので、どこかおかしい。帽子の下からは白いマスクが見える。クリーマは自分のローファーを見ている。

エレベーターはゆっくり動く。仲代はグローブをはめた手を金属製の壁に当て、ドアの前で窮屈そうに立っている。汗が流れている。ようやく三階で止まる。チンと鳴って、エレベーターのドアが開いた。仲代は、廊下へ文字通り飛び出る。背後からクリーマが出てくるが、変装したその姿は妖怪にしか見えない。

仲代は、エレベーターの向かいにあるガラス張りのドアのベルを鳴らす。

「阿部です」名を告げる。「ガラスの確認に参りました」

「少々お待ちください。そちらに行きます」

一分、いや、二分が経過したかもしれない。その後、ピンクの服を着たショートカットのスタッフが姿を見せる。五十歳くらいだろうか。職業的な微笑を浮かべている。

「こんにちは」仲代が挨拶する。

スタッフは怪しむような視線を投げる。とくに床を見続けているクリーマの印象は良くない。

「こちらは、同僚の中島です。まだ研修中なもので、無愛想ですいません」

クリーマはお辞儀する。

「マスクをお着けになっていますね。ご病気ですか？」

「ちょっとした風邪のようです」クリーマの代わりに仲代が答える。「それで今朝、声が出なくなってしまったみたいで」

「そうですか」スタッフは眉をひそめる。「私どものクライアントにうつすことだけはないようにお願いします。衰弱されている方もいらっしゃるので。中島さんは、外でお待ち頂いたほうがよろしいんじゃないかしら？」

「風邪といっても、アレルギー性のものでして」仲代は首を振る。

「アレルギー性？」スタッフはクリーマをじろりと見る。「そうですか、もし感染の心配がないのでしたら、どうぞ。窓はあちらです」

ガラス張りのドアから、長い廊下へ出る。足元の床は、舐めても大丈夫なくらい、ピカピカに光っている。消毒液、それにミルクコーヒーに似た甘い香りがする。お年寄りの匂いは、なぜだかこんなふうだ。

「それにしても、お二人はほんとうに電光石火の速さでお越しになったのですね、うちの職員がお電話したのが七時半だというのに」両側に部屋がある廊下を歩きながら、スタッフは言う。床のリノリウムにはチェック柄があしらわれ、壁には薄いピンクの壁紙が貼られている。ここにあるすべてのものが不毛で空虚な印象を与える。快適な環境を期待してはいなかったが、少なくとも、ここより心地のよい老人ホームはいくらでもあるだろう。

「午前の予定が急に空きまして」仲代が即興で話し出す。「様子を見に行こうということになったんです」

「それは、ご親切に。うちのクライアントが怪我しないかって心配してたんです」

老人ホームにいる人たちをつねに〈クライアント〉と呼んでいるのが、どうも気に喰わない。世話を受ける環境にあっても、威厳ある老人たちは商品ではない。部屋の多くはドアが開いていて、老人たちが自由に移動できるのがわかり、少しほっとする。それぞれの部屋にはソファとテレビが備えつけられている。花柄の服を着たおばあさんたちが料理番組を見ている。不幸には見えないが、どことなく寂しそうに見える。私は、〈十一〉という番号のついた部屋を見過ごさないようにする。左手に奇数番、右手に偶数番の部屋があるとしたら、右手の六番目の部屋になるはず。部屋のドアが開いていますように、と私は祈る。だが開いてはいなかった。私たちは部屋を通り過ぎ、スタッフは割れた窓のところへと案内する。

「こちらです」スタッフは言う。「ほら、見てくださいよ。昨晩、きっと誰かがここに石を投げたんですよ。誰が、何のためにこんなことをするのか」

「そうですね」仲代は窓の穴を見つめて言う。「不思議ですね」

それからズボンのポケットからノートとメジャーを取り出す。スタッフは壁に寄りかかったまま、その場を離れない。私たちとずっと一緒にいるつもりだ。

「お仕事があるようでしたら」仲代は女に笑いかける。「ここにいて頂く必要はありませんよ。我々だけでやれますから。お時間を頂戴するのは申し訳ないので」

「いいんです」スタッフは手を横に振る。「ほかのスタッフがいますから。どうやって窓を直すのか、個人的に興味があるんです」

　仲代は自信なさげに笑い、割れたガラスの状態を念入りに調べ始める。時間をかけて作業している。じっさいにはしなければならないことなど、おそらく何もない。窓の大きさを測り、紙にサイズを書きつけて退散するだけ。でも、仲代はありとあらゆる作業を引き延ばしながらやっている。

「二重ガラスか……ふむ……」窓の特殊仕様に言及する。「ガラスの厚さはたぶん通常通りだ、○・五センチってところか……」

　スタッフは壁に寄りかかったまま、仲代を興味深そうに観察している。きっと仲代が気に入ったんだろう。クリーマは何をしたらいいかわからずに、仲代の背後に立っている。クリーマにしてみれば、窓ガラスの交換は宇宙旅行と同じくらい未知の経験のはずだ。見てるとわかる。仲代がメモ帳に何か書きとるのを見守っている。このまま進めば、今回の計画はすべて水の泡だ。せめて私だけでもクリーマから離れて、上田夫人の部屋に行けたらいいのだが。だけど、それもできない。

「中島さんは、何のアレルギーなんです？」スタッフが唐突に尋ねる。

「埃です」仲代が言う。

「変ね」スタッフは首を傾げる。「埃のアレルギーでそんな弱い方は、今まで見たことがない。しかも、つねに拭き掃除してるのに」

「あと、洗剤のアレルギーもあるんです」仲代が言う。

「洗剤？」スタッフは目を見開いて言う。「じゃあ、どうして窓を清掃する会社で働くことになさったんです？　毎日、石鹸や研磨剤に触れる仕事でしょう？」

仲代は唇を噛む。これは失敗だった。

「家庭に複雑な事情があって……」今度は、日本風に話をごまかそうとする。

「ご家庭の事情ですか……」スタッフは首を傾げる。クリーマは頷く。それでもスタッフは尋問の手をゆるめない。クリーマのことがどうも気になるので、正体を暴こうとしているのだ。

「お子さんはいらっしゃる？」

クリーマは頷く。

「何人？」

クリーマは指を二本あげ、会話が大変だということを示そうと、これ見よがしに咳をする。

「それはいいですわね」スタッフは笑顔で言う。「それで、奥様は？　何をなさってる方なの？」

クリーマが話したくないことなど、彼女にはどうでもいい様子だった。

「かれの奥さんは七年前に他界したんです」仲代はできるかぎり深刻な表情でそう言い、窓枠の横幅のサイズをメモに取る。

「あら！」スタッフの顔は瞬時に青ざめる。「失礼しました。何と言ってお詫びすればよいか……」

「ご心配には及びません」仲代は答える。「かれは、奥さんがかれのもとを離れたわけではないと確信しているんです。彼女はいつまでもこの世界に、自分たちと一緒にいるんだって」

「ええ」スタッフは身をよじる。「その通りですね」

急に気まずい空気になる。

「すいません」スタッフは言う。「事務室で確認しなければならないことがありますので。終わりましたら、お声がけください、いいですか？」

仲代はにこりとして頷く。

12

クリーマは、十一番の部屋のドアをそっと開ける。幸いにも鍵はかかっていなかった。もしスタッフの誰かが上田夫人の部屋に鍵をかけていたら、私たちは部屋に入れなかっただろう。ドアノブを回して、無理やり中に入るのは論外だった。室内はうす暗い。それでも開いたドアの隙間から、壁が一面本棚になっているのがわかる。廊下からは会議用のデスクの角が見える。

クリーマがドアを開ける。私たちは中に入ると、ドアを閉める。部屋は大きくなく、窓のカーテンは引かれているので、光はほとんど入ってこない。私は、部屋の暗さに目を慣らそうとする。この部屋に比べると、廊下はあまりにも明るかった。日中なのに、蛍光灯だらけなのだから。

ここは静かだ。隣の部屋からテレビの音がかすかに聞こえてくる。時計が時を刻む音もする。ゆっくり、だが正確に。クリーマは手に汗をかいている。もう十二時間以上もこうして手を握っている。手首が痙攣し始める。クリーマの手を放して、自分一人で部屋に入っていきたい。でも、できない。クリーマの心臓の鼓動、騒々しい吐息が聞こえる。怯えているんだ。私も妙な不安に包まれている。

「上田さん？」私は言う。

「上田さん？」クリーマが言う。だけど返事はない。書棚に並んだ本も黙ったまま。棚の上のテレビの電源はオフになっている。壁に掛けられた大きなモノクロの結婚写真も黙っている。あらゆるものの動きが止まったかのようだった。

「上田さん？」もう一度呼びかけてみる。今回も返事はない。もしかしてここにはいないのだろうか？　ほかの部屋に移されたとか？　それとも、ほかの病院に？　やはり容態がすぐれないのかもしれない。クリーマが公園で彼女を見たというのが間違いだったのかもしれない。まったく別の女性だったのかも。そう、それはありうる。そうに違いない。スタッフたちが私たちに嘘をつくはずがない。

「いない」私は囁く。

「でも、ここは彼女の部屋だ」クリーマは顎で結婚写真を示す。近くで見ようと、写真のほうに歩み寄る。若い女が白無垢を着ている。新郎は黒の礼装だ。

これまで川下の顔を写真で見たことはなかった。寂しそうな目をしている。何か私を咎めているようにも見える。手を伸ばして、かれの顔を撫でてみる。結婚写真を撮る時に、こんな顔をしていいはずがない。

写真の中の花嫁は、髪を日本風に大きく結いあげている。カツラかもしれない。でも似合ってる。芸術家と結婚することを誇りに思っているみたいに、背筋を伸ばして坐っている。二年後に彼女を待ち受けているものを考えると、冷汗が流れる。そのせいだけじゃない。突然、背後に誰かがいるような、不思議な感覚に襲われる。私は振り返ってみる。

部屋の真ん中に怪物が立っていた。濃い黒の着物を着ている。長い白髪は肩まで垂れ下がっている。私を見つめる皺の刻まれた顔には、墓地の仏像を思わせる石のような表情が浮かぶ。愛想のかけらも見られない。容態が悪化したと言っていたスタッフは正しかったのかもしれない。ここにいるのは、夫との日々を思い起こすために墓参する、あの墓地にいた精神が錯乱した女性だ。今、目の前に立っているのは、夫が自分と結婚したのは義母が亡くなる前に結婚すると約束したからに過ぎないと知り、怒りに任せて夫がかつて書いたものをすべて処分した女性だ。

「ようやく会えたわね」夫人は、私に声をかけた。

13

上田夫人は杖を使ってゆっくりと部屋を横切り、書棚の前の肘掛け椅子に腰を下ろす。

「お掛けなさい」私に言う。彼女にとってクリーマは存在していない。まったく注意を払っていない。かれのことが見えていないということすらありえる。私はクリーマを老婦人のほうへ引き寄せ、彼女の向かいの椅子に坐る。

「ゆっくりしてる時間はないぞ」クリーマは私の手を引っ張るが、私は相手にしない。私には、大海のような無限の時間がある。ここにたどり着くまで、いったいどれほどの時間を費やしたのだろう？　ここに来るまで、どれほど耐え忍んだのだろう？　ともかく、こんなに遠くまで来たのだから、ここから引き下がることはない。クリーマは背後で何も言わずに、状況の推移を見守っている。神経質そうに足踏みをしながら。

上田夫人は、細長い亀裂のような瞳を通して、私を舐めるように見つめている。その眼差しは、体に穴が空くのではないかと思うほど鋭い。新婚写真に写った美しい女性とはあまりにもかけ離れている。それでも、ある優雅さを湛えている。

「遅かったわね」私に言う。「私にはあまり時間がないの。またすれ違うところだったわ」

何を話しているのかわからない。なぜ、私に怒っているのか？　ここに来た理由すらまだ話していないのに。私が川下のたどった運命を知りたがっていることが、癪に障っているのだろうか？　二人の私的な関係を掻き回しているとでも思っているのだろうか？

「突然、お邪魔して、申し訳ありません」私は言う。これ以上、丁寧に言うことはできない。上田夫人は首を傾げる。

「どうして、こんなに時間がかかったの？」

誰かと勘違いしているような気がする。

「渋谷を彷徨《さまよ》っていて、どうやってここに来ればいいかわからなかったんです。ようやくこの人が助けてくれたんです」私は顎でクリーマを指す。

この時初めて、上田夫人はクリーマを見る。

「あなたのせいで、あの人がどれほど苦しんだか、考えたことある？」彼女は私に尋ねる。

「はい？」

「可哀想な聡《さとし》」上田夫人は目を細める。誰と勘違いしているのかがわかってきた。

「どれくらい重い責任を負っているか、意識したことはないのでしょうね」夫人は続ける。

私は返事をしない。お年寄りと日本語で話すのは簡単なことじゃない。しかも上田夫人は小声で話している。言っていることがよく理解できない。体を彼女のほうに近づける。

「あなたが夫の墓のまわりをうろついていたので、すぐにわかったわ。清子。ほかの人は私が気違いだって思うかもしれないけれど、私にはあなただってわかった。ついに来たのね。だいぶ遅れたけれど。八十年も。あなたにしてみれば、一瞬かもしれない。まばたきをするような一瞬。数分。でも、私にとっては一生だった。あなたは私の人生を台無しにした」

私は返事をしない。クリーマが私の肩をつかむが上田夫人の話していることを理解しているのかはわからない。

「あの人があなたを思わない日はなかった！　あなたに言われたことすべてが実現するのを、望まない日はなかった！　偉大な作家になれる！　一緒になれるまであなたが待っていてくれる！　十五歳だったあの人が、どれほど無防備だったことか！　あの人を思い通りにできて、さぞ気分が良かったでしょう？　あの人を存分にたぶらかして？　我を失うほど、あなたを愛してましたから！あなたはただの売女だったのに！　それ以外の、何者でもなかった！」

頭に血が昇ってくるのを感じる。この女は、自分を何さまだと思ってるの？　私を笑い者にする権利を、いったい誰が持っているっていうの？　私を侮辱する権利を？

「私は、あの人を愛していた！」夫人は声を荒らげて言う。「私の夫！　ただ私一人の！　あの人の妻になったのは私！　その私から、お前は夫を奪った！　お前があの人を殺した！」

「ヤナ、そろそろ行かないと」クリーマが言う。声が震えている。

「だけど、手痛いしっぺ返しを喰らったわね！　あなたの約束は果たされなかった。あなたは、この世とあの世のあいだを永遠に彷徨《さまよ》うことになった！　教えてあげるわ」上田夫人は激しく息巻く。「最後に笑うのは誰か。私よ！　もうすぐ私はあの人と会える。あの人と出会って、そしていつまでも離れない。死すら、私たちを引き離しはしない。でも、あなたはあの人を追い続ける！　あの人を探し続ける！　永遠にね！」

「ヤナ」クリーマが私を揺する。「もう行こう！　気味が悪い！」

けれども、私は鎖で繋がれたように椅子に坐りながら、目の前の老婦人を見つめる。老婦人の顔は紅潮している。かわいそうに。こんなところで、過去に溺れてしまっている。ただ一人で、誰かに顧みられることなく。どのくらいこの言葉を溜めていたのだろう？　まるで歌舞伎の一場面のようだ。

「長年苦しまれたことは、残念に思います」私は言う。

上田夫人は襟を正す。

「私たちは誰もが、運命の駒にすぎません」夫人は言う。「私は、後悔するようなことはこの人生で何一つしておりません。一つを除いては」

「ご主人の遺品を処分された」

「もちろん」上田夫人は声を荒らげて言う。「私は喜んで、あの人が日記に書いていた戯言《ざれごと》をすべて処分しました。川の側で夕刻に書き留めていた回想。書をめぐる与太話。ほかの女性に宛てた愛の詩。すべて焼き払いました」

「でもなぜ？　なぜ、そんなことを！」

クリーマの携帯が鳴る。

「クソっ」ポケットから携帯を出して、呼び出し音を切る。「アキラが探してる」

「あの人の書いたものが発表されたら、あの人は、私だけのものじゃなくなってしまうでしょ！みんなのものになってしまうからよ！」上田夫人は胸の上に手を置く。廊下から音がする。クリーマは私の腕をつかんで椅子から引き起こそうとする。

「行くぞ！」

「無理！」

「行かないと！」

廊下から、大きな声が聞こえてくる。仲代が、何か説明しているようだ。

「ヤナ、早く！　来ないんなら、ここに置いてくぞ！　もう話すことないだろ、聞こえないのか？ぜんぶ燃やされちゃったんだよ！」

「ぜんぶ？」老女は笑う。「いえいえ、まさか」

クリーマは驚いて動きを止める。上田夫人は着物の袖から小さな風呂敷包みを取り出すと、テーブルの上に置いて、私に差し出した。

「これは？」私は尋ねる。

「あの人にあれほど約束したのに、あなたは何も果たさなかった。あの人が生きているあいだに戻ることもしなかった。そればかりか、あの人は偉大な作家にもなれなかった」

「あなたのせいでね」私はつぶやく。

「中島さん？」廊下から女の声がする。「中島さん！」

「でも今は」上田夫人は続ける。「少なくとも、約束を一つ、果たすこともできるのですよ。受け取りなさい。私が許可します」

「中島さん!」

声が近づいてくる。最後の最後でテーブルの風呂敷包みをつかむ。そのあと、クリーマにドアのほうへと引きずられていく。振り返って上田夫人を見ると、笑っている。別れの笑顔じゃない。勝者の勝ち誇った笑い。過去の恋敵、川下の愛する清子に打ち勝ったことを、上田夫人は信じて疑わなかったのだ。

14

部屋から走り出ると、廊下でピンクの服を着たスタッフと鉢合わせになる。

「走れ!」仲代はクリーマにそう叫ぶと、エレベーターのドアに駆け出す。クリーマはあとを追う。私を後ろで引きずりながら。置き去りにすることもできたのに。

「止まりなさい!」スタッフは叫び、私たちを追いかける。私は後ろを振り返る。窓の穴が粘着フィルムのパッチで見事に補修されているのが見えた。スタッフが五メートルと走らないうちに、ちょうど部屋から残飯のある朝食トレーを運び出そうとしていた同僚とぶつかってしまう。トレーは床に落ち、食器の割れる音がする。なんてこと。いったいどれだけの物を壊せばいいの?

「止まりなさい! 聞こえてるの? 警察を呼びますよ‼」

だからこそ、止まれないのだ。クリーマと仲代は死ぬ気で走る。びりっと布の破れる音が聞こえる。クリーマの借りた制服が裂けてしまった。

「クソっ《ド・プルデレ》」クリーマと仲代は声をそろえて罵った。それぞれ日本語とチェコ語で。

ドアを走りぬけて廊下へ出る。クリーマは何も考えずエレベーターへ向かう。

「イカれちまったのか? 階段を使うんだよ」仲代はクリーマを反対側に押しやる。クリーマは私を引きずりながら階段を二段飛ばしで降りる。転がり落ちたら、二人とも死ぬんじゃないかと心配になる。

「ヴィクトル！」

「何？」

「もう手を放してもいいよ！」

「いや、だめだ！」

そのあと、建物の外に出る。とにかく青山老人ホームから離れようと、通りを無我夢中で走っていく。最初の交差点で、仲代が右手に曲がる。

「待てよ！」クリーマが声を絞り出す。「待てって！」

「こんなこと、もう二度とごめんだ」仲代が声を絞り出す。「もう……二度とするもんか！」

私たちは徐々にスピードを落とす。そして立ち止まる。クリーマと仲代は膝に手をついて、呼吸を整えようとする。

「なんで、あんなにゆっくりしてたんだ?!」

「そんなに……簡単じゃ……なかったんだよ……」

「なあ、思うんだけど、おれたちマジで煙草やめたほうがいいぜ」仲代は息を切らしながら言う。

クリーマの制服は襟から背中まで裂けてしまっている。私たちの走るスピードに耐えきれなかったようだ。二人が落ち着くまで、少し時間がかかる。

「あれ、持ってるか？」クリーマは私に訊く。

風呂敷包みを手渡す。クリーマはそれを仲代に渡す。

「お願いだから、これ、開けてくれないか？　丁寧にね」

「なんで自分で開けないんだよ？」

「両手を使わないと、結び目がほどけないからだよ！」

仲代はクリーマから包みを受け取り、地べたに坐る。

「爆弾が入ってなきゃいいけどな」

「なんで爆弾が入ってるんだよ？」

「さあな」仲代は肩をすくめる。「もう何も信じられないんでね」

結び目は堅い。

「中身は何？」仲代は包みを開こうと紐を引っ張る。

「わからない。何が入っててもおかしくない」

「川下の日記とかね」私は言う。

「それとも随筆か」クリーマは言う。

「または宝島のありかだ」仲代はため息をつく。

ようやく結び目がほどける。ボロボロの包みが見えた。あるページから書き込みのされた紙の端が突き出ている。仲代は注意深く包みを開く。私たちは覗き込む。

「ヤナ！」クリーマはそう叫んで私のほうへ顔を上げる。「これ、何かわかるか?!」

包みには、原稿があった。古い和紙の原稿用紙に川下の直筆で記されていた。表題のページには、文字が煌めいている。

川を越える

「なんてことだ」クリーマは息もできない。「これは発見だ！　信じられない！」

仲代は頭を上げる。

「何なんだ、これ？」

「川下の未発表の小説だ！　ヤナ！　これが意味するものが、わかってるか？　これで博論の土台はできたみたいなもんだよ、そうだろ？」

私は手を伸ばし原稿の最初のページに触る。紙はもろく色褪せている。

仲代は立ち上がる。

「これ、どうするつもりだ？」

クリーマは髪を整える。

「まずスキャンしてプラハに送らないと。最寄りのコンビニに行って、スキャンしよう」

「おれが思うに」仲代は反対する。「まずは着替えたほうがいいんじゃないか？」

クリーマは振り返って制服にできた穴を見ようとする。

「それはいいアイデアだ」クリーマは笑って言う。

仲代は原稿の包みとビニール袋に入った服を手渡す。

「それじゃ」仲代は頭を振る。「おれは家に帰ってひと寝入りするよ」

クリーマは頷く。

「助けてくれてありがとう」とクリーマ。

「この発見の続きは、また教えてくれ」仲代は原稿を指差して言う。

クリーマは頷く。

「ヤナがここから脱出できる助けになればいいな。また彼女に会いたいし」

これには、クリーマは答えない。

「とにかく、彼女に挨拶しといてくれよな？」仲代は笑う。「プラハのヤナと、ここにいるヤナの幽霊の両方に」

それから仲代はカバンを肩にかけ、角を曲がる。クリーマは原稿に視線を落とす。そして顔を上げる。

「ヤナ？」

クリーマは、それまで私の手をつかんでいたほうの腕をさすった。

あとがき

川下清丸《かわしたきよまる》の揺れる想い出

川下清丸、本名上田聡《うえださとし》（一九〇二（明治三五）年八月一六日生まれ、一九三八（昭和一三）年三月一八日没）は、日本の作家、随筆家であった。著名な作品として、短篇「恋人」（一九二五年、雑誌『文藝時代』）、「分裂」（一九二五年、同誌）がある。

　川下は、現在の埼玉県川越市で、江戸時代中期まで遡ることのできる絹商人の家庭に生まれた。川下の父、上田保剛《やすたけ》（一八六六（慶応二）年一一月一六日生まれ、一九一五（大正四）年一月三〇日没）は教育に多大な関心を寄せ、一八九九（明治三二）年から一九一一（明治四四）年にかけて、地元の小学校で教鞭を執った。また一八九三（明治二六）年三月一七日に起きた大火事の後、街の復興に尽力したことでも知られている。三つの寺院を含む、十七の町を灰燼《かいじん》に帰した火事は、街に大きな傷跡を残しただけではなく、川下家の運命にも影響を与えた。川下の伯父、上田武介《たけすけ》（一八六四（元治元）年九月一六日生まれ、一八九三（明治二六）年三月一七日没）は、火事で悲劇的な死を遂げている。武介の妻は難を逃れ、火事の翌朝、娘清子（一八九三（明治二六）年三月一八日生まれ、一九一八（大正七）年三月一八日没）を産む。娘の名前には水を連想させる「清」という文字が象徴的に用いられている。

一九一五（大正四）年、当時十三歳だった川下は、『読売新聞』の海外特派員だった父保剛の死去の報せを受ける。保剛がロンドンに渡ったのは、二十七歳年下の姪清子とのスキャンダラスな関係が明らかになったあとの一九一三（大正二）年のことだった。その前年、清子は保剛の子を身籠もっている。保剛が日本を離れると、若い清子は身重であるにもかかわらず、世帯から除籍され、母とともに町外れに追い遣《や》られた。予定日よりも早く赤子は生まれたが、肺に障害があったため生後数日で亡くなった。清子もそれから数年後に悲劇的な死を遂げる。清子の死は、川下の生涯を左右する転換点となる。

一九一八（大正七）年三月一八日、経緯は詳《つまび》らかになっていないが、清子と川下は氾濫する入間川に身を投げる。川下は、川岸の枝に引っかかっているところを、かなりの低温状態で発見されたが、清子に関しては、懸命の捜査にもかかわらず、翌年二月、数十キロ下流でかなり損傷を受け、身元確認が困難を極めた状態の遺体が発見された。入間川への落下の後、川下は高熱に悩まされたため、この悲劇的な事件の経緯を詳らかにすることはできなかった。その後もこの件をはっきりと思い出すことはできなかった。事件から数か月間、言語障害を発症し、水に対する強い恐怖心を最後まで抱いていた。代表短篇「恋人」が発表されたことで、この事件にも光が当てられるようになった。川下が悲劇を克服する試みとして、この短篇を解釈する論者もいる。

川下が執筆を始めたのは、中学時代に教員の一人から勧められたことによる。始まりは、治療の一環として始まった告白形式の日記だったが、徐々に文筆は川下が情熱を注ぐ対象となっていく。川下は、幼少期から文学に傾倒しており（父からの影響が看取される）、中等学校を卒業すると、十九歳で東京に出て、一九二一（大正一〇）年、早稲田大学に入学し、文学を専攻する。だが関東大震災の二か月後の一九二三（大正一二）年一一月、学業を中断し、その後復学することはなかった。

わずか二年間の川下の学生時代について、多くの記録は残っていない。一九二一（大正一〇）年、川下は東京で、四歳年上の作家横光利一（一八九八（明治三一）年三月一七日生まれ、一九四七（昭和二二）年一二月三〇日没）と出会い、初めての自身の作品を読んでもらっている。横光は、川下に対して、作品を支援することを表明する。同年、富ノ澤麟太郎（一八九九（明治三二）年三月二五日生まれ、一九二五（大正一四）年二月二四日没）、古賀龍視（一八九五（明治二八）年五月十六日生まれ、一九三二（昭和七）年一一月二八日没）とともに、雑誌『街』を創刊する。その後、川下は同誌で短篇「苦悩」（一九二二）を発表し、同短篇は、一世代上の作家菊池寛（一八八八（明治二一）年一二月二六日生まれ、一九四八（昭和二三）年三月六日没）から賞賛される。また、横光は、川下と中山義秀から借金したことがあり、横光は日に十銭のラーメン代しかないと当時の日記に綴っている。

一九二三（大正一二）年、菊池寛は雑誌『文藝春秋』を創刊する。川下は同誌に短篇「恋人」が掲載されることを切望していた。だが「恋人」が読者に届くには、複雑な道程をたどることになる。同作に目を通した菊池寛は、内容があまりにも病的に思えたため、川下に修正を依頼するも、自作を内面の告白として捉えていた川下は修正に同意せず、言い争いに発展する。翌年、川下は「恋人」を別の雑誌で発表し、菊池寛との関係はその後修復されることはなかった。

関東大震災ののち――震災については随筆「揺れる想い出」で回想している――、川下は故郷川越へ帰郷する。十五歳で入水した際に患った病と関係する彼の健康状態は、精神的にショックを受けたこともあって悪化し、首都を離れて、静かな場所で静養するよう勧められる。健康状態の悪化には、災害後、芥川龍之介（一八九二（明治二五）年三月一日生まれ、一九二七（昭和二）年七月二四日没）らとともに、瓦礫《がれき》の撤去や遺体の捜索を手伝っていたことも一因とされる。

故郷に戻った川下は、川越が地震の被害をほとんど受けていなかったことを知り、安堵する。だが一九二四（大正一三）年春、母を失い、衝撃を受ける。それについて川下は、母が亡くなる前に結婚を約束したが、この約束は果たせないかもしれないと日記に記している。


一九二五（大正一四）年初頭、川下は再び東京に戻り、青山に居を定める。その後の数年間は、実り多い時代であったと言える。まずは短篇「絹布《けんぷ》」、そして前述の「恋人」を、先に触れた川端康成（一八九九（明治三二）年六月一四日生まれ、一九七二（昭和四七）年四月一六日没）、横光利一、中河与一（一八九七（明治三〇）年二月二八日生まれ、一九九四（平成六）年一二月一二日没）、片岡鉄兵（一八九四（明治二七）年二月二日生まれ、一九四四（昭和一九）年一二月二五日没）らによる戦前の重要な文学集団、新感覚派の雑誌『文藝時代』に発表する。

一九二五年から一九二七年（昭和二）にかけて、「分裂」（一九二五）、「歓迎」（一九二五）、「割れた盃」（一九二六）、「踏みつぶされた畳」（一九二七）を発表する。

一九二八（昭和三）年には、川下は、横光とともに、上海旅行を計画していたが、最終的に参加を見送っている。一九二七（昭和二）年に芥川龍之介が自殺したのち、文筆において沈黙をし、その間、長篇の執筆に取り掛かる。だが、長篇小説「川を越える」の原稿は未完に留まっている。川下の自殺後、原稿の行方は不明になり、その後、発見されていない。一九三四（昭和九）年、川下は前述の「揺れる想い出」を刊行する。同書では、彼の生涯に影響を及ぼした三つの悲劇、つまり、川越の大火、従姉清子の死、関東大震災が扱われている。

一九三六（昭和一一）年、川下は、半年間に及ぶヨーロッパ滞在を予定していた横光利一の壮行会に参加する。同年六月、川下は結婚する。相手は、十八歳年下の北村幸子（一九二〇（大正九）

年三月三日生まれ、二〇一七（平成二九）年八月二〇日没）。それまで結婚する意思を示していなかったため、川下の友人は、川下が結婚したことに大変驚いたという。

一九三八（昭和一三）年三月一八日、川下は、三十五歳で自殺を図る。同年三月一八日の夜、東京からの最終列車で川越駅に降り立ったことが目撃されている。翌朝、入間川で溺死体が発見された。それは、従姉が同じ川で悲劇的な死を遂げてから、ちょうど二十年後のことだった。遺書は残されていなかった。

川下清丸が生涯で発表したのは、数篇の短篇と一篇の長篇小説のみである。一九三八年の川下の死後、友人たちは遺品の調査を検討する。未完の小説「川を越える」の原稿の所在に大きな関心を寄せていた。だが、川下の妻の強い抵抗に遭い、亡くなってから一年後、遺品はすべて処分したと告げられる。

川下の作品には自伝的要素が強く見受けられ、読者は作品を通して作家自身の生涯、幼少期、過去を読み取ることができる。大人になっていく過程で遭遇した恐怖を苦悩しながらも告白する必要性が、どの程度、執筆の動機を川下にもたらしたかは大きな問いとして残っている。

川下は、自作において、人間の生と自然との揺るぎない、だが同時にきわめて脆い関係を強調している。美しく、だが同時に裏切りもする、次々とその姿を変える日本の自然は、彼が描く人物本人の決断よりも、彼らの人生に大きな影響を与えている。短篇「恋人」の幽霊のような清子は、その最良の事例である。水の偏を有し、「清い」という字と「子」という字で記され、氷のように美しい清子は、灰の中で生まれ、母の子宮、つまり川の中で生涯を終える。

川下自身もまた水に魅了され、水の横断は生涯のテーマとなり、入水自殺は、その後、彼自身の運命ともなった。彼の作品における水は、時間の流れ、無限、円環を象徴している。「純粋な円」

と解釈されうる「清丸」という名前を筆名として用いたのも、そのこととも関連があるように思われる。

二〇一七年一一月一二日、朝霞にて

アンナ・ツィマ

＊本書にて、関川夏央『東と西　横光利一の旅愁』（講談社、二〇一二年）の一部を引用しているが、物語の進行上、表現を一部変更していることをお断りしておく。

訳者あとがき

十七歳のヤナは、プラハのギムナジウム（日本の中学・高校に相当）に通う生徒。けれども同級生とはどこか波長が合わない。というのも、『ハリー・ポッター』のダニエル・ラドクリフやヒップホップに熱をあげる友だちとは異なり、彼女のアイドルは黒澤明の映画『酔いどれ天使』で主演をつとめた三船敏郎だからだ。念願のカレル大学哲学部日本学専攻に進学したヤナは、図書室でアルバイトを始める。蔵書整理中に目に入ったのは「川下清丸《かわしたきよまる》」という無名作家の名前だった。心と体が分離していく川下の話に魅了されたヤナは、作家の素性を調べ出す……。

かたや、もう一人のヤナは、二〇一〇年の渋谷にいる。街中を歩いても、自分が「幽霊」であるかのように誰も見向きもしない。渋谷を離れてどこかへ行こうとすると、すぐにハチ公像の前に引き戻されてしまう。渋谷に閉じ込められたヤナは日本語を学びながら、行き交う人びとを観察するしかなかった。そんなとき、仲代達也似の若者に惹かれ、かれの跡を追いかけていくと……。

本書『シブヤで目覚めて』は、二一世紀初頭のプラハと東京という二つの都市を舞台にして、それぞれの物語が共振しながら進んでいく小説だ。二〇一八年にプラハで刊行されると、書評やメディアで数多く取り上げられ、チェコ最大の文学賞マグネジア・リテラの新人賞、イジー・オルテン賞（ともに二〇一九年）を受賞し、二〇一九年のチェコ文学の新人賞をほぼ独占するという快挙を成し遂げている。

日本を舞台にした魅力的な物語でデビューを果たしたのが、アンナ・ツィマ（一九九一年、プラハ生まれ）だ。その彼女が日本文化に目覚めたのは十代半ばのことだった。街角で目にした村上春樹の『アフターダーク』チェコ語訳（二〇〇七年）の表紙に魅了され、すぐに同書を買い求めに書店へ走ったという。それからというもの、本書の主人公ヤナ同様に、カレル大学で日本文学を学び、在学中には東京の大学への留学も実現している。翻訳家としても活躍し、パートナーのイゴル・ツィマとともに、高橋源一郎『さようなら、ギャングたち』、島田荘司『占星術殺人事件』をチェコ語に訳出している。現在は、東京を拠点にするチェコ語作家として執筆と翻訳に勤しんでいる。

　日本の読者からすると、どうしても日本との関係が気になるところだが、何よりも本書はチェコの文学界に新風を吹き込んだ作品として高く評価された点を指摘しておきたい。文学者ペトル・A・ビーレクが「近年のチェコ文学の中で最も注目に値する作品。成熟し、多層的で、読者にも多くをもたらす作品」と評したように、何よりも読み物としての面白さが本書の魅力であろう。

いろいろな面白さがあるが、その一つは多層的な物語の構造によるものだろう。物語は、プラハでの学生生活と渋谷での彷徨生活が交互に並行して進むが、そこに、ヤナが翻訳を進める川下清丸の大正・昭和文学の世界が絡み合ってくる。川下の書いた小説をヤナが少しずつ訳していくという構成によって、読者は、ヤナの奮闘をたどりながら川下の小説を読むという二重の読書体験を味わうことになる。しかも、そこで訳出されるのが昭和初期の作品であるため、文体的にも異なる文学世界が広がっている。つまり、プラハと東京という二つの都市文化の要素に加え、大正・昭和と現代という異なる時間軸を往還することで、物語に奥行きと躍動感がもたらされているのだ。

　物語の仕掛けが多層的でありながらも、過度に技巧的なものに感じさせないのは、ヤナの軽妙な語り口のおかげだろう。また学生の視点から描かれることで何かを学んでいこうとする視点が共有できる。日本文学を学ぶヤナは先輩のクリーマとの対話を通して、日本の文学、あるいは文学研究

について の知識を得ていくが、読者もページをめくりながら知識を蓄えていく。もちろん、あまたある「エキゾチック」な小説とは一線を画し、横光利一、芥川龍之介、松本清張、高橋源一郎、村上春樹、島田荘司といった近現代日本文学への目配りもなされている点は、日本文学を専攻した著者ならではのセンスが垣間見える。

　さらに巧みであるのが、「分身」というモチーフが、地理的、時間的に異なる位相を貫いて、物語の統一性をかたちづくっていることだ。ヤナは、架空の日本作家川下清丸の書いた「分裂」という小説に魅了され、川下の作品をチェコ語に訳していく一方、渋谷のヤナは幽霊になったかのように誰の目にも止まらず街を彷徨《さまよ》っている。「分身」をめぐる川下の物語の読解と、東京とプラハのヤナの「分身」の展開が最終的には川下をめぐる一つの物語へと収斂していく終盤は圧巻だ。もちろん、「分身（ドッペルゲンガー）」を題材とした作品は数多くある。チェコの文脈に引き寄せれば、グスタフ・マイリンクの『ゴーレム』（一九一五）があり、本作で言及される作家の中では芥川龍之介の「二つの手紙」（一九一七）がよく知られている。だが、これらの作品が人間の内面を扱い、往々にして陰鬱なトーンを帯びるのに対し、本書の語り口は一貫して軽やかだ。それは何よりも主人公ヤナがつねにユーモアを忘れないからだろう。

　日本文学との関係で言えば、現代作家だけではなく、大正・昭和初期の作家を参照している点は興味を惹く。なかでも横光利一らとの関係は綿密に調べられており、「川下清丸」という作家が実際にいたかのような感覚さえ覚えるだろう（チェコの読者には、実存の作家だと思った人が多くいたらしい）。また川下の父と関係をもった山田清子の人物造形は、島崎藤村の『新生』を想起させる（「チェコで目覚めて、日本を彷徨《さまよ》う　アンナ・ツィマ　インタビュー」『文学＋』二号、二〇一九年、七八－一〇一頁）。つまり、本書は大正・昭和文学へと読者を誘う書物でもあるのだ。そこにヤナとクリーマ、日本人の写真家アキラ、渋谷で遭遇する仲代とのラブロマンスの要素が加わり、身元不詳の作家川下の来歴をたどる推理小説の要素もある。これまでの東欧文学の暗さや重さとは異なる、きわめてポップでジャパネスクな新世代小説の誕生と言えるだろう。

＊

底本には、*Anna Cima, Probudím se na Šibuji.* Praha: Paseka, 2018. を用いた。なお、著者と相談のうえ、いくつか表現を改めた箇所がある。

現在、世界各地のチェコセンターでは、若手のチェコ語の翻訳者育成を目的とするスザンナ・ロート翻訳コンテストが毎年行なわれている。その年を代表するチェコ文学の作品の抜粋が課題として選ばれ、各国語への翻訳がそれぞれのチェコセンターで審査される。二〇一九年の課題となったのが本書であり、日本語への翻訳で最優秀賞を受賞したのが共訳者の須藤さんであった（訳文は、以下に掲載――アンナ・ツィマ「渋谷で目覚める　抄訳」須藤輝彦訳、『文学＋』二号、二〇一九年、一〇二－一一五頁）。その後、阿部との共訳の形で翻訳を進めることになり、阿部が「プラハ」の箇所（第一部、第三部、第五部、第七部、第八部、あとがき）、須藤が「渋谷」の箇所（第二部、第四部、第六部、第九部、第十部）を担当した。その後、阿部が表現の統一などを行なった。チェコの新しい文学作品の翻訳を、新しい訳者とともに練り上げたことは個人的にも嬉しく思う。

著者のアンナ・ツィマさんからは、両言語に精通している著者ならではの助言を数多くもらった。また河出書房新社の町田真穂さんには企画段階から後押しをしていただいた。アンナさん、町田さんに心より感謝したい。

最後に余談だが、本書の日本語訳の刊行が決まった時、チェコの版元パセカ社の関係者は「シブヤの出版社が翻訳権を取得した！」と喜んでくれたらしい。シブヤを舞台にした小説を渋谷区に社屋がある出版社から刊行できた背景には、ヤナ（アンナ）の強い〈想い〉があったのかもしれない。

二〇二一年二月

阿部賢一

著者略歴

アンナ・ツィマ

Anna Cima

1991年、プラハ生まれ。カレル大学哲学部日本学専攻を卒業後、日本に留学。本書で2018年にデビューし、チェコ最大の文学賞であるマグネジア・リテラ新人賞、イジー・オルテン賞、「チェコの本」文学賞を受賞。

訳者略歴

阿部賢一（あべ・けんいち）

1972年生まれ。東京大学文学部准教授。著書に『複数形のプラハ』『カレル・タイゲ』、訳書にフラバル『わたしは英国王に給仕した』、オウジェドニーク『エウロペアナ』、ハヴェル『力なき者たちの力』など多数。

須藤輝彦（すどう・てるひこ）

1988年生まれ。東京大学大学院人文社会系研究科博士課程。ミラン・クンデラを中心に、チェコと中欧の文学を研究。論文に「偶然性と運命」、ルポルタージュに「燃えるノートルダム」、創作エッセーに「中二階の風景」などがある。

シブヤで目覚めて

2021年4月30日　初版発行
2021年6月30日　2刷発行

著　者　アンナ・ツィマ
訳　者　阿部賢一　須藤輝彦
装　丁　川名潤
装　画　植田りょうたろう
発行者　小野寺優
発行所　株式会社河出書房新社
〒151-0051
東京都渋谷区千駄ヶ谷2-32-2
電話03-3404-1201（営業）03-3404-8611（編集）
https://www.kawade.co.jp/
印　刷　株式会社亨有堂印刷所
製　本　大口製本印刷株式会社

Printed in Japan
ISBN978-4-309-20826-8

河出書房新社の海外文芸書

苦悩

マルグリット・デュラス　田中倫郎訳

ナチス占領下のパリで強制収容所からの夫の帰りを待つ苛烈な日々を綴った、文学の限界を超えた作品。デュラスが“私の生涯で最も重要なもの”と告白する、自伝的記録。表題作の他５篇。

日本人の恋びと

イサベル・アジェンデ　木村裕美訳

『精霊たちの家』で鮮烈なデビュー、世界中に読者を持つアジェンデの新作。高齢者向け養護施設を舞台にした現代版「嵐が丘」。ミステリ仕立ての極上恋愛小説。

ハウスキーピング

マリリン・ロビンソン　篠森ゆりこ訳

両親のいない姉妹と、放浪生活を営んできた奔放な叔母との奇妙な三人暮らし。拠り所となる家（ハウス）の喪失の悲しみを詩情豊かにつづる、ピュリツァー賞・全米批評家賞作家のデビュー作。

AM/PM

アメリア・グレイ　松田青子訳

このアンバランスな世界で見つけた、私だけの孤独――AMからPMへ、時間ごとに奇妙にずれていく120の物語。いまもっとも注目を浴びる新たな才能の鮮烈デビュー作を、松田青子が翻訳！